纪念抗战胜利七十一周年长篇报告文学

四明山下的英雄壮歌

贝母魂

——谨以此书纪念我国抗日救亡运动先驱、
鄞县贝母运动主要组织者之一杨良瓒先生百年诞辰

龚　成　编著

九州出版社
JIUZHOUPRESS

图书在版编目（CIP）数据

贝母魂／龚成编著 . -- 北京：九州出版社，
2016. 11

ISBN 978－7－5108－4859－9

Ⅰ.①贝… Ⅱ.①龚… Ⅲ.①报告文学—中国—当代
Ⅳ.①I25

中国版本图书馆 CIP 数据核字（2016）第 290079 号

贝母魂

作　　者	龚成　编著	
出版发行	九州出版社	
地　　址	北京市西城区阜外大街甲 35 号　（100037）	
发行电话	（010）68992190/3/5/6	
网　　址	www. jiuzhoupress. com	
电子信箱	jiuzhou@ jiuzhoupress. com	
印　　刷	北京天正元印务有限公司	
开　　本	710 毫米×1000 毫米　16 开	
印　　张	14. 5	
字　　数	200 千字	
印　　次	2019 年 1 月第 1 版第 2 次印刷	
书　　号	ISBN 978－7－5108－4859－9	
定　　价	50. 00 元	

序　言

缅怀抗战老战友杨良瓒先生

季　音

　　去年中秋时节，我接到上饶集中营纪念馆的电话，说原上饶集中营"七君子"之一的老革命后代要来北京看我，听后我甚为高兴。因为抗战时期被捕后我与七君子同被关在上饶集中营。他们在监狱里的革命斗争精神我是十分敬佩的，我曾在我的师长范长江主编的《上饶集中营》一书中写过他们的革命故事，这本书曾激励过一代又一代人。

　　新中国成立后，这么多年来，我一直没有听到他们以及后代有关的报道消息。所以，当听到有他们后代来访，我是喜出望外。一周后，我在北京寓舍终于见到了"七君子"之一的杨良瓒儿子杨汇生、杨南生兄弟俩。

　　说起杨良瓒，我有太多的话题，因为在上饶集中营所有被捕的"战犯"当中，杨良瓒是第一个站木笼的"政治犯"。虽然敌人对他施行各种酷刑，但他威武不屈，其革命精神和革命故事，已成为上饶集中营爱国主义教育基地的一笔宝贵的精神财富。

　　我是抗战时期在家乡从事抗日宣传活动，1941 年 1 月，国民党当局掀起了反共高潮，在皖南事变中，我与新华社地方通讯站负责人计惜英同志一起被敌人逮捕，与新四军军长叶挺、"七君子"等皖南事变同时被捕的新四军将士一起，被关押于上饶集中营。

　　我被捕后，社长范长江闻讯十分着急，曾多方奔走，积极营救，但未获成功。最后经我地下党精心策划,1942 年 6 月,我从上饶集中营越狱成功。

在上饶集中营一年多的牢狱里,受尽各种酷刑,"七君子"在这地狱里的革命斗争精神使我们感受最深、受益最大。在牢狱里被传颂得最多,常打抱不平又诙谐幽默的就数"七君子"中的杨良瓒同志了。他视死如归的英雄气概,他机智诙谐的审讯对白,以及与敌人针锋相对、不屈不挠的革命斗争精神,不知激励过多少将士与敌人展开斗争,最终越狱成功。

我很早便认识杨良瓒。抗战时期,我在做战地记者时不仅听说过他的大名,还看到过他写的抗战宣传文章,大家都说他这张嘴很厉害,善于发表革命宣传演说,故而听者众多,评价很高;而他的对敌人冷嘲热讽的文笔则更为犀利。在浙西北的抗战时期,我们曾一起为抗战刊物撰写文章、交流心得,他是我们十分敬重的一位抗日救亡运动健将。

杨良瓒很早就从事抗日救亡运动,在国共合作抗战时期,他服从新四军军部的安排而调入政府军。我在新四军军部采访时曾听到过有关他的一些消息,杨良瓒去担任三十三旅政委,主要目的很清楚,就是要他去策反这个部队,归顺我新四军领导。作为长期从事地下党工作的他,掩盖了自己新四军干部的身份,但在具体策反中因为其偏向新四军的言行举止,被军中偏向国军的士兵告密而策反失败。此时正值国共合作破裂,皖南事变中他不幸被敌人逮捕,关押在上饶集中营。

作为同在上饶集中营中的政治犯,再次见到他时,他顽强不屈的精神让我感到敬佩和惊讶。在监狱里,杨良瓒对敌人展开了英勇而顽强的斗争,有些事情我都是亲眼所见。

杨良瓒是个有正义感的青年,脾气急躁,容不得不平事,他和战友宿士平是一搭一档,老找监狱里特务"狗头"管理员的岔子,与"狗头"开展斗争,弄得这个歪鼻子山西人又气又恼。因为送进囚室来的米饭老是不够吃,动作快的能抢到一碗多饭,动作慢的只能吃到一碗,甚至根本吃不到，难友们饿得哇哇直叫。这时杨良瓒便和宿士平等人一起去责问"狗头"管理员卫俊立，并查出"狗头"用"夹底斗"量米给难友们做饭，从中贪污囚粮。为这事，囚室里掀起了一场大风波，当时闹得最凶的就是杨良瓒，使得全集中营的难友们都知道他。

他本是个急性子，天不怕地不怕，竟跳起来大叫大嚷，指责特务贪污扣克囚粮，整个监狱都被震动了，特务们怕了。从此，狱中供应的米饭比过去明显增多。

记得当年冬天，囚室里冷得像冰窖，不少难友没有棉衣和棉被，冷得浑身发抖，监狱里不少难友病倒了。大家推选杨良瓒与宿士平作为在押政治犯代表，去和特务管理员谈判。谈判无结果后，他不肯罢休，和大家一起商量了一个办法：趁上厕所的机会，捡树枝、树叶到囚室中间烧火。"狗头"管理员见后大发脾气骂人，这时杨良瓒更是扯大嗓门，冲着"狗头"直骂："你看我们个个冻成什么样啦，棉衣没棉衣，被子没被子，还不让我们烤火，要冻死我们啊，你们还有没有良心。"逼得"狗头"管理员没有办法，只得到"军需处"要了一些旧棉衣、旧棉被，虽然又脏又破，但总算使大家糊弄过了这年的冬天。

可以说，是杨良瓒同志顽强的革命斗争精神，以及以后巧妙越狱成功的实例，有力地鼓舞了我，并成为我后来越狱成功的最大动力。

1944 年，陆续有一些从上饶集中营越狱出来的同志回到军部，新华社分社社长范长江认为这是一个重要的采访线索，就开始组织策划这些同志写文章揭露国民党反动派的法西斯暴行，教育解放区人民。他决定出一本书，书名就叫《上饶集中营》，他让分社资料室主任赵扬担任主编，我做助手。他还为这本书写了序言。

这本书在解放区出版后风行一时，仅东北解放区就翻印了两万多册。1949 年后，由上海人民出版社重印三十三次，印数达四十万册，成了 20 世纪 50 年代对群众进行革命传统教育的畅销读物。

新中国成立后，由于各自忙于工作，一直没有他们的消息。解放初,七君子中越狱成功的三位抗战老战友,计惜英在轻工部工作,杨良瓒在人民大学工作,叶苓在云南省党校工作。我继续从事新闻工作,并常想起革命年代的一些事,撰写一些有关的回忆文章。

这次与七君子后代相见一叙,把我的思绪重新带回到了战争年代,往事如烟。诚然,我与杨良瓒接触不少,但与他的后代交流后,进一步获知了杨良瓒同志无论在战争年代还是在受难的"文革"时期,他对党的坚定信念和无畏的革命精神,这让我更加敬佩,更加感慨良多……

今年是建军89周年,也是抗战胜利71周年,建党95周年。同时也正值杨良瓒先生100周年诞辰。作为一位很早就参加革命的老革命、抗战老干部、鄞县贝母运动的主要领导人和组织者,他为民族解放事业奋斗了一生,杨良瓒同志的一生是革命的一生,他的无产阶级革命精神,永远值得我们铭记,尤其值得年轻一代人的学习和纪念。

为纪念这位老革命,由他的学生龚成先生编写的这本《贝母魂》一书,真实地反映了杨良瓒同志光辉战斗的革命一生,投身于民族解放和社会主义建设事业的一生。

阅读全书,我认为每一段文字都是一段可歌可泣的故事,都是一曲曲荡气回肠的爱国之歌,一篇篇记忆犹新的记述史,回望了中华民族苦难的岁月,生动地再现了那段血与火的历史,展现了老战士深厚的爱国情怀、坚定的理想信念和顽强的战斗作风,他的光辉业绩和不朽革命精神将永远铭记史册。

全书主题十分明确,围绕杨良瓒同志有关的故事展开,还使我们了解到杨家及贝母的历史知识,同时该书还配有几张上饶集中营等有关的历史照片,直观地展现了他为革命历经沧桑的坚毅精神以及有关的历史档案,弥足珍贵。

这本书编得很好,出版及时,是一本值得推广的爱国主义教育读本,一定会得到许多读者的喜爱。

是为序。

编者按:序言作者简介:

季音,原名谷季音,1923 年出生于上虞百官上堰头谷家台门的一户家境殷实人家。抗战时期在他的家乡百官丁界寺《上虞报》担任编辑,从事抗日宣传活动。1940 年加入中国共产党,同年,从百官来到金华,进入了国际新闻社金华通讯站工作,担任干事。国际新闻社是我党领导下在国民党统治区的一个新闻通讯社,总社设在桂林,社长是我国著名报人范长江。

1941 年 1 月,国民党当局掀起了反共高潮,在皖南事变中,季音与通讯站的负责人计惜英同志一起(通讯站只有两个工作人员)被特务逮捕,与新四军军长叶挺、"七君子"一起同被关押于上饶集中营。社长范长江闻讯后曾多方奔走积极营救,但未获成功。最后经我地下党精心策划,1942 年 6 月,季音从上饶集中营越狱成功,出来后,辗转福建、上海等地,1943 年,回到了淮南新四军军部。

不久,季音被分配到新华社工作,向范长江报到。1944 年季音被分配到新华社华中分社任资料员。解放战争时期在第三野战军任随军记者,担任过新华社前线分社纵队支社副社长,参与了华东战场各主要战役的报道。新中国成立初期,在南京《新华日报》任特派记者、编委、副总编辑等职,1953 年调到《人民日报》任工业组编辑,1978 年后任《人民日报》农村部副主任、主任、干部部主任。季音著有《出击》、《南线》、《转战中原》(革命回忆录)、《大江的浪花》等作品。他是第一个在《人民日报》上推出有关全国农村承包责任制调查报告,以"怎样看待陈志雄承包鱼塘问题"为题,开辟了一个讨论专栏,引发全国很大反应,并引起中央领导重视。

在四明山下，樟溪河畔，两皎村舍，南北山区，席乡大地，人们传颂着这位英雄可歌可泣的革命故事……

他从小机智勇敢，十五岁叛逆家庭，孤身一人闯荡上海滩，北上抗日去追求马列主义真理与共产主义伟大理想。

十七岁在上海加入中国共产主义青年团，成为我华东地区地下党的得力助手。

十九岁为掩护革命战友，两次被捕宁死不屈。

他带两个胞弟上云岭参加新四军，浴血奋战，在抗日战场屡获战功。

他亲自参加并见证国共重庆谈判，大胆揭露蒋介石假和谈真内战的反动阴谋，是第一个披露蒋介石假和谈真相的见证人。当年的报纸已被珍藏在中国革命历史博物馆。

他冒险营救郭沫若、史良、费孝通等老一辈无产阶级革命家，帮助他们虎口脱险。

他深入虎穴发动兵变，在皖南事变中被捕后与新四军军长叶挺、鲁迅挚友冯雪峰同囚一室。即使遭遇敌人各种的严刑拷打，仍在狱中与敌人展开了大无畏的斗争。

他是上饶集中营著名的"七君子"之一。

他也是我国抗日救亡运动中一位无私奉献的无名英雄，亦是在大革命时期鄞县贝母运动的主要发起人和组织者之一，他就是——杨良瓒。

他被世人称赞为大皎赤子、贝母之魂，就像盛开在家乡的一朵洁白无瑕、坚贞不屈的贝母花——傲霜斗雪、高洁壮美而正气凛然。

——题记

贝母花
洁白的花，
那是家乡特有的花

贝母花，
坚贞的花，
傲霜斗雪都不怕；

贝母花
英雄的花
多杀鬼子打胜仗
……

这首诞生于 30 年代的抗战歌曲，已经深深地烙印在四明山下人们的心中；嘹亮的歌声历经七十多年，似乎还在四明山的上空久久回荡。

一首《贝母花》，唱出了贝母花特有的性质，唱出了四明山下贝母人纯朴豪爽的性格，唱出了浙东人民保家卫国的爱国精神。

这是一首四明山下的英雄壮歌，是樟溪河畔的贝母之魂。这首歌曾经激励过多少热血青年的爱国热情，亦是这首歌激发出多少将士奔赴抗日前线、杀敌卫国的革命故事。

也是这首歌引发出一位顶天立地的革命英雄，是家乡坚贞不屈的贝母花，激发他从小追求真理，参加革命的伟大理想；是贝母之歌传给了他一生坚定跟共产党走的革命意志和信念。他的革命事迹传遍了浙东大地，他是四明山下贝母的化身、贝母的精灵、贝母之魂，他的故事已成为四明山下一首英雄的壮歌。

亦是这位抗日老战士给我们谱写了一曲曲动人的革命历史故事。

——引题

目 录
CONTENTS

开　篇

　　如果要了解这位为民族解放、为家乡贝母精神奉献一生的革命先驱杨良瓒同志的革命故事，我们先得了解鄞州区贝母历史，以及他家乡四明山腹地——大皎乡村的人文历史概貌。

　　说起家乡鄞县（鄞州）的贝母，乃是四明山下鄞江、樟村、大皎人引以为豪的特产，闻名遐迩。

　　"贝母"一名，始载于东汉《神农本草经》一书里，贝母是一味中药，后被列为贡品。南朝齐梁时著名道士、医药学家陶弘景（456—536）谓之其鳞茎形如"聚贝子"，故名贝母。后至清朝赵学敏乾隆三十年（1765）编著的《本草纲目拾遗》一书，开始将"贝母"分为川贝及浙贝二种。

　　当然，还有许多地方贝母品种在史书中的记载被不断发现，如安徽大别山区及皖南地区产有皖贝母，还有河南、湖北、东北也产有贝母；尤其是新疆所产的贝母，它是一种与川贝、浙贝齐名的贵重中药材。早在清代，新疆贝母便已被开发利用，然而过去新疆贝母多为野生。据悉，全国有几十种贝母属植物的鳞茎作贝母入药，有的已被收入部颁标准，如湖北贝母；有的在药典中被另立门户，如平贝、伊贝。

　　以上这些贝母不仅品种单一，而且生产数量很少，全国主流贝母主要是川贝和浙贝，而浙贝在全国众多贝母中生产和出口数量都是最多，在全国贝母市场中占有一席之地。

　　川贝主产于四川、云南、西藏，尤以四川为主，是百合科多年生草本植物乌花贝母、卷叶贝、花贝母、罗氏贝母、甘肃贝母、梭砂贝母等贝母的地下鳞茎。因主产于四川而得名,故名川贝。同时在西藏、甘肃、新疆、华北、东北均有出产。

川贝的正品品种有三种。

1. 松贝:因其过去集散于四川松潘县附近,所以称为松贝。

2. 青贝:因其过去集散于四川青川县附近,故称青贝。

3. 炉贝:因其集散于打剑炉,故名之。

川贝性微寒而味甘苦,止咳化痰之效较强,入心肺经,功能润肺。

浙贝主产在浙江,故名浙贝。其次还有江苏、安徽、江西、湖南等省有小量的个别产区,通称浙贝。

而浙贝,最早产地在浙东象山半岛,后以浙东四明山东麓鄞县樟溪一带为多,该地浙贝产量占全国贝母总产量的70%。浙贝又被列为中药的"浙八味"之一,其中浙贝以个头大、用途广、药用价值高、作用大而较著名。

浙贝,为百合科多年生草本植物,又名大贝、象贝、元宝贝。根据国家中医药管理局、中华人民共和国卫生部制订的药材商品规格标准,浙贝母分为宝贝、珠贝两个品种,是大宗常用中药材,在国内外享有盛誉。现在野生较少,主要来源于人工栽培,是浙江的地道药材,也是全国著名的中药"浙八味"之一。

浙贝原始野贝曾分布于浙江各地,最早就在象山发现,后在鄞县有大量人工栽培。

据《象山县志》、《鄞县通志》等书记载,早年民间所用贝母大都采用野生,有象山县农民从山间野生贝母取种入农田栽培而成,从此开始家种,面积逐年扩大。

据传,清康熙年间有一木匠(1662—1722),随带贝种移民鄞县小溪、董江(鄞江)一带生活,为了生计和迎合人们对贝母的需求,他开始将野生贝母在农田里试种,第一年就试种成功,收获良种的他,开始大面积扩种贝母。这是浙贝人工培植的始发历史,至今鄞县贝母已有近三百年的人工栽培种植历史。

当时，小溪、樟村农户以蚕桑业为主，贝母只是一种家庭副业，后来人们发现种植贝母收益甚高，有"一担贝母一船谷"之传，加上樟村、鄞江一带气候、土壤等自然条件适宜贝母生长繁殖，因而当地种植贝母的面积和贝母产区迅速扩大，过去就有"万人种贝以此为生"之说。

正如清朝诗人万斯同在《鄮西竹枝词》中写道："种谷无如种药材，南村沙地尽堪栽"，充分道出了种贝母要比种谷物回报更加丰厚，揭示了当时大批农民种贝母的积极性。

又据《鄞县建设》一书记载，贝母，俗称象贝，是象山人移种至鄞县鄞江、樟村一带。后来鄞江生产逐步缩小向樟村一带，至今成为鄞州樟村的主要土特产。

鄞州产区是传统老产区，其主要核心产区在樟村。但因土地不足，不少贝农过去多向近邻鄞江、龙观、大皎一带租地种，这几个产区种植面积亦有较大的发展，过去常年维持在 3000—4000 亩之间，产量在 500—800 吨左右。再加上其他产区，全部浙贝母预计年产量在 3000 吨左右。

新中国成立后，贝母曾列为国家计划管理品种，政府十分重视本县的土特产，鄞州和樟村贝母种植面积逐步扩大，1988 年种植面积达到 8000 余亩，总产量 800 余吨。到 1993 年又进一步扩大到 9230 亩，总产量达到 1000 吨，约占全国贝母总产量的三分之二，川贝因产量少、用材稀而望尘莫及。所以，鄞（县）州也被冠名为"中国贝母之乡"。

据有关资料记载，1980 年以后贝母改为市场调节产销产品。几十年来，浙贝母的生产有了较大的发展，年产量由 20 世纪 50 年代初的 40 多吨发展到 2000 年的 2000 吨左右，2009 年产量接近 3000 吨，产值接近 9000 万元。浙贝母还是较为重要的出口品种，出口地区分别为日本、韩国、东南亚、港台及部分欧美华人聚居区，具备一定的发展潜力。

浙贝母中的宝贝,鳞茎外层的单瓣鳞茎,呈半圆形,表面呈白色或黄白色,质坚实,断面呈粉白色。味甘、微苦,无僵个、杂质、虫蛀、霉变等属优质宝贝。

浙贝母中的珠贝,它的完整的鳞茎呈扁圆形。表面呈白色或者黄白色,质坚实,断面呈粉白色。味甘、微苦,大小不分,间有松快、僵个为次贝;无杂质、虫蛀、霉变等属于优质珠贝。

浙贝作为樟水、大皎一带的主要农作物,几百年来已与山民的生产、生活密不可分,但从全国层面来说,余不知全国贝母何年人工始种,这已无从考证。然而,五千多年前神农尝百草,已经尝试过贝母,并总结出贝母的特征和功效。

神农,即炎帝,为三皇五帝之一,远古传说中的太阳神。传说神农人身牛首,三岁知稼穑,长成后身高八尺七寸,龙颜大唇。当然,这些美化的形象毕竟是传说,但他依然还是一个受人尊重的人。他被人们称为农业的发明者、医药之祖,有"神农尝百草"的传说。

炎帝神农氏,他所在的部落是新石器历史时期延续时间很长的一个部落氏族,距今已有五千五百多年的远古历史。

神农氏为五氏出现以来的最后一位神祇,中国诸神创世造人、建屋取火、部落婚嫁、百草五谷、豢养家畜、种地稼穑等等,当一切为人民生活所做的准备全部完成了,中国神话时代结束,传说时代到来。神农氏本为姜水流域姜姓部落首领,后发明农具,以木制耒耜,教民稼穑饲养、制陶纺织及使用火,因其功绩显赫,以火德称氏,故为炎帝,尊号神农,并被后世尊为中国农业之神。

炎帝率领众先民战胜饥荒、疾病,使中华民族脱离了饥寒交迫、患病无医无药、颠沛流离的日子,过上了有饭吃、有衣穿、有房住、有药医,并且能上市场、听音乐、唱丰年的日子。今天,海内外亿万中华人民皆以炎黄子孙自谓。这就是神农尝百草的背景。

到了明朝,记载贝母最为著名的就是医药学家李时珍所撰写的史书。

李时珍(1518—1593),字东璧,晚年自号濒湖山人,湖北蕲春县蕲州镇东长街之瓦屑坝(今博士街)人,明代著名医药学家。后为楚王府奉祠正、皇家太医院判,去世后明朝廷敕封为"文林郎"。

李时珍自1565年起,先后到武当山、庐山、茅山、牛首山及湖广、安徽、河南、河北等地收集药物标本和处方,并拜渔人、樵夫、农民、车夫、药工、捕蛇者为师,参考历代医药等方面书籍925种,考古证今、穷究物理,记录上千万字札记,弄清许多疑难问题,历经二十个寒暑,三易其稿,于明万历十八年(1590)完成了192万字的巨著《本草纲目》,此外他对脉学及奇经八脉也有研究。著述有《奇经八脉考》、《濒湖脉学》等多部书籍。

李时珍编著的《本草纲目》一书,是我国古代最系统、最完整、最科学的一部医药学著作。

据记载,贝母为百合科多年生草本植物。生长在地下的鳞茎为球形或扁形,果色白,上下微凹,常由二三枚肥厚的鳞片对合而成,直径2~6厘米;一般一个鳞茎有两个心芽;鳞片和心芽生在鳞茎盘上。茎单生,直立,圆柱形,高30~80厘米,光滑无毛,有蜡质。其鳞茎供药用。浙贝母味苦,性寒。具有止咳清热化痰,开郁散结之功。用于治疗风热、燥恶、疮毒、心胸郁闷等症。所以,贝母历来就是百姓常用的中草药,受到人们的喜爱。

李时珍打破了自《神农本草经》以来,沿袭了一千多年的上、中、下三品分类法,把药物分为水、火、土、金石、草、谷、菜、果、木、器服、虫、鳞、介、禽、兽、人共十六部,包括六十类。每药标正名为纲,纲之下列目,纲目清晰。书中还系统地记述了各种药物的知识。包括校正、释名、集解、正误、修治、气味、主治、发明、附录、附方等项,从药物的历史、形态到功能、方剂等,叙述甚详。

尤其是"发明"这项，主要是李时珍对药物观察、研究以及实际应用的新发现、新经验，这就更加丰富了草本学的知识。

古代医药学家李时珍已经把贝母的特征和功效叙述得十分透彻和明了。

而在鄞州贝母之乡，每到春天来临，无论早春是否寒冷，都阻挡不了贝母花盛开。从山顶俯瞰，火红的杜鹃花漫山遍野，陪衬着洁白的贝母花，红白辉映的两色山花使四明山下的樟溪两岸花团锦簇，煞是壮美。

杨良瓒从小喜欢贝母，经常与他大哥一起在贝母地里去玩，小时候他还听大人们讲起贝母两个美丽古老的传说。

相传一，以前有一贫妇李氏，身染肺痨，连孕三胎，均坠下死婴。丈夫与公婆唯恐断了门庭香火，终日惶惶不安。

一巫婆闻讯，便上门妄称有安胎神术。公婆大喜，遂将其迎入家中。巫婆装神弄鬼一通后，说："你儿媳属虎，虎要吃人。"公婆听后，吓得面如土色，即问："如何解救?"巫婆声称："只要服下驯虎桃符，将来婴儿出生后，须令产母远远避开，方可逢凶化吉。"公婆信以为真，重谢了巫婆。

次年，当李氏生下一男孩时，公婆命儿子将媳妇五花大绑送至深山老林，媳妇哭着要去照养婴儿，凑巧遇有一位名医上山采药。名医问明情由，将李氏带至家中善意劝导，还每天从山上挖回一种草药鳞茎，给她煎服。

经半年治疗，这女子肺痨就痊愈了。名医将她送回了家，孩子却因无母乳哺育早已夭折。隔年，李氏又生下一个白胖的男孩，这次因为服了名医的草药使婴孩健康，全家皆大欢喜。

李氏为纪念这段辛酸往事和报答名医治病救人之恩，以及表达宝贝和母亲团圆之喜，便把那草药鳞茎定名为"贝母"，这个鳞茎草药就是后来的贝母。

相传二,清代初期。某地一李姓孕妇,得了"肺痨病",因为身体虚弱,孩子刚生下来她就晕过去了。当她苏醒时孩子已经死了。连生两胎都是这样,公婆和丈夫十分烦恼。

一日,老夫妻和儿子商量,要把媳妇休掉,再娶一个能养活孩子的媳妇。媳妇闻听,伤心地哭起来。

正巧,有个医生从门口经过,进屋问明情况后就说:"我有办法治她的病,准能生个健康活泼的孩子。"

公婆和丈夫都不相信。医生对公婆说:"你媳妇肺脏有邪,气力不足,加上生孩子用力过猛,生下胎儿不能长寿。肝脏缺血,供血不足,使产妇晕倒。我教你们认识一种草药,让她连续服三个月,一年后保她能生下个活孩子。"

于是,在医生的劝说下,公婆勉强答应把媳妇暂且收留下来,并一再讲定如果再生死孩子便要休她。从此丈夫每天按医生教的上山挖药,煎汤给媳妇喝。喝了三个月,媳妇果然又怀孕,十月临盆后顺利生下一个大胖儿子。

这回产妇没有发晕,小孩也平安无事,一家人高兴得简直合不拢嘴。孩子过了一百天,他们买了许多礼物,敲锣打鼓,到医生家道谢。

丈夫问医生:"这种草药叫什么名字?"医生说:"这是一种野草,没有名字,那么现在我们就给它起个名字吧。"丈夫想了想:"我的孩子名叫'宝贝',母亲又安全,就起名叫'贝母'吧。""好一个响亮的名字哦。对,就叫它'贝母'吧。"于是,这"贝母"的名字就这样被传开了。

贝母一名取好以后很快就得到了流传,从此贝母的名称在世上流传,关于贝母的传说成为最动听的故事。

说起贝母花,诚然,它貌不惊人,白色中透着一丝丝淡黄,但每到早春盛开的季节,她就像一盏盏白色的小灯笼垂挂在贝母枝头上,远远望去,如同一只只洁白的蝴蝶在风中起舞,煞是好看,给贝母地的村落带来了亮丽的风景、别样的风情。

贝母是章水、大皎的唯一特产,是杨良瓒和故乡人民钟爱一生的东西,贝母情是他们即使忙碌一生也永远无法忘怀的一个情结。

贝农自豪地说,贝母地里有三宝:贝母、花生和咸菜。贝母地里种出来的花生,俗称贝母地花生,个小、色白、果实,最重要的是那个鲜味劲儿,是一般地里种不出来的。

还有那贝母地里种出来的咸菜,叫"贝母地菜",属于章水特产。色泽深绿中带点金黄,用贝母地菜煮一盆咸菜黄鱼汤,那种味道更是鲜美无比,是阿拉宁波的特色菜肴,深受大众青睐。

然而,虽然贝母全身是宝,但历史上贝母的价格曾大起大落,贝农生活的好坏也与贝母的价格息息相关。所以,过去贝母就是贝农的命根子,贝母与他们的生活和命运连在一起。

记得 2003 年的时候,贝母价格疯涨,不知是否因为"非典"的缘故。

注:"非典",是指——原发性非典型肺炎,是严重急性呼吸系统综合征,一种新型冠状病毒 SARS 病原的简称,并将其命名为 SARS 冠状病毒(SARS – coronary virus,SARS – CoV)。该病毒很可能来源于动物,由于外界环境的改变和病毒适应性的增强而跨越种系屏障传染给人类,并出现了人与人之间的传播。首发病例,也是全球首例。

于 2002 年 11 月出现在广东佛山,并迅速形成流行态势。SARS 自 2002 年 11 月在我国内地出现病例并开始大范围流行,大致可以分为两个阶段:2002 年 11 月至 2003 年 3 月,疫情主要发生在粤港两地;2003 年 3 月以后,疫情向全国扩散,其中尤以北京最为严重。

可能由于贝母能辅助治疗非典之故,所以在非典时期,贝母从几元一直涨到几十元一斤,章水地区的贝农终于迎来了大丰收之年。可是纵观历史,大多数的年份,贝母的价格一直徘徊在十几元左右,扣除成本等费用,贝农们的收入不高,曾几何时,价格最低的时候就连成本都要亏了。

然而他们不厌不弃,依然坚守耕耘着祖辈们传承下来的特产作物。

我想,也许他们秉承的是山里人那种质朴而诚实的耕种文化,一种对生活或生产所需要的无奈选择。无论贝母价格如何低落,贝农们的信念始终不变,对贝母的种植和流通仍会正常运作,贝母仍在章水地区得到繁衍,与贝农生活息息相关。

这其中,还有一个人谱写过贝母的历史、为贝农们丰硕的生产成果做出了铺垫;这一事实已载入我国贝母运动的历史史册。

凡在种植贝母地方的贝农之间都流传着这一历史故事,故事发生时贝母的价格就有"一斤贝母一袋谷之高"。任何一个贝农都不会忘记那个贝母的黄金年代。

然而,就是为了贝农和贝母创造历史最高价格、为了解救贝农的苦难生活,这位默默奉献的人,最后因为把全部的心血和热情奉献给贝农和贝母,导致他一生命运多舛,被打击、被剥夺,心身遭受巨大伤害,这是一段难以抹去的、凄婉悲惨的历史。

于是,人们叹息、人们尊敬、人们怀念……

然而,他为贝农无私奉献的高尚品德,就像贝母花历经几百年风雨洗练,依然英姿洁白,一年年地与春天约会,盛开在樟溪两岸人民心中,直到永远。他就是出产浙贝地方出生的大皎赤子、贝母之魂、鄞县贝母运动的组织者之一、我国抗日救亡运动革命先驱——杨良瓒。

一、大皎赤子　贝母之魂

杨良瓒（1916.4—1981.2）原名杨金瑞，字良瓒，以字行。考入中山大学后，为了避开敌人的追捕，改名，杨瑞农。

杨良瓒30年代初（大革命时期）参加革命，他以坚强的毅力和扎实的知识功底，在极不稳定的战争动乱环境中不断求知读书；在逃出牢狱死亡战线后，在敌人四处追击下，他仍以坚强的毅力一边逃难一边钻入山中寻找党组织，同时自学大学需要具备的知识，这种学习的艰难不是常人所能承受的。

最终，他以一个初中生的身份经过严格考试审核，以很好的成绩考入了中山大学。这种对大学知识的渴求和自学的艰辛确实令人难以置信，在白色恐怖下的乱世里更是难能可贵啊！

后来他由于国民党特务在大学里清查抓捕共产党人和进步人士而被迫肆业。但他已经成为旧社会从大皎山区走出去的第一位大学生了。

现据上饶集中营纪念馆"七君子"革命事迹展厅及收藏的部分资料摘录如下：

杨良瓒，浙江鄞县人，中山大学肆业，30年代初参加革命。1932年到上海从事地下革命工作，1933年10月加入中国共产主义青年团。1934年5月从事共青团宣传工作，在上海沪东区团委参与刊物《沪东工友》的编辑工作。

一年后,因散发革命传单,在英租界被特务逮捕,囚禁半个月。后由宁波帮同乡会保释出狱,1936年回乡继续从事地下革命。

1938年冬,参加省直属政治大队,后随新四军开往浙西天目山开展抗日救亡斗争,杨良瓒作为省直机关干部直接被编入新四军某团开展战斗,担任了新四军某团的政治大队宣传组长、独立33旅政治委员,参与了浙西北抗日第一线的斗争。

皖南事变时被捕,以政治犯之名被国民党关押在上饶集中营,为上饶集中营"七君子"之一。

以上这些历史记载,是上饶集中营纪念馆创建展厅时该馆从省市军区及原新四军历史档案馆等地搜索来的第一手资料,也是杨良瓒参加革命最权威的历史佐证。

1916年4月,杨良瓒出生于宁波市西部山区——原鄞县大皎乡大皎村的一个普通农民之家(今属浙江省宁波市鄞州区章水镇大皎村)。

大皎,曾经是令四明山下人们自豪的一个山明水秀、银杏树成林的美丽乡村。

大皎位于四明山脉东麓,是两个皎溪汇聚的地方,是进出蜜岩、樟村去宁波等地的交通要塞,故被称为"四明锁钥"。距宁波市区四十余公里。

大皎村原是一个乡的所在地,明、清年代逐渐成为鄞西地区的政治文化中心和经济枢纽中心之一。到了20世纪40年代,中国共产党在这里建立了四明山抗日革命根据地,是全国九个抗日革命根据地之一。

这里还创建了新四军浙东抗日游击纵队三、四、五支队活动中心,在这里开展革命活动,这里便成了红色革命根据地。

民国时期大皎村还是鄞县县政府的行政中心,因此,大皎不仅是个行政村和乡镇,过去它的区域地位应该是一个县城。

作为山城的大皎,地理位置十分独特和险要,它坐落在一个巨大的山窝窝里,北山有巍巍的狮子山,南面有高高的南山,西面有峰峦叠嶂的娘鱼山,三面高山环绕,村庄周边溪水潺潺。

村的形状似向东航行的船只,往北仿佛要向四明山主峰方向挺进,向东又要驶向滔滔的大海,故这里是进入四明山的咽喉要塞。

上世纪初,宁波各种农用物资要进入余姚、上虞等地,只能水运到该乡为止,大皎是宁波水路直通四明山西部山区的终点站,所有物资到此后就要驳运上岸,再用人工手拉车或汽车运送各地。因此,该乡历史上早就成为城乡物资的集散地和东西贸易的交流点。

经济贸易的发展也带动了全乡经济文化的繁荣和发展(70年代因建设皎口水库全村被迁移至各地)。

现在,站在皎口水库雄伟的大坝上,可以看见水库中央被大皎山分隔为两翼,南翼为大皎,北翼为小皎,一眼望去如蝴蝶展翅,形状独特,栩栩如生。

大皎之水源于嵊州市唐田一带,小皎古称长涧,发源于东岗山、斤岭。《四明谈助》载:"大皎水源,实起于唐田诸山,后合分水岭并仗锡、杜岙诸水,汇聚于皎口。小皎水源自斤岭,历小岭、上庄、石坛、龚村、小皎而来,经娘鱼山,亦汇聚于皎口。二皎之水实不同源。"

此地因为两皎溪水相汇而名皎口。皎口水库建于"文革"时期,1970年5月动工,1975年1月竣工蓄水,同下游的千年它山堰一样,为鄞西的防洪和灌溉起着十分重要的作用。与大皎上游2006年4月下闸蓄水的周公宅水库一起,集防洪、灌溉、供水、发电、养鱼等功能为一体,成为宁波市人民饮用水的重要供应水源。

大皎村原本位于南山脚下大皎溪畔,由于受战争和自然灾害的严重破坏,新中国成立后,大皎村得以重建,使大皎面貌焕然一新。

70年代初,在修建皎口水库时,大皎村是移民规模最大、人口最多的村庄,当时有一百五十多户人家不愿离开老家,就近向上迁移到南北两山,形成了现在的南山村和北山村。

两村盛产茶叶、贝母,原属大皎乡,1992 年 4 月,撤区扩镇并乡时,撤销大皎乡并入章水镇,2004 年 5 月,与下塘、细岭一起合并为章水镇大皎村,村委驻地设在细岭村。

说起皎口水库,鄞州人都知晓,它是鄞州的一个大型水库。水库中的水流来自于樟溪之水,是甬江水系奉化江上游的主要支流之一。

它发源于四明山对岗岭东部莲花村,主流自西南向东北流经北溪、李家坑、里岸、外岸、周公宅、杜岙、大皎等地,与小皎溪汇合后出皎口水库,并折向东南流经章水镇和鄞江镇,再由鄞江向东入奉化江。

高高的水库大坝建在章水镇蜜岩村的大皎、小皎两溪汇合处。皎口水库是一座以防洪、灌溉为主,结合供水、发电、养鱼等综合作用的大型水利工程。

水库于 1970 年 5 月动工兴建,1973 年 5 月封孔蓄水,经过四年大干苦战,终于在 1974 年底全面建成。使全县蓄水能力增加了近一倍。水库 1980 年 12 月竣工验收,1984 年 10 月开始保坝工程,1990 年 11 月通过保坝工程验收。皎口水库由浙江省水电勘测设计院进行规划设计,浙江省水电工程建设第三处负责施工建设。

水库控制上游四明山区 259 平方公里的集雨面积,总库容 11980 万立方米,相应水位 7904 米。它是奉化江上游三大骨干水库之一,也是鄞县第一座大型水利枢纽工程,具有防洪、灌溉、供水、发电的综合效益。20 世纪 80 年代后又成为城市供水的重要水源,每年向市区供水达 0.5 亿立方米以上。

樟溪河上游属四明山区,是浙东的暴雨中心,雨量丰沛,但河流水短流急,调蓄能力差,下游河势又受潮水顶托,水旱灾害频发,历史上当地就有"雷雨三滴水盈丈,晴未三日溪滩白"之说,水患连年、干旱不断。因此,鄞州一直流传着这样的俚语:"儿要亲生,田要东乡。"

说明鄞州西乡旱涝无常,土地还是东乡的好。

新中国成立后,宁波市政府决定对甬江及各主要支流实行"上蓄、中疏、下泄"的方针,进行综合治理开发,皎口水库为甬江治理开发的主要工程之一。

但自20世纪50年代提出后,规划几经周折,未能实施。1967年,宁波遭遇罕见大旱,鄞州尤其是鄞西受灾严重,不仅农田无水灌溉,而且人民生活用水都实行配额供应。鄞西产生的这一干旱问题,最终促成了水库工程的建设。

进入皎口水库管理局大院,给人的感觉犹如进入了一个花园,没有以前水利工程的"牢、大、粗"形象。精竹园,绿草坪,亭阁、曲径、榭廊,小桥流水,鱼翔浅底,环境幽雅。

水库管理局有关负责人说,相当长时期来,水库实行综合经营。水库发电站经几次增容改造,至今总装机容量达到4800千瓦,为目前全区最大的小水电。20世纪90年代,水库边又建起了西山阁宾馆。

从水库公路上去,"毋忘亭"左侧有条上山公路,由此上行,数分钟内可至南山村。

南山村因山而名,静卧于小山岙里,面向皎口水库。南山村最显著的特点是环绕山顶上一小水库而建,水库名叫南山水库,始建于1956年8月,1959年开灌受益,大坝长50米,坝高45米,最高水位35米,最大蓄水量156万立方米。

大皎村民因造大皎水库迁来之前,这里还有一座烧制砖瓦的火窑。村民迁来时,居民环水库三面而建,聚落成梯状,地上多由鹅卵石辅成。村后青山连绵,是一个山清水秀之地,风景唯美,令人流连忘返。

从南山村可以望见对面的北山村,大皎溪已经成为水库淹没区,前往北山村,需要回到山下公路,至细岭村,右转而至北山村。

北山村环境也十分优美,与南山村建于同一时期,因此建筑格局极为相似,也有村民兴建别墅。

村后为大皎岭,有一座小型水库,满山茶园,但茶厂已经废弃,墙上仍有"自力更生,艰苦奋斗","团结起来,争取更大的胜利"等"文革"留下的老标语。

岭上古道曾是大皎、小皎人民互通的重要通道———大皎岭。虽然现在已有盘山公路通达,但古道已成为城里人寻古探幽之地,得到游人的青睐与赞美。

《四明谈助》载有古代诗人张懋贤的《过大皎岭》诗"已慰交亲望,肩舆落翠微。雨晴山濑响,风定雪花飞。野鸟窥樵担,沙鸥上钓矶。物情多自适,我也近忘机。"

张懋贤,号覃湖,明代鄞州人,工诗词,官至益州府长史,归乡途中过大皎岭,当他看到如此优美的景色,诗兴大发,于是借景抒情,大皎的世外美景在他诗中一展风情。

大皎岭向东是大、小二皎汇合处的大皎山,因山形若龙而名龙山,又像鲸鱼游水,故又名鲸鱼山。《四明谈助》载,"大、小二皎水依山至鲸鱼山前而合",又说"二水至松岩寺前会合"。

追溯大皎的历史,最早由杨姓从慈城迁住这里,之后村民以杨、李、夏三姓为主。而杨姓是大皎的第一姓,也是人口最多一个大姓。

现据光绪二年(1876)大皎崇本堂《杨氏五大房家谱》中《鄞邑青山发祥世次传》记载,北宋杨厚自苏州执教于鄞始,为在鄞杨氏的一世祖。从第七祖杨仁贵隐居大皎后称为大皎杨氏始祖。

杨仁贵,号半闲子,于南宋宝庆(1225—1227)年间,从东钱湖青山呑迁入并隐居鄞之大皎,有自题诗三章,光溪李昶和韵诗、大皎岭诗(已载鄞县志)。而杨仁贵是杨氏五世祖——著名的宋朝学者杨简的孙子。

杨简(1141—1226),字敬仲,号慈湖、朴斋,世称慈湖先生,南宋慈溪县城人(今江北区慈城镇人),行云三,居慈城,为南宋著名哲学家。

乾道五年(1169)中进士,官至宝谟阁学士、兵部郎中、太中大夫等职。曾授富阳主簿,兴学校教生徒。时陆九渊过富阳,指示心学,虽陆仅长他二岁,仍向陆执定师生礼。后调任绍兴府司理。

绍熙五年(1194)任国子博士,庆元学禁起遭斥,家居十四年,著书讲学。嘉定元年(1208)复起,历任秘书郎、著作佐郎、国史院编修官兼实录院检讨官。

后出知温州,以德化民,为官清廉,政声尤著,为当地民众所敬爱。廉俭自持,首创废除妓籍。晚年寓居宁波城内月湖之畔,开创"慈湖书院",设馆讲学,世称"慈湖先生""甬上四先生",史称淳熙四先生之一,创慈湖学派心学。

宝庆元年(1225)以耆宿大儒封为宝谟阁直学士、太中大夫,封爵慈溪县男,卒谥文元。

一生著作等身,著有《慈湖遗书》《慈湖诗传》《杨氏易传》《先圣大训》《五诰解》等。

杨简师事陆九渊,发展心学,主张"毋意""无念""无思无虑是谓道心",认为"天地我之天地,变化我之变化,非他物也",把宇宙的变化说成是心的变化。并宣扬"人心自明,人心自灵"的观点。是我国古代无念心学的创始人。

大皎杨氏始祖杨仁贵传承其先祖耕读持家的传统文化,而大皎历代乡民也秉承了先祖的这一文明渊薮。

大皎村在 1949 年前属大皎乡,也是大皎乡政府的所在地。1958年属四明山人民公社,1983 年设大皎村委会,属大皎乡,1992 年至今属章水镇。现驻地南山,共 151 户,449 人。耕田 256 亩,山地 2400亩,以种植贝母、茶叶为主。辖区范围:细岭、大皎、北山、南山、小岙、下塘。

这就是大皎今生前世的历史基本概况。

祖辈世代都是大皎人的杨良瓒,就出生在这个有山有水有灵性的地方,他的一生与大皎有关,和贝农有情,与贝母有缘。

　　他从小就被大皎灵性的山水感染着,具有大山的雄壮气魄、大皎溪水的柔情风骨。

　　也就在这里,他从小受到出人头地争第一的"强顽民风"的感染,渐渐形成了山里人的质朴、率直、狂热、顽强、刚正的个性气质。杨良瓒不仅是大皎赤子,而且一辈子与贝母结下了不解之缘,是贝母的化身、贝母精灵、贝母之魂。

　　杨良瓒从小喜欢追求真理、用事实说话,是个秉性耿直的人,他是大皎乡里一个出了名的人物。俗话讲,在任何一个村坊、单位或者是学校,给人们留下深刻印象的有两个人,一是成就卓著的英雄,二是偷鸡摸狗的坏坯子。当然,杨良瓒属于前者,他从小到大都是乡里有名的、老大哥式的"英雄"。

　　他从小个性顽强,无论是亲友亦或是不熟悉的人,若有谁欺侮弱者,他就会见义勇为,出手相助,有一种路见不平拔刀相助的英雄气概,让一些地痞流氓不见而寒。

　　凡有聚众吵架打闹的地方,必有他出手劝架阻遏的消息流传,因为再黑、再强的对手都怕他、敬他三分。

　　但他还是个铁骨柔肠的多情汉子,每见有乡民吃不饱或买不起菜,他宁肯自己不吃,也要帮助别人渡过难关。他是大皎的赤子,对故乡有着深厚的情结。他的个性自幼就耿直、豪爽、热情、刚烈、倔强、勇敢,他像一头倔强的老黄牛,不管前面的路有多险峻崎岖,也能一犁耕到头,有从不回头歇脚的韧劲,极具开创革命大业的英雄气魄。

　　这在小小的大皎山村,早在二三十年代他已闻名了。过去大皎老小无一不知这位见义勇为的英雄杨良瓒,老老小小都十分敬畏这位从小就有江湖气魄的英雄。

　　然而,他从小个性十分倔强刚烈,无论是家里亲人或者称兄道弟的朋友之间说话或做事,只要他认定的真理都无法否定,他是一头难以驯服的忠烈的猛狮。这一点在所有亲友当中都获得了一致的认同。

诚然,他性子刚烈,但对故乡大皎及贝农的生活却非常怜惜和用情,他喜欢和钟爱贝母,关心贝农的生活,一生与贝母结下了不解之缘,被誉为大皎亦子、贝母之魂。

二、逆叛家庭　追求真理

在旧社会,山里的人民与平原地区的农村人民一样,过着贫穷落后的生活。杨良瓒也出身贫寒,其父杨徐茂,原本经营手工艺小作坊。起初以弹棉花、穿棕棚为业,为一乡居民生活服务,仅收取微薄的手工费,颇受当地居民尊重。

杨徐茂育有六子四女,共十个孩子,养育这么多的子女,家庭困难情况不言而喻。

十子女依次为,大女瑞雪,嫁于本地。长子松瑞,成年后为湖南衡阳亨得利钟表店经理。二儿金瑞,即上文所述杨良瓒。三儿银瑞,早年参加新四军,解放战争中牺牲。二女银雪,任职于广州钟表店。四儿庆瑞,即杨明,早年参加新四军,新中国成立后在辽宁省财政厅任职。五儿祥瑞,就职于重庆市钟表店,任总工程师。三女荷雪。六儿宏瑞,早年参加革命,抗战时牺牲。四女慧雪,早年参加革命,新中国成立后在辽宁省从事教育工作。

杨良瓒作为男生排行为老二,俗话讲,新阿大、旧阿二,轮到杨良瓒时,所穿的只能是长子老大穿剩的旧衣服了。因此,他常怀有对旧社会生活的不满和怨气,希望能有朝一日,摆脱这苦难的生活。长大以后,他开始逆叛家庭,日后他的三弟、四弟也经由他介绍,秘密投身革命,加入新四军,并参加了抗日战争。

其父杨徐茂是位善良的商人。当初大皎有六百多户人口,杨家又是一个大户人家。面对一大堆子女,经过几年苦干,杨家还是入不敷出。

穷则思变,为了把生意做大,其父亲从手工业转为经商,除了要养活一大家人,还希望能够做善事、做好事,帮困济贫,努力不让全村任何一个人饿肚子。

杨徐茂还收了一大堆干儿子、干女儿,这些孩子没饭吃,到杨家却能够免费领取救济大米。而杨徐茂自己却长期穿一双破鞋、破罩衫,他省吃俭用目的是能帮助更多穷人活下来。这也是杨家几百年来一直在做的传家善举。

后来,其父在乡里闹市区开办了六家商铺,经营产品包括南北干货、鲜咸水产,还经营赍器店、粮油店、日用百货店,成为当时全乡最大的家庭式商业旗舰店铺。

杨徐茂经营有方,买卖公平,商品质量上乘,加之他乐于助人,深受乡内外村民欢迎,所以生意十分兴隆。几年后全家很快脱贫致富,家境的富裕也使子女的生活与教育得到很大改善。

1924年,杨良瓒八岁,要到大皎私塾学堂上学。上学的第一天,他父亲特意从宁波给杨良瓒买来一只时尚的小皮包和一双高档时新的小皮鞋,作为奖励。

这对山区孩子来说,是难得一见的高档奢侈品,他觉得好奇,同时也为了孝敬父母,经不住父母对他苦口婆心的劝说,才懵懂地穿着上学去了。

当他一进课堂,全班同学都惊奇地看着他手中拎着的皮包与脚上穿的皮鞋,以为来了一个外国佬的孩子,因为所有同学都是用纸粘的书包,脚下穿的都是破布鞋,唯他一人穿着这双乌黑锃亮的牛皮鞋,拎着皮包,同学们对他指指点点,耻笑他。同学们的这一耻笑,触动了他的不满情绪。

　　中午一回家，他就怒气冲冲地把皮包和皮鞋甩下，嘴上还嘟囔着，一肚子被耻笑的火气，马上换上了原来常穿的布鞋与纸包。

　　他母亲看到后有些不解地问他："侬为啥体把介好的皮包、皮鞋换掉呢，侬要知道这是纳阿爹特意从大城市给侬买来让侬穿用的，侬想啊，人家连看都看不到，这是奖励侬好好读书的最好礼物，赶快用上它吧。"

　　然而，他却十分生气地对他母亲说："阿拉山里人何做是穷苦学生，阿里来有介好势口能穿介好皮鞋嘞，就是各麦格皮包、皮鞋样子，何做连看都没看张过，甬讲能够穿上其立。哦，专拨我一个人穿用，我头出角的啊，穿立欧我摆阔少爷、出风头呀，我否用，这对调家也勿公平。"

　　母子一席对话，各有各的讲法和道理，但杨良瓒年纪小小，思想老早就成熟了，他敢说敢做，诉说了一通掏心掏肺的话，听得他母亲哑口无言，无话可讲。

　　从此，那只高档的皮包与那双锃亮的牛皮鞋，他再也没有穿用过，一直放到很久以后被他送了人。

　　他从小就有同情贫苦人家的心，同时他那凡事讲真话的倔强个性，也在这些小事上暴露无遗。以理服人、讲究道理、据理力争，这是他从小形成的个性风格，这也是他以后入狱后同国民党谈判的一个有利方面。

　　他那种以理服人的性格，从小在任何时候都会发生。在八岁那年，在自己家里也发生了一件他公然反抗大人的事。

　　少年杨良瓒（杨金瑞）同兄长杨松瑞两人同睡一张床。有一次，因为白天顽皮太累的缘故，他哥哥夜里尿了床。

　　第二天，他母亲在整理棉被时闻到有一股气味十分冲鼻，并发现有尿汁痕迹，在没有查清谁尿床的情况下，他母亲一把抓住了小的打了一顿。作为小的杨良瓒感到大人在没有证据前提下打他，既感到委屈又觉得冤枉。

虽然自己也没有证据证明是他大哥所为，但他心里明白这事是大哥所为，为了兄弟他只好不加辩解，但他一直不服气。

于是，他进出家里时都不理大人，并且开始绝食，不吃早饭就上学去了，连中饭、读书回家后夜饭也都不吃。

他左思右想实在想不通，明明是哥哥尿的床，大人为什么一定要咬定是自己呢?! 他越想越气。虽然心中有怨气，但他对于学习从不马虎。

他先把作业做好，然后就连夜用毛笔恭恭敬敬地写了一副对联："大人不公平，小人不太平!"还标上自己真名，他从不含糊不清，敢作敢当，写好后把这条告示贴在他父母住的房间门口，向父母讨回公道。

第二天一早，他父亲首先见到这幅字条，知道小的肯定被冤枉了。因为其父亲十分了解小的的个性，很正直又很刚烈，稍处理不慎会出大事。再说他没委屈绝不会这么做，如果不及时公正处理，这小的反抗起来会闹得全家鸡犬不宁。

对此，父亲就此事批评了母亲，她在没有了解和没有证据的前提下，冒失冤枉小的，这事做得太不妥当，也不公平。

尔后其父单独叫来大的，仔细威严地询问大儿子，最后才得到了证实，的确是大的所为。于是，母亲只好向小的当面赔礼道歉，一直劝说小的"人是铁饭是钢，侬不吃就要拗"，苦口婆心地劝他吃饭。

这时杨良瓒虽然性格倔强尚还有气，但也是讲道理之人，且非常豪爽正直，从小也孝敬父母。既然大人纠正了错误，向他道了歉，他也马上谅解了母亲。整整饿了一天一夜的他，狼吞虎咽地把早餐吃了。

除了敢于在家庭里反对大人不公，他从小也敢于在社会上反抗不公的事情。

1926年7月，杨良瓒十岁那年的夏天，天气特别炎热，学校午息时间，杨良瓒和他十几个同学一起去河里游泳洗澡玩耍，等到他们回到学校时,早已在上课了,他们清楚这下要被罚了。

　　按以前的校规,学生犯了错老师可以用红木做的杠板尺打手心,次数十至五十下不等,这种惩罚的做法是学校规定的。想起这些惩罚,他们几个想到马上就要挨打了,心里感到害怕,然而杨良瓒凭着机智和勇敢却逃过了这一难关。

　　他进课堂后自告奋勇地站出来,向先生大声报告说:"朱先生,今天上午刚教的那堂语文课,如果我们每个人都能背出来的话,就可以免罚了吧?"

　　朱先生一愣,心想,上午刚教一堂课,你们咋能背得出来,除非神仙了。先生也很俏皮地回答说那可以啊。

　　于是,杨良瓒第一个站起来背,一字不漏地把上午教的整篇课文背了出来。

　　满堂学子对着书本一字不错地对照着看,个个听得目瞪口呆,心里都忖着这小子咋背出来的,难道他大脑与我们不一样啊?!

　　朱先生惊乎之余,惊喜地说:"你可以免罚进来就座了。"后面的几位同学却因为背不出课文而受到朱先生的打罚。

　　这个例子说明杨良瓒从小不仅机智、勇敢、聪明,而且学习认真,成绩优秀。

　　说起机智勇敢,这还不算厉害,杨良瓒在十一岁那年还同樟水区国民党税务所打官司并获胜。

　　这在当时是宁波区域内闻所未闻的事,竟然也在他的身上发生,这个事件在大皎乡是家喻户晓的,并成为人们茶余饭后津津乐道的历史故事。

　　一个尚未成年的少年,敢冒天下之大忌,勇敢地同势霸一方的国民党税官打官司,这岂不是在老虎口中拔牙。但这是事实,许多上了年纪的乡民说起这事时还记忆犹新。

　　当时乡亲们真的为他捏了一把汗。然而,他的家人一点也不为这事担心，家里人已经记不清他有多少次在社会上各种较量中取胜。他们太了解少年杨良瓒敢说敢做、与人斗智斗勇的刚烈性格，以及从小就敢于同大人拼比而永不言败的英雄志气。

当年他父亲在大皎开了几爿赎器店、粮油店及南北干货店等，年年上缴税款。当然，做生意交点税讲起来也是天经地义的事，无可厚非。

记得美国著名文学家富兰克林曾经说过一句名言："人的一生有两件事是不可避免的，一是死亡，二是纳税。"民国时期的国民党主要靠纳税收入来维持其生存不足为奇，问题是国民党乱收税。这不，杨良瓒在对税单时却查出重复多收税款和乱收税等腐败事实，于是他一气之下就把国民党税务所告上了法庭。

法官和税官看着公堂上只有十一岁的小孩，以为好欺压，疾言厉色地先想吓唬他一下。然而，当这位少年在公堂上拿出证据，还面无俱色地大声呵斥国民党税官乱收税的事情，并扬言如果法官不能公正审判，他就要拿着证据到处去告，要让法官威信扫地。

法庭上这些法官和自觉理亏的被告税官，都目瞪口呆，这下也怕了。

通过用事实评判争论，结果税务所败诉，杨良瓒胜诉。

这么小的年纪就有如此大的胆子和勇气，向不合理乱收费的行为公然开展斗争，说明杨良瓒从小具有勇气和胆识。

十一岁少年单枪匹马打官司能胜诉，这在官司历史上也十分罕见。胜诉的消息像风一样快地传遍村里，在全乡引起了轰动。这场漂亮的胜利官司，赢得了全乡村民的敬慕与惊叹。

"喔哟，不得了啦，十一岁小人嘞，杨良瓒介小年纪会把税官老爷告败嘞，太厉害了。"这件事被村民一直传为佳话。

杨良瓒敢于揭露和进行斗争，走到哪里斗到哪里，无论有多大权势，对他有多危害，他为追求真理、伸张正义从不妥协。

　　他从乡里小学毕业后,十四岁那年就以优异的成绩考进了浙江省立第四中学(宁波一中,即今宁波中学)。这对一般山里娃来说非常难得,何况全村唯有他一人考中。

　　当然这也也引起了不小的轰动,但村民已经对他每次不寻常的举动和颇大的影响习以为常,许多村民太了解杨良瓒了。这次只有他一人考进城市里去读书,也是情理之中。所有乡民包括小学里的每个老师和学生心里都明白,他的优秀成绩和聪明才智足以令他考入这所学校。

　　能到城市里去读书,不仅仅是大皎乡所有山里人的梦想,也是杨良瓒从小梦寐以求的愿望。

　　杨良瓒从一出生就把刚强和正义的性格烙在身上,他像一股强劲的东风,走到哪儿风传到哪儿。无论是山里或城市,他的性格始终如一,似乎他是为正义而活、为真理而来。

　　在浙江省立第四中学读书时,学校食堂经常把馊气的、不能吃的饭菜卖给学生,当时面对有保安和警察管制的学校,大多数学生敢怒不敢言。但是对于从小就耿直的人来说,无论走到哪里都会大胆提出质疑,对此,杨良瓒就挺身而出。

　　开饭后,他把有馊气味的饭菜直接拿去放到校长办公桌上,大声问校长这样的饭菜能让人吃吗? 你认为好吃那你先吃吃看! 当时校长早就听闻杨良瓒厉害,又怕他聚众闹事,想找办法与他妥协,好话说尽,但还是无济于事。

　　面对这一事实,校长只好当着杨与其他同学的面说:"这变质的饭菜怎么能给学生吃呢?!"并当面答应,马上责成食堂通报处理,改善伙食,并向学生公开赔礼道歉,保证以后不再发生。

　　食堂有关人员受到了处罚,从此学校伙食得到了明显改善,师生们传颂并称赞杨良瓒敢于行侠仗义、抱打不平的英雄壮举。

　　在浙江省立第四中学读书期间,他结识了许多进步青年,还参加了社会科学读书会,阅读《共产党宣言》等经典著作和《新青年》等进步书刊,初步接触到了马克思主义真理。

由于受进步老师的感化教育,杨良瓒觉悟迅速提高,还组织开展各项活动,在学校中树立了一定的威望,很快就被校方和学生们选为学生会主席。

期间他还敢于冲破封建思想的束缚,与反动当局开展舌战,宣传真理。

他将空余时间全部投入到为学生服务上,帮助差生陪读,为困难学生垫付学费,还经常到宿舍和食堂检查卫生工作,受到学生们称赞和拥护。然而,由于他参加的进步活动较多,学习成绩一时受到影响。

汇生从市档案馆中找到 30 年代其父在浙江省立第四中学读书的档案,从初中一年级到三年级,杨的成绩一年不如一年,主要原因就是他从初二开始接受了马列主义真理的召唤,导致学业受到影响。档案中在他的名录里还多发现一顶头衔"堇江贝母有限责任公司职员"。因为他在读小学时老早就介入了有关贝母的事项,也是他最早发起的贝母运动,所以,在他的学籍里注上这些头衔也是理所当然的了。

在浙江省立第四中学读书期间,杨良瓒经常关心照顾弱小群体和资助贫困的同学,但他的资金都来源于他的家庭,因为他父母在家乡开了几家商店,家庭比较殷实。但是杨家的家规也较严,父母除了实际要支付的学费之外,一般不会轻易多给儿子钱。但无论家规如何严,始终不能改变他帮困助贫同学、时时要资助贫困同学的那种铁骨柔肠的坚定决心。

他父亲每周都要到宁波城里配货,杨良瓒从他母亲处了解到这一消息后,就时刻盘算掌握其父亲去宁波的准确时间。

他父亲从大皎半夜动身乘航船,到达宁波天应该还没亮。每次他父亲还尚未到市区,他就一大早佃了一辆黄包车去航船埠头等着,在人声鼎沸的码头里,他站在高处眺望着、寻觅着。

　　由于尚未拂晓仍难见到他父亲的踪影，于是他灵机一动，扯大嗓门喊："杨徐茂先生、杨徐茂先生，我在这里。"

　　他使劲挥动着双手，他父亲杨徐茂在人群中听到有人在叫他大名，就马上回过头，顺着喊叫声走过去，到了面前才看清楚原来是自己儿子在喊他，便一时火起大骂儿子乱叫大人名字十分不孝。

　　这时杨良瓒笑着辩解说："在人群当中，儿子叫阿爸，谁会去应了，我不叫你大名咋好找到你哩。"父亲无言笑对。

　　宁波老话讲，该一小人交关活络能随机应变，或许指的就是他吧。这时杨良瓒把事先编好的善言之话又一次告诉父亲，拿走了他老父亲的置货之钱。

　　被骗的老父自言自语地忖着，这小子每次来这里，都知道我进货的时间，也掐得太准了，真是奇了怪了，每次这钱都会被这小子劫去一大半。

　　最难能可贵的是这小子自己勤俭节约，这些钱除了交读书费用之外，相当一部分钱是专门用于帮助困难同学的，不知有多少同学得到过杨良瓒的关心和资助。

　　在中学时期，杨良瓒已经受到马列主义思想的影响，经常搞学生进步运动，校领导因为他这种具有正义感又助人为乐的进步学子的思想和行为，对他也是无可奈何。

　　毕业拍摄毕业照时，全校学生都穿上童子军服装，系好蓝领巾（象征国民党政权），唯有他一个人把蓝领巾垂落于两肩下不打结，寓意国民党不会有结果。他不服从腐败的国民党政府统治，在当时，如此胆大妄为公然违背政府、侮辱当局的举动，不枪决也得坐牢。

　　毕业照出来后，学校领导也没有注意到照片中的问题，但却被驻扎在学校的国民党特务发现而汇报了给了上级，当局闻讯赶到学校指名要抓杨良瓒，而他早就接受真理召唤，无意再读高中了，便走出校门与进步老师一起，携手并肩奔赴抗日救亡第一线。

其实毕业以后,他父亲曾要他从两条路里做选择:一是继续读书,考取大学,毕业后再到国外留学;二是不读书在家经商赚钱。

然而,这两条路都是杨良瓒追求真理、拯救国家命运的绊脚石,所以他难以答应。他认为出国留学是崇洋媚外,身在异国就不能为国分忧,不配做公民,国家兴亡,匹夫有责。

在家经商,那是资产阶级自私自利、腐朽铜臭的思想表现,这会失去为人民、为民族大干事业的良好机会。为此,杨良瓒极力反对其父亲选定的两条道路。

为了追求革命真理,实现伟大理想,他用自己的革命行动来拯救灾难深重的国家。杨良瓒不管父母有多少的反对和打骂,甚至有时把他反锁在家里,关在杂间里,用饿饭的方式来制裁他。

由于革命真理的召唤,为了尽早实现共产主义伟大理想,为了民族和人民的幸福,谁也阻挡不住他要叛逆的性格。于是,他想尽办法砸碎门窗,半夜逃出窜进山里,径直往前行走,有意"背叛"家庭,毅然放弃优裕生活条件北上抗日。

三、北上抗日　寻找组织

　　1932 年,杨良瓒在浙江省立第四中学毕业后,正值"九一八"事变的发生,抗日烽火已燃遍全国,对革命非常信仰的杨良瓒,为了爱国,这时他心意已决,要去闯荡外面的世界,寻找党组织,去追求马列主义真理和参加抗日救亡运动。

　　他不顾家人的坚决反对,毅然相约进步人士,第一次闯荡十里洋场的上海滩,北上上海滩参加全国抗日救亡革命斗争。

　　"九一八"事变(又称沈阳事变;日本称满洲事变,因中国东北被日本侵略占领后称作满洲)指 1931 年 9 月 18 日,在中国东北爆发的一次军事冲突和政治事件。冲突双方是中国东北军和日本关东军。

　　"九一八"事变爆发后,日本与中国之间的矛盾进一步激化,而在日本国内,主战的日本军部地位上升,导致日本走上全面侵华的道路。

　　这次事件爆发后的几年时间,东北三省全部被日本关东军占领,该事变因此被中国民众视为国耻,直至今日,9 月 18 日在中国许多非正式场合都被称为"国耻日"。

　　1932 年,杨良瓒到达上海后,积极寻找地下党组织,后经上海地下党组织秘密人士介绍,认识开明书店总编辑夏丏尊,并介绍他到上海美成印刷公司当工人。

　　在学习生活上杨良瓒深受夏丏尊的悉心照顾,与夏丏尊同吃同住。夏公还时常向他灌注新思想和马列主义真理,使他的思想有了更明显的进步。后来又经夏丏尊引荐进入我党在上海的秘密地下组织活动点——上海商务印书馆,开始正式从事地下革命宣传活动。因此,夏是杨良瓒在上海参加革命的领路人。

夏丏尊(1886—1946),名铸,字勉旃,1912 年后改字丏尊,号闷庵。1886 年 6 月 15 日出生于浙江绍兴上虞。是我国著名文学家、语文学家、教育家。

夏丏尊自幼从私塾读经书,清光绪二十七年(1901)十六岁考中秀才。次年到上海中西书院(东吴大学的前身)读书,后改入绍兴府学堂学习,他因为家境贫寒未能读完就肄业。

但对于要求进步的青年来说,读书是他们毕生追求的梦想,于是,光绪三十一年(1905)他借款大胆东渡去日本留学,先在东京弘文学院补习日语,毕业前考进东京高等工业学校,长期借款读书已经影响他的读书和生活。后又因申请不到官费,于光绪三十三年(1907)只好辍学回国。

为了生活,他开始教书和做编辑生涯。1908 年应聘任浙江两级师范通译助教,曾与鲁迅先生等一起参加反对尊孔复古的"木瓜之役",在浙一师积极支持校长经亨颐提倡新文化,被誉为"四大金刚"之一。

"一师风潮"后离开一师,先后在湖南第一师范、春晖中学任教,尤其是在湖南师范时曾与毛泽东为同事,对毛泽东所追求的马列主义真理十分钦慕。后又在春晖中学任国文教员兼出版部主任,并译成《爱的教育》,风靡全国。

30 年代初期在上海以教育作掩护从事社会进步活动。

除了毛泽东进步思想对他的影响,夏丏尊还受到鲁迅思想的影响。他和鲁迅在一师共事时,思想上、文学上都受到鲁迅的影响。后来又在鲁迅的启发下提高对文学的兴趣。

当时鲁迅还没有写小说，也没有用鲁迅的笔名，但已立志通过文学改造国民精神，并开始从事翻译工作。他见夏丏尊小说读得不多，曾以《域外小说集》相赠，使夏"眼界为之一开"，从此不断扩大阅读视野，还从日译本转译名作，所以自称是"受他（鲁迅）启蒙的一个人"。

夏丏尊对艺术的兴趣还多少受到李叔同（弘一大师）的影响。李叔同多才多艺，文学、戏剧、书法、篆刻、音乐、美术无一不精。1912 年他到浙江一师教图画、音乐，使这两门一向不受重视的功课吸引了全校学生的兴趣。

夏丏尊认为这一原因一半是李叔同对于这二科实力充足，另一半是由于他的感化力大。甚至说："我只好佩服他，不能学他。"但也承认："他的一言一行，随时都给我以启诱。"他俩共事七年，情逾手足，常在一起吟诗唱和，互赠书文、印章。

轰轰烈烈的五四运动，丰富的教学实践和人生经验，还有鲁迅、李叔同等良师益友的熏陶，对夏丏尊来说都是宝贵的积累，为他日后的文学创作准备了条件。

他被迫离开一师后并没有为自己的遭遇抱屈，心里想的还是大局。《误用的并存与折中》一文表现了忧国忧民之情。"变法几十年了，成效在哪里？革命以前与革命以后，除一部分的男子剪去发辫，把一面黄龙旗换了五色旗之外，有什么大分别？"可是他把这种现象的病根归于祖先传下来的"中庸之道"，认为医治这种宿疾的药方是"极端"。

夏丏尊是以宗教的精神来献身于教育的，他跟李叔同先生是多年好友。他原是学工的，他对于文学和艺术的兴趣，多少受了李先生的影响。他跟李先生是杭州省立第一师范学校的同事，校长就是经亨颐先生。李先生和他都在实践中进行教育，的确收到了很好的效果。

浙江省立第一师范学校，原浙江官立两级师范学堂。浙江官立两级师范学堂创建于 1908 年，建于浙江贡院旧址，校园面积约 140 亩，是中国建立最早的六大著名师范院校之一，大师云集，名人辈出。学校学风活跃,师资力量雄厚。沈钧儒、李叔同、夏丏尊、马叙伦、鲁迅等知名人士都曾在这里任教,并培养了潘天寿、丰子恺、钱学森、徐匡迪、黄晓棠、周兰荪等一大批国之栋梁。

这里曾发生威震全国的"一师风潮",是中国新文化运动策源地之一,享有"北有京师学堂,南有浙江一师"的美誉。现为杭州师范大学初等教育学院(原浙一师的师范部)和杭州高级中学(原浙一师的中学部)。

"叶蓁蓁,木欣欣,碧梧百枝新;之江西,西湖滨,桃李一堂春。"这是 1913 年秋,夏丏尊和李叔同两位在校任教的巨擘联手写就的这首经典校歌,便是这所百年老校人文素养的一个缩影。

后来李先生出了家,就是弘一大师。

夏丏尊也曾说过,那时他也认真地考虑过出家。他虽然到底没有出家,可是受弘一大师的影响极大,自然他对佛教也有了信仰,但不在仪式上。他是热情的人。

他读《爱的教育》,曾经流了好多泪,他翻译这本书,是抱着佛教徒了愿的精神在动笔的,从这件事上可以见出他将教育和宗教混合成一片。这也正是他从事教育事业的态度。他爱朋友,爱青年,关心他们的一切。在春晖中学时,学生给他一个绰号叫作"批评家",同事也常和他开玩笑,说他有"支配欲"。

其实他只是太关心别人了,忍不住发表一些意见罢了。他的态度永远是亲切的,他说话的语气也永远是亲切的。夏丏尊是一位理想家,他有高远的理想,但并不是空想,他少年时倾向无政府主义,一度想和几个朋友组织新村,自耕自食,但是没有实现。他办教育,也是理想主义的。

最足以表现他理想主义的是在浙江上虞白马湖的春晖中学时,那时校长是著名教育家经亨颐。但是他似乎将学校的事全交给了夏丏尊。

夏丏尊约集了一班志趣相投的名教师,招来了许多外地和本地的学生,创立了这个中学。他给学生一个有诗有画的环境,让他们按着个性自由发展。

他又和一些朋友创办开明书店,创办《中学生杂志》,写作他所专长的国文科的指导书籍。

《中学生杂志》是以"替中学生诸君补校课的不足;供给多方面的趣味与知识;指导前途;解答疑问;且作便利的发表机关"为使命,成为20世纪30年代全国青少年的良师益友。夏氏认为,语文教学中对待文章的阅读和写作,都应尊重文章学的系统。他也是提倡"语感"培养的第一人。

夏氏在语文教育方面的理论和实践,以及他终身为基础教育事业奋斗和刚正不阿的品格,给后人留下了极其宝贵的财富。

夏丏尊是中国新文学运动的先驱,他的学术著作主要有:1923年将日译本《爱的教育》(意亚米契斯原作)译为中文,在《东方杂志》上连载,后由上海商务印书馆出版;还有《文艺论 ABC》《现代世界文学大纲》《芥川龙之介集》《国文百八课》《开明国文讲义》等。译著有《社会主义与进化论》《蒲团》《国木田独步集》《近代的恋爱观》《近代日本小说集》《续爱的教育》和《夏丏尊文集》三卷本等。

可以说,夏丏尊是杨良瓒初闯上海滩时寻找地下党组织的领路人和介绍人。杨良瓒凭借着初生牛犊不怕虎的胆魄,在十里洋场、灯红酒绿的上海滩,与三教九流转战。

杨良瓒在工作上得到夏丏尊的指导,在生活中也得到夏丏尊的悉心照顾,虽然年龄相差三十多岁,可以父子相称,但他们是亦师亦友如父子,俩人志同道合共渡难关,一起战斗在上海滩。

为了抗日救亡工作,他们不知吃了多少苦,而且险象环生,差点命丧上海。他们在上海滩留下的不可磨灭的战斗友谊,已成为中国革命历史上的千古佳话。

四、掩护战友　两次被捕

　　30 年代初的上海滩,是冒险家的乐园,贫困人的地狱,到处是白色恐怖,使人们生活在水深火热之中。作为一名涉世不深的热血青年,杨良瓒以笔代枪,以宣传革命真理、维护人民利益为己任,处处关心和同情普通百姓。

　　他生活上从不浪费时间、乱花金钱,不沾烟酒,每以正直文人自居。在灯红酒绿的上海滩的花花世界里,能靠此站住脚跟多不容易。

　　在白色恐怖的上海,在民族危亡的时刻,杨良瓒组织青年工人上街游行,抵制日货,动员捐物捐款,张贴标语宣传,上街演说唤起民众的救亡之心。

　　1933 年 10 月,风华正茂的进步青年杨良瓒,终因思想进步工作出色,在敌人眼皮底下由上海党组织领导人顾大昌同志介绍,光荣地加入了中国共产主义青年团,成为一名我党优秀的年轻后备干部,增强了我党在上海地下革命活动的新生力量。

　　尔后,党组织安排他到沪东区担任共产主义青年团宣传干事、沪东区团委骨干。在沪东区工委小姚同志领导下主编《沪东工友》《小宝宝》等童工报刊物,做好抗日救亡工作。他立志从舆论上引导爱国青年,坚持抗日,每每以醒目的标题发表一篇篇爱国激扬的文章,不知鼓舞过多少青年,增强了爱国之心,坚定了救国之念,磨砺了强国之志。

他还号召青年:"凡吾国有血气、有胆识之青年,团结起来共同对敌,国家兴亡,匹夫有责。要不惜断头流血,爱我中华,护我国土。"

他的爱国革命言行,为全国青年树立了爱国的典范;他的言行和文章很快在海上和全国宣扬,并得到了广大进步爱国青年的大力拥护和响应。

1934年5月,为积极宣传抗日救国,唤醒民众一致抗日的决心,杨良瓒受组织指示,组织沪东区优秀团员上街散发革命传单。

5月的一天,他和地下共产党员陈阿发、李小花两战友一起爬到上海永安公司三楼楼上屋顶,去散发抗日救国传单。传单从他的手中往屋顶外散发,抗日传单像雪花一样,往下飞舞,大街上的市民争先恐后抢阅传单,有很多路人捡起来看,许多人被传单中能激发人们抗日救国的革命言论所鼓舞。

然而,有一同事却被巡捕发现,往上张望指点他们。当时杨立即往楼下望,他见到一个巡捕用脚猛踢一位正在看传单的孕妇,杨看在眼里急在心里。当时,如果迅速离散也许还能逃脱,但为了掩护革命战友争取逃脱时间,杨良瓒不顾个人安危,不顾战友们的劝阻,主动下楼与敌人开展正面交锋,他故意拖延时间,让两位战友从三楼窗口逃出。

他的勇敢行为,不仅保护了这名妇女,还使其他一起去发传单的战友脱险。

当时,陈、李两战友在门缝中亲眼看见杨良瓒被敌人枪托打倒在地时的情景,他们看到,殷红的鲜血从杨的头部喷薄而出,但他仍坚持爬起来拖住敌人,与敌人怒目相对。两位战友强忍悲痛地看着杨良瓒被五花大绑抓去,这时两位战友已经从反面的二楼窗口顺着水管下滑逃脱成功,而杨良瓒却被绑去投进了监狱。

敌人多次对他严刑拷打,坐老虎凳、灌辣椒水,叫杨交出同伙,杨巧妙地对答:"我为活命,赚钞票,传单是人家一老板出钱叫我发的,我只认钞票,不认得人。"

他顽强地对敌人说:发传单是他一人所为,没有其他人指使。杨良瓒不肯交代自己的组织与脱险的战友,敌人无计可施,也审查不出任何证据,就把他关进了水牢。用高压水枪劈头盖脸冲浇,他却索性脱掉上衣,还很惬意地说:"来吧,刽子手,你冲吧,我不怕!"

在混沌的污水中浸泡了两天两夜,使他浑身浮肿,皮肤腐烂。任凭敌人如何拷打,他决不吐露战友的信息,宁死不屈,在狱中受尽折磨,命悬一线。

儿子因参加革命被捕而性命攸关的消息很快传到了家乡,老父痛恨交加,只好出面请求"宁波旅沪同乡会"要人,杨良瓒才被担保获释。

这是杨参加革命以来第一次被捕入狱,也是第一次尝到了人生艰险,使他更加坚强和勇敢。英国巡捕房责令将杨驱逐上海。出狱后,上海党组织与他秘密约定,为了安全起见,指示他暂离上海,回乡避风继续开展抗日救亡工作。

回乡后,经过乡医治疗身体逐渐恢复正常,老父严厉规劝他再也不能做这些地下革命的事了。但作为爱国的革命者,咋能在家里游手好闲坐以待毙?

于是,他走村入户联络进步人士,在贝农中积极宣传抗日救国的思想。后被选举担任了贝母合作社理事,然而,合作社的建立帮助贝农提高贝母价格,却遭到反动派破坏,杨气愤之极,写了一篇《不能合作的合作社》文章,主要是指责反动派杖势欺人的事实。这篇文章刊登在茅盾主编的《中国的一日》一书中,在全国风靡一时,引起了反动派的恐慌。

之后,受乡民邀请,杨良瓒担任大峧乡小学教导主任,还被村民推荐担任了民众夜校校长,除了做好学校正常教育工作,他暗地里积极做好鄞奉两地的抗战工作,为革命事业奉献一切。

出色的教育、积极的工作,使他深得家乡人民的好评。他利用教师身份作掩护,向苦难的民众秘密宣传抗日救国的道理,教唱抗日革命爱国歌曲;还利用贝母抗税开展了一系列贝母革命活动,为地下革命组织培养更多志士人才,呼号奔走。

现年已是八十多岁高龄的杨忠根是杨良瓒当年担任大皎乡校教师时的学生,现在回忆起先生杨良瓒在教他们唱抗日革命歌曲时还很激动,场面犹如昨日。

他说:"杨先生为人真诚豪爽,对穷人非常同情并给予帮助。那时,虽然他们家经商,生活比一般穷人家好点,但他们家子女多,而且去吃白食的人也多,因此也不富裕。而他自己也是省吃俭用,每每看到学生寒冬季节还穿着露肉的破衣、破鞋时,他脱下自己衣鞋给学生穿,这一切我是当面看到过的。除了热爱家乡和乡民,他全身心地投入到革命事业中去,写革命诗、教革命歌曲,由他作词谱曲的抗日歌曲教给许多学生,特别是《大刀向敌人头上砍去》抗日歌曲,都是他一句句、一声声教唱的,使全校师生都会唱这首歌。由于他的热情引导和教育,当时在教学生大唱抗日革命歌曲时,全校师生抗日热情相当高涨。"

然而,他在家乡的革命活动和言行举止又引起了反动当局的注意与痛恨。

1936 年 12 月 14 日,驻扎在宁波城区的时任国民党浙江省第六区行政督察专员保安司令赵次胜亲自派了十八个凶恶的特务,专门到大皎乡小学逮捕正在教唱抗日救国革命歌曲《大刀进行曲》的杨良瓒。又派两个特务到杨良瓒家去搜抄掠夺财产与红色书刊。幸好有乡友闻讯后抄小路报信,他父母立即将杨良瓒的红色书刊资料从后窗扔出转移,才使全家免遭不幸。杨良瓒因宣传抗日革命第二次被捕。

据当时学生回忆,敌人从学校外面包抄过来,有路人闻讯后立即从小路跑去告诉了他们的先生杨良瓒,这时候杨良瓒完全可以逃脱,但为了使在场一同演讲、教唱的进步青年老师不受牵连,杨良瓒将他们立即化装成学生模样,掩护着他们脱离现场。

等他再次返回去掩护教师们离开时,自己却已来不及脱身逃避,被四面包围的敌人抓住了。

在敌人囚牢里,保安司令赵次胜亲自审问,然而,杨良瓒不仅面无惧色,反而放大嗓门大声高喊"爱国无罪,救亡有责",触怒了赵次胜,反动派为了掩人耳目,不被人发现他们法西斯专政,赵立刻叫刽子手塞住杨的嘴并动用重刑,用热铁板烫胸口,用棉花蘸火油烧腋下、又用辣椒水灌鼻,杨被折磨得死去活来。但他仍咬紧牙关,闭上眼睛,忍受着严刑拷打,不吐一字,视死如归。

直到我党和平解决"西安事变",国共两党提出合作抗日后,经我地下党组织营救,杨良瓒作为异党"政治错误"政治犯而获释。

五、组织开展　贝母运动

　　鄞西章水与大皎一带的农民,过去都是以种植贝母为主要经济收入,该地是贝母的主产地。杨良瓒的一生与贝母有缘,因为他爱国,也爱故乡,更爱贝农和贝母。他的命运与贝母运动、解决贝农困难相关联。

　　据《鄞县志》记载,本县 1933 年在樟溪河谷至鄞江产区东西约有 80 华里,南北约有 30 华里,种植贝母面积有 5000 余亩,贝农约有 5000 余户。其中樟村占五分之四,两地年销贝母 40 余万斤;年产干贝 8000 担,价值 48 万元。

　　大多数农民都以此为生,贝母成为鄞西山区人民的主要经济作物,是他们的生活来源和宝贵的生命依靠。

　　可惜的是在 1940 年因干旱粮食歉收,国民党县政府发条令禁植贝母,以扩粮田,导致贝母生产跌落低谷,使贝农生活雪上加霜。许多贝农的生活因此而陷入困境,甚至外出逃荒乞讨,过着一家人连年失散的痛苦生活。

　　历史上鄞州浙贝的命运多舛。浙贝的价格一直很低,贝农生活十分艰难。为了争取贝母的合理价格,多少贝农为此抗争而流血流汗,甚至献出了生命。为了贝母的生存和贝农的利益,民国早期在鄞州首次发生了著名的鄞西贝母革命运动。

1. 贝母运销合作社成立

现据民国廿一年(1932年)《申报》记载:贝母是鄞西樟村一带主要农副产品,依此为生者计万余户。然历年价格动荡,贝农生活维艰。

该业户郑嘉豪(其中也包括杨良瓒等人)发起筹组堇江有限责任贝母运销合作社,入社者四千数百人,规模之大在鄞县合作社事业中可称首屈一指。

> 兹悉该社业已筹备就绪,于昨日在樟村文昌阁开成立大会,省建设厅、县政府等均派代表到会指导,是日到会者有各界代表及会员来宾千余人,颇极一时之盛。

> 举行成立典礼后,当晚七时又举行该社第一次社员大会,讨论社章,并选举理事、监事、经济委员、评判委员等,至深夜始散。

这是《申报》真实报道的1932年贝母运销合作社成立时的基本盛况。贝母运销合作社的成立,使鄞县贝农有了自己的组织,同时,也意味着对国民党不合理税收的抗争和鄞县贝母运动的开始。

贝母运销合作社成立后,以合作社名义将所有贝母集中收购,统一出售。但弊端是阻碍和垄断了贝农的销路,从中还出现过集体营私舞弊,当初就遭到进步人士杨良瓒等人反对。

之后作为常务理事的杨良瓒出面进行改革,以统售统配方式,出售多少给农户多少,使贝农利益得到保障。

运销合作社创办人之一郑嘉豪(1898年—1955年)是鄞县樟村人,据《语冰室》及有关资料记载,先生生平饱经坎坷,少时尝托身哈尔滨亨得利钟表公司充当学徒,技成获归,供职于沪上。

之后返乡,并于1932年创建贝母运销合作社,专以运营中药材为务,克勤克俭,盈余咸用于造福桑梓。

时逢东夷入侵,先生遂蹈赴国难,出任樟水镇镇长,合民众,募健勇,兴义师,为贝农争高价,发图强之论,播救亡之音,传一时佳名。

先生为人谦和,黄发垂髫,皆与之善,且信义昭彰,乐于扶困,常援手于溺,济人于厄,至于解衣赠药、助学劝业者,不可胜数,乡邻谓有长者之风,君子之行。盖源其品性朴实敦厚,不忘本真也。

其实,早在 1926 年鄞县农民协会成立后,就开展了废除苛捐杂税、实行减租减息和打倒土豪劣绅的斗争。宁波城区中药材老板翁仰青以警察厅长作后盾,长期拖欠村民十三万贝母血汗款不还,由农协代表联名上诉,在国民革命军支持下,使作恶多端的翁仰青被拘捕,财产被查封,贝农的利益得到了保证。

在此影响下,许多贝农聚会进城游行请愿,经过几天的旋转,鄞西为贝母争取利益的斗争取得了胜利。这应该是贝母运动的前奏曲。

2. 组织贝农开展贝母抗税斗争

贝母运销合作社的成员都是鄞西贝农中的优秀代表,其中出生在大皎的杨良瓒就被贝农推选为浙江省贝母运销合作社理事和董江有限责任贝母运销合作社负责人(社长)。他是鄞县贝母革命运动的主要组织者和发起人,鄞县贝母运动史中应该有他浓重的一笔和重要的历史功绩。

现在,鄞州区委党史办列出的 2013 年大事记中,就记载着"杨良瓒与鄞县贝母运动"有关的历史发现。在四明山革命烈士纪念馆的展览厅里,也展览着杨良瓒与鄞县贝母运动的革命资料等实物宣传品,引起许多参观者的敬慕。

杨良瓒 1932 年参加革命,也就是贝母合作社成立前后他就投身于革命。现据《申报》《海上史略》《地方文史资料》《抗日革命斗争资料》等资料反映:

民国二十年(1931 年)来,甬属各地米贵如珠,贫民无以果腹,地方官员忽又欲征药料税,以致贫民大为哗骚,尤其是贝农悲观失望。

为防不测,自本月二十日下午四时起,官长下令紧闭城门。主因是谓郡之西南乡鄞江桥樟村所产贝母向来照例纳捐,刻下乡民因米价甚昂,难于度日,以致次日贝农造反。

现据樟村人一百零二岁郑婆婆、八十二岁周赛春、九十五岁郑仁康等贝农回忆:当时贝母合作社负责人杨金瑞曾多次站在文昌阁台上,召集众贝农,大声号召反对国民党税捐,还带队聚集两千余贝农去打税关——组织群众开展暴动。

"从樟村、鄞江一路向城防游行示威,水陆并举呼声震撼。并带上信函约期本月二十一日入城求官将税捐豁免。

"道府闻讯,立函鄞江、樟村两司持道府告条命驾前往,行至途中,不料乡民群情鼎沸,以致肇此事端。两司吓退至府,随后贝农冲击官府揭瓦破窗、捣毁用具什物,并与兵甬撕打一团伤害不浅。道府为平民愤遂下令赦免税捐。"

普通农民敢于同国民党统治者进行斗争,贝农为真理的抗争取得了伟大胜利。除了这批人为了生存不怕流血牺牲,还与贝农的组织者和代言人杨良瓒敢为他们鼓劲撑腰,带领他们开展顽强斗争是分不开的。这一事件发生后,当局立即下令缉捕贝母运动首领杨良瓒。

此时,抗日烽火已燃遍全国,为了保存革命火种、继续发动地方农民参与革命斗争,杨良瓒经共产党地下党组织安排,连夜离开山乡去上海继续参加抗日救亡革命斗争。

3. 为提高贝母价格同国民党官僚抗争

经过几年的斗争,年轻的杨良瓒在抗战救亡中更加成熟和老练。为了使鄞县的贝母运动深入基层、影响全面,1935年底,组织上获悉杨良瓒曾在贝母运动中为贝母税捐斗争,并取得过胜利,因此,再度派优秀共青团骨干杨良瓒去家乡开展地下革命工作,组织和发动进步青年开展抗日反顽斗争。

他以抗税捐为实际切入口,深入农家调查,关心贝母出路和贝农生活,后被选举担任浙江省贝母运销合作社理事和鄞县贝母生产合作社协会会长等职。

当时,贝母低价亏损,"一袋浙贝一袋谷",贝农生活十分艰难。与杨良瓒同年的郑仁康,年轻时他俩经常在一起,他说有一次贝农出去售货,在樟村文昌阁被国民党兵拦阻,凑巧被杨良瓒看到,他立即上去与兵丁争理,终于让贝农通关。

为维护贝农的利益,杨良瓒还带领协会成员向官僚资本家国民党省医药公司、浙江地方银行等与贝母销售贷款有关的部门开展贝母价格斗争,多次组织贝农抗议。

他还上街张贴抗议宣传,带领贝农上街游行,当局派兵镇压无效,最后他们向当局提出严厉抗议:"如再不提高贝母价格,我们所有贝农将不种贝母,使传承几百年的浙贝绝种,所有一切后果全由你们当局承担。"

国民党政府迫于种种压力,只好提高价格,使贝母价格一跃为"一袋贝母千斤谷"的高价。这一斗争的胜利,是贝母历史上最高的价位了。

尤其在贝母滞销时,多少贝母积压在贝农家里,有的甚或在贝母地里白白烂掉,面对这年头,在协会领导杨良瓒的不懈努力下,与银行达成意向,贝母款先由银行抵押贷款给贝农,让贝农吃下定心丸。

之后再将抵押的贝母运出去销售,不欠百姓一分钱,使成千上万的贝农受益,受到当地村民的拥护与好评。从此,大皎、樟村的贝农生活有了保障。贝农说,当时看大皎的天也变成蓝色了,大皎的山水风景如画,人们的生活好起来了,欢乐的笑脸绽放在千家万户贝农的脸上。

杨良瓒组织开展的贝母运动,通过抗税、打开销路、通购通销、提高价格、银行抵押等办法,不仅提高和稳定了全县贝母的基本价格,着实使全县成千上万的贝母农户直接受益;贝母运动的胜利,也是全县农民运动中的一个生动实例。

六、警告伪县府 谴责匪司令

大皎山区，不仅出产贝母，山城的美景也颇出色。你瞧，春夏季节鄞州西部山区的大皎，梯形茶园，碧绿银杏，枫树飒爽，处处呈现出山区树木葱绿特有的美丽景象。

当笔者赏景走在皎口水库湖畔时，水底里映现出大批火红火红的、浓浓的"火焰"，难道沉在库底的大皎还会"起火"？！

面对此景使我想起了 30 年代初，从大皎出去参加新四军的老革命杨良瓒，早年曾对笔者说过关于日寇火烧大皎村的悲惨历史。

在 30 年代，当时宁波、鄞县、余姚等几个县的政府机关先后迁至此地。大皎成了宁波西部地区政治、经济、文化中心，也引起了侵华日军的高度警惕。

此前，杨良瓒在家乡以教书为掩护从事地下抗日救亡工作，由于地处要塞，地下党组织及三五支队活动频繁，加上国民党政府的驻扎，大大增加了安全风险。对此，杨良瓒担心并预测到日后一定会引起日军的注意，就写出警告意见递交伪县府，并强烈建议国民党宁波警备匪司令、县长俞济民："要求立即迁出伪县府，以免引起日寇注意和进村扫荡，保护当地百姓免遭灾难，以大局为重……"

作为热爱大皎的家乡人，这是杨良瓒又一次做出了爱国、爱乡、爱民的实际行动，他当面责问俞济民并与之理论。而国民党党部根本听不进杨的警告,还威胁杨当心被抓。

杨为了要保护百姓的安全,想方设法要赶走伪县府。组织村民趁夜去破坏伪县府,揭瓦片、破窗门,导致县府多处房屋漏水、漏风,被迫搬到破庙暂避。因此,也激怒了伪军俞部头目野性,遂亲自组织打手,查到是杨组织所为后把他关进庙里进行拷打。

果然,大皎有伪政府驻扎,立即就引起了侵华日军宁波兵团的注意。就在日军部署扫荡大皎前一个月,国民党俞济民部闻风而动,不仅不听杨的严厉警告和谴责,还率部丢弃当地百姓不管,带领国民党县政府的有关下属逃窜至宁海等地避险。

1941 年 5 月 30 日(农历端午节)拂晓,侵甬日军闻讯县政府在大皎后,组织一个旅团兵力,分别从蜜岩、大皎岭、半坑、茶岭岗、下塘等村兵分五路突然包围大皎村,对国民党县政府驻地进行"大扫荡"。

日寇似乎把大皎当成了国民党首府南京,但在抗日战争历史中,这一行为已经十分明显,凡有我党组织,或者有国民党政府所在的地方都会遭到日军的疯狂扫荡和抢杀。

在火烧大皎村的时候,杨良瓒早已逃出破庙,浴血奋战在浙西北和皖南战场上。他一心想保护大皎百姓而劝诫国民党的警告信,也就成了国民党党部字纸篓里的一张废纸。

日军"扫荡"开始时,国民党县政府主要人员均已逃离大皎,部分灵通的村民也已逃到附近的山上。然而,逃避不及的村民就此遭殃。

鬼子进村后碰见当地两个农民,日军残酷地先将他们杀害,一路上枪杀来不及逃的国民党士兵和文职人员三十多人,并进行抢杀掳夺,然后放火烧村。

在烧村的同时,日军上山抓到二十多名女子,其中有两人是未成年的女孩,日军将她们全部拖到一座坟墓平台前蹂躏,顿时惨叫声和哭叫声响成一片。

该村有个年轻女孩,要到邻村去乞讨,途中遭遇了日军,日军将她的两脚分别绑在两匹马上,然后鞭打两马,把她的身体对半扯开以此取乐,日寇惨无人道的兽行,现场惨不忍睹。

现年八十五岁的杨和丰老人还心有余悸地对我说,他当时十五岁,鬼子进村后他带着伤痛紧张地逃到后山水坑边的茅草柴里,才忐忑不安地躲过这一劫。

在山上他通过树叶的掩护,亲眼看见自己的亲人被鬼子活活打死,所有房屋被烧毁,心如刀绞之痛,弱小的他真的没有办法去抗争。

饱经风霜的老人,向笔者讲述了这段往事时眼含泪花。

据了解,当时日寇烧毁大皎民房一千六百余间,火烧后全村仅存六间房子和半个祠堂。杀害村民十余名,活活烧死三人,四十多名妇女惨遭蹂躏。日军还把被打死的人叠置起来用火烧毁,毁尸灭迹。

日军火烧大皎后,许多人妻离子散,家破人亡,无家可归,不得不逃荒到外乞讨流浪。时逢山区干旱,瘟疫流行,日军火烧大皎后又加紧封锁,山货出不去,粮食和其他商品进不来,村民忍饥挨饿,因衣食无着、贫困交加而死亡的村民无数。

其中全家饿死的达十户之多,一时哀鸿遍野,冥纸漫天,一派凄惨景象。原来繁荣富庶的县府驻地大皎乡,自日寇扫荡后顷刻间变为倒塌烧塌的一片废墟场地,令人心酸。

同样,杨良瓒的父母也因房屋、货店被烧,烧断了他们的主要经济来源。人虽然是逃过这一劫,但从此一无所有、贫病交加,在这荒无人烟的废墟地,他父亲因饥寒交迫而黯然离世。

家被烧、店被毁,一场浩劫却没有摧毁这位坚强的老母。

大灾过后,一向慈悲为怀的杨良瓒母亲,想得最多的还是贫病交迫的村民,她拖着病体一拐一拐地到外地去乞讨,将讨来的米饭分送给还活着的饥肠辘辘的村民。可有谁能知,此时她的丈夫已饿死在夏家埠头晾亭里,但她还浑然不知。

当村民看到后,全村老百姓趴在这位善商杨父身上嚎淘大哭;杨母还劝村民不要悲伤,要坚强地活下来,带领大家重建家园,村民们十分敬仰杨母的慈善和义举。

现在,七十多年过去了,原来国民党伪政府不听杨良瓒的警告,以致大皎被日寇火烧的悲惨历史,仍然在人们心中留下难以忘怀的痛苦记忆。

被火烧塌的大皎村又因造水库也已沉没在水底。原来,水库映射出来的是南山、北山新大皎,大批红色枫叶倒映在水面产生出独特的美景。

为了纪念大皎村被日寇火烧的惨痛历史,现在沿水库南岸的蜜北线前段公路上,路边建立了一座碑亭,名叫大皎"毋忘亭",1997 年 7 月由鄞县人民政府建立。亭内立一石碑《日寇焚烧大皎村碑记》:

"一九四一年四月二十日,日寇侵甬,宁波沦陷,宁波军警机构及甬属各县衙署撤至鄞西大皎山区。五月三十日拂晓,日军四百余人分兵六路,进犯大皎,奸淫掳掠,无恶不作,继而泼油纵火,焚烧村庄。大火烧毁民房一千六百余间,此四明古村顿成瓦砾废墟。大皎乡民被杀被烧死者二十余人。劫后,村民三百余人,四出流浪求乞,此实为我县之空前浩劫。语云:前事不忘,后事之师,而落后挨打,已为世所共识。乃立此碑,以志不忘。并勖我后人,记仇雪耻,发愤图强,矢志建设家乡,使国强民富,毋许敌寇犯我寸土!是为记。"

这段惨痛的历史事实告诉我们,当初,国民党政府如果能听从杨良瓒的再三警告,就能避免这场悲剧的发生。

七、冒险营救　名人脱险

"九一八"事变后,日本帝国主义大肆掠吞我东北三省,并加紧侵略活动,企图把华北地区变成殖民地。当时,国民党政府一面推行对日不抵抗政策,另一面又加紧反共进行内战。

1935年8月1日,中共中央发表了《为抗日救国告全体同胞书》,号召全国人民团结起来,停止内战一致抗日。

在中国共产党抗日救国统一战线政策的影响下,上海的抗日救亡运动蓬勃发展,上海地下党组织也急需抗日干部加入战斗。

在这种形势下,杨良瓒思忖着,总以为家乡安全,可以为党做点工作,不料在农村也有特务跟踪,还不如到大城市去,索性为革命干点大事出来。

男人应该志在四方,可其父母托人做媒为他娶了老婆,他父母总以为二次劫难教训加上新婚之喜可以拴住儿子的心。然而,杨良瓒根本听不进父母苦口婆心的劝说:要其放弃"不务正业"的"赤色"而改"邪"归正。

到了新婚之夜时,连娶的老婆咋样他都没有看一眼,就假装上茅坑从后山连夜逃出。于是,杨良瓒刚迈出敌人牢狱,便再次踏入革命征途。

1937年春,为了抗日救亡,杨良瓒再次奔赴抗日前线来到上海,找到上海的地下党组织,并由上海党组织负责人之一顾大昌同志安排,直接进入上海市文化界抗日救亡协会。为了使他继续得到党组织的教育培养和任用,组织上介绍他参加由"中国农村经济研究会"和"生活教育社"合办的"上海暑期干部讲习班"等在上海组织举办的党的后备干部高级培训班,进行系统学习培训。

"上海暑期干部讲习班"是我党在上海组建的一个培养教育我党高级后备干部的革命党校。讲师团由我党上海市重要负责人组成,有张劲夫、萨空了、马寅初、胡愈之、石西民、孙晓村、于玲、方与严、戴白桃、钱俊瑞、张曙、盛震叔、潘念之、冯和法、艾思奇、薛暮桥等中共在上海的主要组织领导者。

讲习班分期开讲,杨良瓒在讲习班如饥如渴地进行学习,还经常在班后找萨空了、马寅初、胡愈之、薛暮桥等领导教员请教马列主义思想精髓内容。

经过几个月的学习培训,杨良瓒受益匪浅,使他对革命事业更加坚定、觉悟更高,对上海的抗日救亡工作更有干劲。

为了在革命实践中得到更好的锻炼和发挥,有一次,党组织交给他一个十分艰巨的任务:那就是冒险营救史良同志。

史良(1900—1985),我国杰出的爱国民主战士,中国妇女运动著名领袖之一——中国民主同盟会卓越领导人。史良同志是新中国第一任司法部长。

她出身于江苏省常州市,一个世代书香之家但清贫的知识分子家庭,自幼秉承了父亲倔强的品格和母亲干练的气质,从小聪颖过人、才思敏捷。

1919年参加五四运动,曾任常州市学生会副会长,领导全市学校的罢课。1923年考入上海法科大学攻读法律专业。"九一八"事变后,发起组织上海妇女界救国会,史良担任理事。

1936年任全国各界救国联合会常务委员。积极参加抗日救亡和民主运动;为争取民主,反对独裁,争取和平,反对内战,同反动势力进行了不屈不挠的斗争。积极参加上海工人和学生反帝爱国的五卅运动。

1927 年,从法科大学毕业后,到南京政治工作人员养成所任指导员,因反对国民党的专横,被反动政府指控为共产党嫌疑而被捕入狱,经蔡元培先生等营救,始免于难。后在江苏临时地方法院任书记官,因曾入狱,而被停职。

1931 年,开始在上海执行律师职务,前后近二十年。在执行律师职务期间,做了不少有利于民主革命的工作,曾冒着生命危险,营救一些受国民党政府迫害的共产党员和进步人士。

在中国共产党抗日民族统一战线政策的影响下,上海的抗日救亡运动蓬勃发展,上海妇女界救国会率先成立,史良同志是发起人之一,并被推选为理事。

上海文化界救国会成立后,史良同志被选为执行委员。1936 年,日本帝国主义侵略气焰更加嚣张,民族危机进一步加深。5 月 31 日全国各界救国联合会正式成立,选举宋庆龄、沈钧儒等四十余人为执行委员,史良同志是其中重要一员。为了推动国民党抗日,她曾同沈钧儒、章乃器、沙千里作为救国会的代表,到南京请愿,并积极参加抗日救亡的宣传活动。国民党政府顽固实行"攘外必先安内"的方针,于 11 月 22 日悍然逮捕了救国会领导人沈钧儒、章乃器、邹韬奋、李公朴、沙千里、王造时、史良,制造了震惊中外的"七君子"之狱。史良是"七君子"中唯一的女同志,她在狱中拒绝敌人的诱降阴谋,坚持爱国无罪的正义立场,直到"七七事变"开始后,在全国人民的声援和中共中央的敦促下才被宋庆龄、何香凝、胡愈之等营救出狱。

抗日战争期间,史良同志在武汉、重庆等地参加抗日救亡运动和民主运动。1938 年至 1940 年,她以救国会领导人身份参加国民参政会任参政员,为要求国民党政府实施民主和妇女参政进行了不懈的斗争。同时担任新生活运动妇女指导委员会委员兼联络委员会主任、中国战时儿童保育会常务委员、中国妇女慰劳总会理事,在团结各方面力量支援抗日前线、训练妇女干部方面做了不少卓有成效的工作。

她是大上海著名律师,民族救亡运动、争取民主运动的积极投身者,为民族和民主革命的胜利建立了不可磨灭的功绩,被毛泽东誉为"女中豪杰"。

然而,在白色恐怖笼罩下的上海,民主活动相当艰难,国民党搜查她的住宅,并密令要逮捕她。为此,组织上指派杨良瓒用最快的速度设法去通知和营救史良同志及家人。

杨良瓒经过乔装打扮后,冒着生命危险趁黑夜直奔上海租界霞飞路的史良寓所。他避开了设在周围的特务盯梢,用声东击西的方法引开敌人。

突破守敌缺口后,又趁黑夜迅速从围墙翻入史良家,将党组织获得的特务要逮捕史良的可靠消息,传达给史良的母亲,并帮助史家迅速装置机密材料,还帮史家全家连夜转移至乡下而脱险。

两天后,特务们无法抓到史良而恼羞成怒,还特出通缉令有赏缉拿史良。党组织获此消息后,大快人心,并对杨良瓒出色地完成营救任务给予了表扬。

八、组织抗日暴动　引导亲友参军

1937年7月7日,国内全面抗战开始。日军在京郊卢沟桥发动进攻,迫使我国守军奋起反击,中国的全面抗战由此拉开序幕。

日军在北平西南卢沟桥附近演习时,以有己方士兵失踪为借口,要求进入宛平县城调查,日本军队于7月8日凌晨向宛平县城和卢沟桥发动进攻,遭到我方抵抗。驻守在卢沟桥北面的一个连仅余四人生还,余者全部壮烈牺牲。

七七事变是日本全面侵华开始的标志,是中华民族进行全面抗战的起点,也象征第二次世界大战亚洲区域战事的起始。

"八一三"抗战爆发后,上海沦陷。为了革命者的安危,保存有生力量,党组织再次要求杨良瓒回乡避风险,于是杨良瓒被逼返回故乡,继续从事鄞奉抗日救亡工作,组织当地游击队和进步爱国青年开展武装斗争。还带着他的弟妹参加"鄞县抗日自卫队"做宣传工作。组织队员为各地群众表演抗战小品,出墙报、办小报、招募慰劳品,还举办民众夜校,积极宣传抗战。他非常勇敢,经常带领抗日救亡运动战友奔赴抗日第一线,同日伪军开展拼死战斗。

10月,宁波的天空特别蔚蓝,也特别炎热,在这抗战形势紧迫之际,为顺应形势发展之需要,经党中央批复,中共浙东临特委成立。

刚从南京中央军人监狱获释回鄞南老家养病的朱镜我,积极寻找党组织,与鄞东坚持抗日救亡活动的老党员竺扬、鲍浙潮等人接上关系,商量组建中共宁波临时特别支部的大事。后经上海八路军办事处批准,将宁波临时特别支部改为"中共浙东临时特别支部",并任命朱镜我为书记。

浙东临时特别支部成立后,着手重建宁属各县党的组织,领导各地开展抗日救亡运动。

为了提高抗日救亡战线干部的工作水平和思想觉悟,组织干部在洞桥天王寺内举办了"飞鹰团抗日游击干部特训班"。正在鄞西、鄞慈和鄞奉区域开展抗日救亡斗争的杨良瓒,在朱镜我书记领导下参加了干部特训班,受到了一次战时特别训练学习,受益匪浅。

杨良瓒时刻牢记特训班革命前辈和老师的教导,积极组织抗日救亡运动;同伪县警察局开展斗争;抢杀伪警察、打开牢狱,释放被押人犯。

昔日深受国民党反动统治和封建豪绅地主欺压的广大劳苦民众无不扬眉吐气,欢呼雀跃。

暴动给了还陶醉在革命屠杀中的国民党反动派和汪伪政权当头一棒。

就在暴动的第二天,国民党调遣军警进行镇压,在敌我力量悬殊、无法继续拼战的情况下,组织上决定主动撤离县城,利用山区的有利地形,继续与敌人开展斗争。

组织农民暴动虽在敌强我弱的形势下遭国民党反动派的血腥镇压,但作为中国共产党人,在鄞奉抗日救亡战线上第一次用自己的武装开展暴动并取得了胜利,浙东临时特别支部功不可没。

当时,参与鄞奉暴动的杨良瓒等革命人士的行动再次唤醒了民众,他们用武装反抗国民党反动派的反动统治,面对屠刀大义凛然、威武不屈的大无畏英雄气概形象尤为后人所敬仰。

杨良瓒在鄞奉抗日救亡战线上所取得的一个个战斗胜利,击破敌人一个个阴谋,也付出了他的血和汗的代价,他的身体多次受伤,留下了多处无法弥合的弹孔。

由于他勇敢和顽强的抗日战斗精神,他在当地名震一方,后受宁波伪司令俞济民部全面通缉,他只好被迫离开故乡。

由于他对革命事业做出了突出贡献,经鄞奉县抗日救亡运动大队部的组织推荐,安排他到绍兴参加我党省战地工作队,参加我党高级领导干部培训班,成为我党一名正式的抗战后备干部。

但这次一走,他心里有数,党组织要将原来零散从事地方工作的同志归队转正了,他想着不知何时能再回故乡,内心一片茫然。

由于战事无法预料,这一次是要跟着大部队走了,他认为真的要告别家乡父老了。诚然,因为家乡也不安全,但这次也是为了顾全大局,组织上或许要他远去担任更重要的任务。

男儿志在四方,他怀着革命者到处能革命的伟大理想,满腔热忱地投身革命事业。

当然,他也舍不得故乡人民和一生牵挂的贝母,但革命者要志在四方、要有打大仗的雄心壮志。特别在战争年代,要随时服从党组织命令并服务于革命需要,于是乎,他再次与生于斯、养于斯的故乡、与大皎的父老乡亲告别了。

为了不连累家人和家乡人民的安全,为了更好地安心从事革命,杨良瓒连夜离开了他的家乡,默默地告别了众乡亲,一步一回头,一回一深情;他拿起了刺刀和抢、唱着他自己编写的抗战革命歌曲《贝母花》之歌,奔赴于抗日前线……

贝母花

洁白的花

那是家乡特有的花

贝母花

坚贞的花

傲霜斗雪开不败

贝母花

见了乡亲笑哈哈

鬼子见了都害怕

一声抢声响

鬼子侵占我家乡

同胞们快扛起枪

去保卫我家乡

再见吧,可爱的贝母花

告别了乡亲和家乡

杀鬼子上战场

我要带上一朵贝母花

多杀鬼子打胜仗

贝母花

清香的花

那是家乡特有的花

贝母花

英雄的花

枪林弹雨都不怕

贝母花

漫山遍野迎春华

那是贝农心中的花

带上贝母花

骑马跨抢走天涯

冲锋陷阵保家乡

如果哪天牺牲在战场上

请把我埋在战友旁

插上一朵贝母花

让她四季都飘香

有多少人去看望它

赞美它是世上最美的花

……

唱着雄壮激昂的《贝母花》之歌,杨良瓒一路颠沛流离地来到了绍兴,参加了当地省直属抗战工作队。他工作十分积极,多次获得工作队好评和嘉奖。

为了培养年轻有为的抗战干部,通过地方组织协调,杨良瓒又被组织安排到方岩参加我党省直属政治大队培训,后来他被委任担任了省直属政治大队宣传干事,积极从事地方抗日救亡工作。

1938年,省直属政治大队随新四军开往浙西北天目山开展抗日救亡斗争,杨良瓒作为省直机关干部直接被编入新四军某团开展战斗,他担任了新四军一团的政治大队宣传组长、团部政训参谋等职,参与了浙西北抗日第一线的斗争。

他还为在浙西於潜的《民族日报》上积极撰写抗日宣传文章,激励更多进步人士参加抗战,这是他正式加入新四军的革命历史时期。

"八一三"淞沪会战后,当日寇铁蹄横虐,京(南京)杭危在旦夕,1937年12月,国民党中央政府委派黄绍竑主持浙江。在黄绍竑赴浙就任省政府主席前夕,周恩来在太原、汉口与他会谈,希望他站在坚持团结抗战的立场上大力支持浙江的抗战青年和文化运动。

当时,党中央已发布了《抗日救国十大纲领》,国共合作抗日的民族统一战线已经形成。

黄绍竑到浙江还没待满二十天,南京和整个杭嘉湖地区即告沦陷,战火直逼钱塘江南岸。黄绍竑只来得及在杭州组织了最后的市民大疏散,悲怆地听着截断钱塘江大桥的惊天爆炸,而后"一步一回头",与省府留守人员一道,转移至浙中腹地永康近侧的方岩,以此作为临时省府。

暂且安顿后,黄绍竑就着手搭建新的省府班子。他把一些思想比较开明的精英人物,如王先强、严北溟、黄祖培等,都安排到重要的省直机关(民政、财政、建设等厅)及基层县区担任厅长或县长;经由他们,又延揽了一批左倾人士、进步青年乃至共产党员。当时国共合作抗日情况下,黄也倾向于中共,其中就有杨良瓒等一大批省直机关的抗日精英。一时间,浙江省上下新人济济,颇有一番蓬勃生气。

在中国共产党的影响、帮助和推动下,1938 年,国民党浙江省政府主席黄绍竑颁布了《浙江省战时政治纲领》。这个《纲领》,实际上是在中国共产党浙江地下党组织,包括(武汉)长江局派来干部的直接参与下酝酿产生的。它将"振作精神,砥砺民心,培养实力,抗敌自卫"作为宗旨,确立为全省"一切努力之总方向"。

它以《抗日救国十大纲领》为基础,结合浙江实际情况,规定了以"动员全省民众参加抗战,创造新的政治及军事力量,保卫浙江,收复沦陷土地,争取最后胜利,为一切努力之总方向"等十条政治纲领,规定了一些比较进步的统一抗日的施政方针和措施。

《纲领》一经浙报刊布,武汉等地的传媒立刻以显著位置纷纷转载。其时,中央政府尚未制定此类纲领性的战时施政方略,而浙江省率先创行,全国之反响自非一般。

紧接着,黄绍竑又雷厉风行地实施了一系列动作:他在兰溪招募流亡的爱国师生,组成"战时政治工作队",并督促各县仿效,深入乡镇,广泛宣传抗日;在丽水和武义,分别开办了"战时政工人员训练团""战时青年训练团"等常设机构,大量培训军政骨干,分遣急需岗位。

杨良瓒也同省直机关同志一起,先后参加了战时政工人员训练团、军政骨干培训班等战时训练学习运动。还分到了《浙江省战时工作人员训练团日记本》,曾几何时,笔者曾在他遗存的日记本封面,隐约看到过他亲笔签名的杨良瓒三个草体字。

"西安事变"后,国民党虽接受了中共中央关于停止内战、一致抗日的主张,但拒不承认湘、赣、粤、浙、闽、鄂、豫、皖八省游击区和红军游击队的合法地位,仍调集重兵进行"围剿"。

"七七事变"全国抗战爆发后,国民党当局虽已停止了军事围剿,但企图通过"谈判"改编来取消红军和游击队。

在此形势下,中共中央在1937年8月1日发出的关于南方各游击区域工作的指示中指出,"在保存与巩固革命武装、保证党的绝对领导的原则下",可与国民党的附近驻军或地方政权进行谈判,改变番号与编制以取得合法地位,但必须严防对方瓦解与消灭我们的阴谋诡计和包围袭击。

并特别强调:各红军游击队应保持过去十年来艰苦卓绝的革命传统,在新的条件下为执行党的路线而奋斗。随后,中共中央又针对谈判中出现的问题,多次指示南方各游击队:要坚持独立自主,拒绝国民党派人来游击队任职;不能无条件地完全集中,游击队驻地应背靠有险可守之山地,不与国民党军队、民团混杂,不要移驻大地方,严防国民党的暗袭及破坏,避免重蹈闽粤边、湘鄂赣等地区的覆辙;在统一战线中要保持独立性,避免陷入右倾机会主义。

为了贯彻中共中央的路线方针和政策,中共东南分局书记项英以及陈毅、曾山、张云逸等负责人分赴各游击队,阐明时局和党的抗日民族统一战线的方针政策,教育部队坚决贯彻执行中共中央的指示。

在这一重大历史转折关头,多数游击队都能根据中共中央所提出的路线方针和政策正确地分析形势,及时识破和挫败国民党的阴谋诡计,坚定而灵活地与国民党地方当局进行谈判,因此,仅用了三个月时间,就比较顺利地完成了集中和改编。

但有的游击队领导人,由于认识跟不上形势的发展,对中共中央的方针政策缺乏正确理解,对下山改编存有疑虑,个别的甚至拒绝下山改编,有的在谈判过程中遭到国民党军队的暗算。

中共中央在正确指导南方各省红军游击队同国民党地方当局进行谈判的同时,还派出代表同南京国民政府代表进行谈判。在谈判中,南京国民政府企图削弱、控制红军游击队,不肯给正式番号和必要的武器装备,还要派人到红军中任职。

中共中央坚持战略统一下的独立自主原则,坚持成立一个军,并在中国共产党的绝对领导下,于闽浙两省与大江南北开展抗日游击战争。经过中共中央的努力,加之日军进攻上海,威胁南京,国民政府终同中共中央达成协议。10 月 12 日,国民政府军事委员会宣布南方八省十三个地区(不包括琼崖红军游击队)的红军和游击队,正式改编为中国国民革命军陆军新编第四军(简称新四军)。

新四军是第二次国共合作期间由第五次反围剿失败后留在南方八省进行游击战争的中国工农红军和游击队改编的军队。主要由项英创建,实质上不受国民政府指挥的中共军事力量。

继国民政府军事委员会任命叶挺为军长后,由中共中央提名经国民政府军事委员会核定,又任命项英为副军长、张云逸为参谋长,周子昆为副参谋长,袁国平为政治部主任,邓子恢为政治部副主任。为加强党对新四军的领导,中共中央决定成立中央军委新四军分会,以项英任书记,陈毅任副书记。

1937 年 12 月 25 日,新四军军部在汉口成立。1938 年 1 月 6 日移至南昌。2 月上旬,军部命令江南各游击队到皖南歙县之岩寺集结整编,江北各游击队分别在湖北黄安(今红安)七里坪和河南确山县之竹沟集结改编,并决定以湘鄂赣边的红十六师,粤赣边、湘赣边及赣东北的红军游击队改编为第一支队,陈毅任司令员,傅秋涛任副司令员。下辖第一、第二团;以闽西、闽赣边、闽南及浙南的红军游击队改编为第二支队,张鼎丞任司令员,粟裕任副司令员,下辖第三、第四团;以闽北、闽东的红军游击队改编为第三支队,张云逸兼司令员,谭震林任副司令员,下辖第五、第六团;以原鄂豫皖红二十八军、豫南红军游击队等改编为第四支队,高敬亭任司令员,下辖第七、第八、第九团和手枪团,以湘南及闽中的红军游击队改编为军部特务营。全军共103万余人,各种枪6200余支(挺)。

遵照中共中央的指示,新四军各支队自1938年2月开始向皖南、皖中集中。三、四月间,第一、第二和第三支队分别到达皖南岩寺,第四支队于皖西霍山县流波疃会合后进至皖中舒城地区。4月4日,军部由南昌进至岩寺,新四军军部集中迁入皖南地区。继之,各支队进行整编训练,准备开赴华中敌后抗日。

于是,按照中央对新四军的战略方针,杨良瓒随新四军部队打入皖南交界的浙西北天目山新区参加抗战。由于国民党的长期恶意宣传,起初,一般群众对共产党和新四军缺乏认识和了解。新四军进军浙西北后,杨良瓒和他的战友们积极开展抗日思想宣传和反顽斗争,扫除了欺压百姓的土匪游杂部队,建立抗日民主政府,伸张了民族志气,得到了人民的深深爱戴。

正如杭嘉湖人民在给新四军的一封信中所说的:"贵军以王者之师,解小民倒悬之苦,拨云雾而见青天,灭恶贼而致升平。"

随着当地群众的觉悟的提高,浙西北人民在党和各级抗日民主政府的领导和组织之下,用各种方式支援和配合新四军进行抗日战斗。

在浙西北新区,那天拂晓,作为团的干部,由杨良瓒率领的抗日部队集结了一个排的兵力主动出击,向前面村落挺进,杨良瓒冲在最前面,他挥动从敌人手中缴获的新式手枪果断地指挥部队,通过了敌人的第一道防线后,在村落前的据点里,敌人发现了我部队,还没等敌人转过神来,这支勇猛精进的抗日部队侦察兵,早已机智的钻到了敌人碉堡下安放了炸药并引爆,顿时一声巨响,碉堡里的敌人全部被歼灭。

部队顺利地击溃了一个小班的日伪军小据点后,趁胜向前方敌人营房出击。

杨良瓒指挥一班向左面出击,又命二班向右翼包抄,而他带领尖刀班冲锋,在前面进行围攻。尖刀班作为先遣队正面直接受敌,冲入敌人主阵地开始激战,左右二班也在此集结,三面夹攻,并以猛烈火力向敌阵地开火。

然而,敌人以据点为掩护,占据有利地形条件,先遣队几次冲锋未能成功,均被凶恶的敌人用重型机抢火力击退下来。

敌人又乘势增加后缓兵力向我部反包围,在突击中,杨良瓒不慎被敌人一颗子弹击中右腿而受伤,部队也因此陷入困境。眼看我部在寡不敌众的危急关头,从后面方向包抄过来的我抗日大队又以一个排的兵力及时赶到,我二支部队集中兵力引成前后二股猛力火势向敌人主阵地进攻,使日伪军营部前后受击,敌人以为我主力部队到了,阵地一片混乱,四处狼狈逃窜。

此时,杨良瓒带着伤痛勇敢地指挥部队,我先遣队乘胜追击发起冲锋,不多时二军合围攻击,顺利占领了敌人主阵地和所有据点,一举将敌人碉堡和营部全部摧毁。使盘踞在浙西北的敌人受到了一次沉重打击。

这次战役的胜利,共毙敌十多名,伤者无数,缴获步抢十余支,手榴弹二箱,子弹多箱,机抢一挺等战利品。

杨良瓒由于在这次战斗中受伤严重,在战斗结束后落队,由他身边的几位战友架着他急行军找队部疗伤,在行军过程中却又迷失了方向,后来路过浙西北到杭甬四明山等地寻找部队,带领几名伤员路过他的外甥家疗伤(具体见他外甥回忆录)。

杨良瓒在浙西北的抗日反顽战斗中,表现得十分勇敢和机智,多次受到部队首长的表彰和嘉奖。他在战斗之余还为宣传抗战的《民族日报》撰写激励抗战文章,许多热血青年受到极大鼓舞而参加了革命。

《民族日报》作为我党新四军在浙西北的抗日宣传报,1939 年初,在于潜鹤村老祠堂建立并吹响了浙西北抗日的民族号角。而且这里还是报社特别支委和於潜中心县委的所在地。

从 1939 年至 1945 年六年零十个月里,报社除三个月时间曾搬到西天目山禅源寺外,其余时间都在鹤村祠堂里。报社六十多名员工中,三十多名是共产党员。他们为宣传我党的方针政策、宣传抗日救国,抛头颅、洒热血。其中有十二位共产党员和爱国进步人士为此献出了宝贵的生命,用鲜血染红了这张报纸。

据史载,1939 年 3 月,时任中共中央革命军事委员会副主席、南方局书记的周恩来,以国民政府军事委员会政治部副部长的身份,来到东南战场的前哨浙江视察抗日工作。

杨良瓒当时作为新四军的干部,他的队部被安排在主要席中,不仅使他亲自聆听到了周恩来副主席关于抗战的演讲,队部和他还受到了周恩来的亲切接见。

3 月 22 日,周恩来到达西天目山,下榻在留椿屋,他于"留椿屋"会晤了国民政府浙江省主席黄绍竑,向他解释我党的政策,宣传"抗日救国十大纲领",共议国难当头,大敌当前,国共两党需要精诚合作,团结抗战。周恩来语重心长的一席话,顿使黄绍竑打消了原来的紧张和疑虑。

周恩来曾对黄绍竑说:"来,我们围住树王。"接着,他俩与随行人员一起合抱大树王。这一举动,意味着国共两党真诚合作的举止。到达仙人顶时,周恩来东望钱塘,西指黄山,慷慨激昂地对黄绍竑说:"祖国大好河山,岂容蹂躏,炎黄子孙理当共御外侮。"游仙人顶之后,周恩来表示在这国难当头,只要国民同心协力,定能驱逐日寇,光复国土。

在天目山之行中,周恩来还饶有兴趣地参观了设在鹤村老祠堂里的《民族日报》,接见了报社的全体革命同志,并称赞《民族日报》为"抗日的'纸弹'报,办得好!"

3月24日,周恩来应邀到设在天目山下禅源寺白子堂的浙西临时中学的开学典礼上作了演讲。

那天,全校师生、行署干部训练班学员、政工队员共一千五百余人,杨良瓒作为当地新四军干部率战士们去听报告,所有人都整齐地集中于祠堂内,连门外走廊也坐满了人。周恩来一身戎装,显得十分英武。

他从军事、政治、经济、文化几个方面,肯定和分析了浙江的抗战工作及当前的形势,特别宣传了"论持久战"的战略思想。周恩来的这次演讲,点燃了浙江前线抗日的烽火,从而巩固和扩大了抗日统一战线,使西天目山一度成为浙江抗日救亡的中心。

如今,在原"百子堂"遗址建有"周恩来演讲旧址纪念亭",亭内立有纪念碑。天目山也因为伟人之行,这座古老的灵山留下永远的革命历史印痕。

听了周恩来副主席的抗战形势报告会后,杨良瓒受到鼓舞而兴奋异常,积极参与抗日战斗。同时也为了扩充抗日部队的战斗力量,杨良瓒接受了省直上级指示,积极动员所有亲友参加新四军。

在战争年代,部队正常机动地点,正所谓铁打的营部,流水的兵。

在联系不上原来部队情况下,他与故乡培养的十余名进步青年相约,包括他的两个弟弟,三弟杨银瑞、四弟杨清瑞(后改名:杨明),带着他们奔赴前线,直接去找新四军军部参加抗日战斗。他委托从延安陕北公学毕业归来的共产党员王少村,去宁波带领杨原先约好的十余名进步青年,包括杨的两个胞弟到杨的浙西北住省。王少村见到杨的弟弟后说:"你二哥杨良瓒要我带你们到他那里集合,去新四军军部参加工作。"于是这些进步青年很高兴的与王少村一起到了昌化,与杨良瓒会合后住了九天。为了去遥远的军部,杨在当地筹到一笔旅行费后,他们一同去了设在安徽泾县云林的新四军军部。

他们从宁波到杭州,再从昌化越过浙皖边界线来到皖南泾县,带着省直领导原先开具的征兵扩军的介绍信找到了新四军军部,受到了新四军副军长项英,参谋长张云逸以及陈毅、谭震林、粟裕等领导的接见。

这里,我引用下新闻网上刊载的一则历史见闻,原作者是:陶福贤,主题是"董中生在昌化",文章中除了列出董中生在昌化当县长期间做的几条为民好事,还有一条大力支持抗日,曾资助在昌化过境的新四军干部杨良瓒等人的历史事实。这里简要的摘编几条文章如下:

"董中生,东阳市六石镇仙伍村人,1938 年春担任昌化县县长,至1943 年调离昌化任湖北省恩施地政实验县县长。抗日战争胜利后,任湖北省地税局局长、江苏淮阳区专员。新中国成立前去台湾,后与子女一起生活在美国。

"在昌化的五年中,他洁身自好,廉正办事,爱惜民力,有利抗日,并能认真执行国共两党合作共同抗日的国策,着实可圈可点。

"董中生在昌化的业绩当首推保护桥梁。董中生为昌化做的第二件好事是创设县立中学。董中生为昌化百姓做的第三件好事是成功召开了一次县政会议,免收土特产捐,减轻农民负担。

"董中生为昌化百姓做的第四件好事是认真执行国共两党合作共同抗日的国策。抗日战争是国共两党合作共同抗日的卫国战争。

"董中生在 1939 年曾资助二十元路费,帮助过路的新四军干部,他的名字叫杨良瓒。

"1942 年国民党消极抗日,积极反共,浙西行署派员来昌化直接逮捕金华农校学生在昌化工作的胡赓(诸暨人),说他是共产党。董中生急派李承恕(杭州警察学校毕业)赴浙西行署营救。虽营救没有成功,胡赓被杀害,但董中生在国民党反共浪潮下,仍能认清形势,以抗日为重,执行两党共同抗日的国策,是难能可贵的。"

这则新闻刚好与杨良瓒在浙西北参加抗日战斗受伤落队在寻找部队经过昌化境内,以及招兵去新四军军部等活动,曾得到过昌化县县长董中生资助的历史事实相吻合。

这是最有权威的历史证明,也是杨良瓒曾在浙西北开展抗日救亡斗争的历史小插曲。

当时他作为新四军干部参与了在天目山的抗日战斗,部队因战斗而失散,他也因为负伤寻找部队无助,同时也为了抗日救亡工作常奔波于各地,招兵买马来扩军抗日队伍,这也是很正常的革命活动,这段历史也曾在他夫人写的笔记里透露过。这一点充分说明革命者的足迹是遍及各地的事实。

杨良瓒自己不仅是最早参加抗战的省直机关干部,还千方百计宣传动员更多进步青年参加抗战队伍。他到故乡动员所有亲戚,凡适宜年龄均可参加革命,终于有十几位被他所说服,于是他带着进步青年,寻找原来部队。

可是战争年代,部队每天在转移和变化,他们一时无法找到原部队,幸好在他去四处招兵前,为了他日后寻找部队之需要,省直机关为他开具了身份证明书,他一直藏在身上。于是,他们只有去寻找创建于武汉后移师于南昌的新四军军部,经过千辛万苦、颠沛流离,终于在皖南找到了新四军军部。

由新四军政治部主任袁国平同志介绍,杨良瓒与他带去的两个弟弟和十余名进步青年一起参加并被编入了由闽浙南红军游击队改编而成的新四军第二支队。

杨良瓒由于是省直机关干部早已编入新四军,而且在各项战斗中立过功,看了省直机关公文函件后,新四军军部决定,将杨良瓒直接从团部提升担任了支队文宣组组长,服从于张鼎丞、粟裕等领导下的新四军第二支队政治宣传工作。

1939 年秋,新四军第一、第二支队相继进入苏南,开辟了以茅山为中心的抗日游击根据地,并将丹阳市的抗日武装改编为新四军挺进纵队。第三支队留在皖南担任长江防务。第四支队在皖中、皖东以游击战频繁打击日军。

此时,国民党对我解放区实行了全面封锁,各种物资缺乏,军民生活相当艰苦,情绪不稳定,杨良瓒经常找新四军指战员们谈心,鼓士气,讲民族大义,团结一致抗日去解放全中国;许多士兵受他的鼓舞与教育,抗日的干劲更加积极。他的积极行动和有效出色的宣传工作,受到新四军领导的肯定与好评。

军部了解到杨良瓒曾在上海出色地从事过地下革命工作,为了充分发挥他的这一宣传工作才能,新四军军部决定再请他打入并感化一个地方杂牌军建立起来的国民革命军部队(简称国军),要求他见机行事,选择时间把这支部队拉过来,便于为我党、我军直接领导。

九、"皖南事变" 再遭被捕

　　为了国共统一抗日,争取更多将士加盟我新四军,壮大我军抗日力量,1939年,新四军军部决定,委派杨良瓒打入国军内部,由新四军军部政治部主任袁国平亲自协调,并要求杨良瓒尽快将一支国军杂牌部队策反到新四军来。

　　最后通过各种渠道,国军同意新四军军部正式指派杨良瓒去担任抗日独立第三十三旅政治工作大队宣传组长兼六七团政训组长,负责宣传全旅民运和士兵政治思想教育工作,之后升任政治委员(原讹传为旅指导员,实为旅团级政委)。

　　他的四弟杨明一同被委派去担任三十三旅第一营教导员(后来杨明作为新四军干部,牺牲后被评为革命烈士,被安葬于他战斗过的辽宁省)。

　　去任前,新四军政治部主任袁国平向杨良瓒做出重要指示,打入国军内部后,要求他及早争取有利时间,在大力宣传我军优待政策同时,拉拢这些散兵,做好他们的思想工作,把这支原来由地方民团自发组建的杂牌军,尽快改变为由共产党、新四军直接领导指挥的抗日新四军部队。

　　当时,杨良瓒还不是共产党员,打入杂牌军还没有引起国军的怀疑。其实在这之前,杨良瓒已经有预备共产党员的资格了,并多次迫切要求正式入党,但组织上经过慎重考虑,为了他个人安危,为了他能更有利从事地下工作之需要,认为形式上他还是不正式加入组织为宜,但实际上他已经是一名共产党员了。

所以他一直以民主人士身份战斗在抗日救亡第一线,但他时刻牢记党的教导为党奋斗,名在党外,其实思想工作上和内心上早已入了党。

作为一名坚强的共产党员和新四军干部,自我服从组织安排和指示,誓死完成新四军军部交给的光荣而艰巨的任务,这是他当时的坚强决心和意志。

为此,杨良瓒不仅带领将士在战场上奋勇杀敌,为了增加新四军力量及早争取部队,他还经常找官兵们谈心,时时宣传我党的方针政策,服从新四军的统一指挥一致抗日。许多将士通过杨的谈话和谈心,都表示响应新四军的指挥。

在部队与日伪军周旋于金鸡岭地方时,杨良瓒部获悉到刚刚在这里结束的一场十分激烈的战役,令他的将士兴致勃勃。

杨良瓒因势利导,特别介绍在这次战役中与他同姓的一位抗战名将杨怀的英雄事迹,以此来教育鼓舞着将士的士气,大家摩拳擦掌坚决要与日军决战到底。

杨怀(1897—1938)字绍卿,1897 年 9 月 29 日出生在一个贫苦农民家庭。自幼帮人做工下苦力,及长又身逢军阀混战、匪患四起,穷苦人民在地主豪绅的残酷剥削压榨下,更是苦不堪言,无以聊生。1922年,时值二十多岁,且富有强烈正义感和反抗精神的杨怀,结交一批穷苦青年以拉绅粮、劫富商为生计,逐渐形成势力,先后袭击兴隆团练局、贵州施丙清匪部,夺取贵州军阀周西城部枪支二百多条。

1925 年接受川军改编,任大队长、团长。1937 年抗日战争爆发,归川军邓锡侯指挥,出川参加上海淞沪大会战。1938 年随国民革命军陆军第六十师调江苏溧阳漳树日战区打游击,牵制日寇的进攻。

在同日军作战中,杨怀身先士卒,十分勇猛。在他的带领下,所属一八〇旅三五九团战斗力很强,每遇恶战,都能冲锋陷阵,敢打硬仗、恶仗。

1938年春,杨怀率团随六十师到达金鸡岭时,突遭日军大部队袭击,被迫退守金鸡岭高地。日军以四个师团的优势兵力,将金鸡岭团团围困,用大小钢炮向金鸡岭猛烈轰炸,又轮番组织进攻,妄图一举歼灭这支全师抗战部队。

在这关系全师生死存亡的危急关头,杨怀坚决地向师部表示:"我杨怀人在阵地在,不守住金鸡岭,死不瞑目!"并动员全团官兵誓死保卫金鸡岭。

杨怀亲临战斗第一线指挥官兵沉着应战、奋勇反击。他亲自率领特务排,冒着枪林弹雨,哪里最吃紧,就冲到哪里助战。在他的英勇气概激励下,全团官兵不怕牺牲、越战越勇,激战七天七夜,坚守阵地,在友军五十九军支援下,终于打退日军,取得反包围的胜利,使整个部队转危为安。

1938年4月,六十师开到戴埠修整待令。尚未几日,日军又攻到戴埠。这里地处平坝,地形开阔,易攻难守。日军以数倍优势兵力发动猛攻,虽经全体官兵顽强抵抗,但终因众寡悬殊而致戴埠失守。

为夺回戴埠,牵制日军兵力,师长陈沛下令杨怀"不惜一切牺牲,限期夺回戴埠!"杨怀受命后,立即召集各营、连长会议,决定夜间突袭。

会上,有的营、连长表露出畏难情绪,不愿冲锋陷阵。杨怀气得拍案而起说:"如今国难当头,咱们是堂堂的中国军人,岂能有贪生怕死之理? 今晚我杨怀带头打突击,你们跟我上,死也要把戴埠夺回来!"在他的带动下,大家表示愿随杨团长打突击,就是为国捐躯也在所不惜。

1938年4月5日晚,杨怀命三连的一个班做掩护,率领着多次与他同生共死、敢于赴汤蹈火的特务排,采取声东击西的战术,首先突破敌人的铁丝网,为大部队进攻撕开缺口。

杨怀个子虽然瘦小,却行动敏捷,夜间行走依然健步如飞。特务排的战士个个也都身手不凡,是夜战高手。

他们很快到达日军阵地前沿,剪断敌人的铁丝网,通过了敌军两道防线。杨怀还亲手夺得敌军碉堡上的一面军旗。正当率领特务排突破敌军第三道防线时,不慎触动了铁丝网上的响铃。日军发觉后,当即用机枪猛烈扫射。杨怀为掩护战友,胸部、头部连中数弹,壮烈牺牲。

杨良瓒将杨怀勇敢抗战的革命事迹在部队传颂,还把自己去新四军部队"参观"来的优良军纪讲给部队将士听,部队士气十分高昂。

杨良瓒乘机拉拢进步的一些将士,要求他们归新四军统一指挥抗日。然而,就在杨良瓒要精心策划部队"起义"时,由于杨在言行举止中的积极表现,完全倾向于共产党和新四军的种种言论和行动,引起了杂牌军里倾向于国军的一些右翼分子的注意。

这支民团杂牌军在杨良瓒鼓动下,即将起义"发动兵变"时被一叛徒出卖而走漏消息,几百号人的整个队伍被国民党官兵重重包围,导致这场"起义"失败,潜入国军的杨良瓒及他部下的新四军干部都不幸被俘。

当时,正值国民党顽固派发动了第二次反共高潮时期,之后在皖南地区发生了震惊中外的"皖南事变"。

"皖南事变",是 1941 年 1 月 4 日夜晚,新四军军部和皖南部队九千余人由泾县云岭地区出发,准备分左、中、右三路纵队,经江苏南部向长江以北转移。5 日,部队行至茂林地区时,遭到顾祝同以新四军"违抗中央移防命令,偷袭围攻国军第 40 师"为由,将新四军军队包围和攻击。

6 日,顾祝同与上官云相率第三战区之第 32 集团军八万多人,在蒋中正命令下,向新四军发起总攻,并强令"彻底加以肃清"。新四军决定进攻国军包围圈外围阵地的星潭,但项英对此犹豫不决,召开的紧急会议持续了七个小时,最终决定原路退回里潭仓。

10日,新四军总部退守石井坑地区,收拢部队约五千人。新四军总部报告毛主席:"支持四日夜之自卫战斗,今已濒绝境,干部全部均已准备牺牲。请以党中央及恩来名义,速向蒋、顾交涉,以不惜全面破裂之威胁,要求撤围,或可挽救。"

11日,中共中央决定,皖南全军由叶挺和饶漱石指挥,解除项英指挥权。12日,毛主席要求周恩来向国民党提出严重交涉,即日撤围,当日石井坑附近阵地纷纷失守,音乐家任光阵亡。当晚,新四军开始分批突围。周恩来在13日向国民政府提出抗议。

1月13日,叶挺率新四军余部退守承流山高地。双方火线冲突激战了七天七夜,新四军由于寡不敌众已陷于绝境,叶挺根据东南局副书记饶漱石的意见,致书上官云相,表示愿往上官总部"议和"。

14日下午,叶挺下山到国军一〇八师师部谈判时却被扣押,新四军政治部主任袁国平在突围时不幸中弹光荣牺牲。同日,新四军茂林阵地完全被国军占领。全军约九千人,除约两千人在黄火星、傅秋涛率领下突围外,大部分新四军将士被俘、失踪或阵亡。

新四军副军长项英与副参谋长周子昆在蒋介石下令停火后突围逃出,3月12日两人于泾县濂坑石牛坞赤坑山遭随从副官刘厚总开枪打死。1月17日,蒋中正发布命令,宣布取消新四军番号,将叶挺交军事法庭审判,并停发八路军和新四军军饷,国共关系再次恶化。

皖南事变后,新四军共有四千余人被俘,关押俘虏的上饶集中营,由多所监狱、集中营组成,分级别关押。一是关押高级干部的上饶茅家岭监狱,二是关押排以上干部的周田集中营,三是关押士兵的铅山监狱。

1942年5月由于日军进犯在即,上饶集中营迁往福建省。6月17

日,在福建省崇安县赤石村发生集体越狱事件,八十余人逃脱,号称"赤石暴动"。四千余俘虏,死于集中营的有一百五十余人,低于一般战俘营的死亡率,但是大批战俘被国民党分批补入第三战区国军部队。

皖南事变后,中共中央军委于1941年1月20日发布重建新四军军部的命令,任命陈毅为新四军代军长(军长叶挺在新四军事件中与国民政府谈判时被扣),刘少奇为政治委员,张云逸为副军长,赖传珠为参谋长,邓子恢为政治部主任。新四军新的军部在江苏盐城,以华中新四军八路军总指挥部为基础组成,并将活动于陇海路以南的八路军、新四军部队统一整编为七个师和一个独立旅,全军九万余人,继续在华中活动。

皖南事变前,杨良瓒领导的"国军"部队在起义中失败后,以异党嫌疑犯的罪名,被国民党第三战区司令顾祝同部下官兵逮捕于溧阳金鸡岭。之后就发生了一场震惊中外的"皖南事变"。

后又从宜兴祝岭起解,经皖浙交界处到达江西上饶,囚禁于茅家岭监狱。

茅家岭监狱(为当时上饶地区国民党设立的最残酷的牢狱,是专门关押高级将领的牢狱),它位于上饶地区信州区茅家岭村,原属为上饶集中营中专设的另一个禁闭室,是狱中之狱,故称"黑地狱"。内置铁丝笼、烧辣椒水用的大铁锅。现在旧址由四个高山悬顶合围组成,属于封闭式木结构砖石墙建筑。

审讯室建筑为木结构民房,刑讯室旧址建筑为茅草棚,面宽九米,进深三米。是对革命志士刑讯逼供的地方。被俘革命同志经过苦工劳役后,其中革命中坚分子,也就是有身份地位的高级将领被送来此处受酷刑。内置老虎凳、烙铁等刑具。

杨良瓒被关押在第三战区长官司令部所属的茅家岭监狱。因为茅家岭监狱是关押在皖南事变前后被俘的新四军高级将士的地方,杨通过打听有所闻,自己能关到这里内心感到一阵欣然,因为在这里或许就能找到自己原来所在的新四军第二支队部队和新四军党组织。

于是,他满怀信心,时刻准备着寻找党组织,迎接新的更为复杂的战斗。然而,谁能想到,迎接他的是国民党极端的酷刑。

杨良瓒作为重要政治犯,是国民党一直痛恨的共产党所派的"军中间谍",所以他被囚禁此地,受尽了种种酷刑,敌人多次刑讯,要求杨承认是新四军高级将领间谍来策反国军,逼他老实交代共产党及新四军组织关系和新四军部队武装等情况,这些刽子手就可向上级汇报记功授奖了。

但杨良瓒根本不吃这一套,敌人无论怎样施行极端酷刑,他就咬住牙关任凭敌人严刑拷打,他忍住激烈疼痛的伤口,不吐露一点有关我党和新四军的任何信息。

当他被敌人泼上冷水,醒来之后,把满口鲜血喷向刽子手,还咬牙切齿地怒斥国民党反动派特务的法西斯专政。由于审讯不出这位新四军强汉的有关共产党及新四军内部的其他线索,敌人无计可施、也问不出什么大的情况,被折腾了几个月后,敌人将半死不活的他又拖进了上饶集中营。

十、上饶集中营　著名七君子

皖南时变后,作为公然反对国民党的"异党分子",杨良瓒从茅家岭监狱转来囚进于上饶集中营。

闻名于世的上饶集中营,位于江西省上饶市城区南部。国民党在1941年1月发动震惊中外的"皖南事变"之后,同年3月22日在江西上饶周田、茅家岭、李村、七峰岩等地设立了这座规模庞大的"法西斯式人间地狱"。当时监狱四周架设起铁丝网,负责管理的是国民党军统康泽系特务。

第三战区特务团调遣一个加强排担任看守任务,监狱门外有荷枪实弹的卫兵,日夜岗哨戒备森严,是一个活地狱。

上饶集中营的主要组成部分,是设在周田的"军官队"和"特训班"。"皖南事变"发生以后,国民党当局无视共产党的严正抗议和国内外舆论的强烈反对,公然颠倒是非,于1月17日发出通电诬蔑新四军"图谋不轨",发动"叛变",宣布撤销新四军番号。

1941年2月17日,国民政府军委会正式颁发了密件《新四军被俘官兵简训实施办法》,企图通过所谓管训,向被俘新四军人员灌输反动思想毒素,采用高压和怀柔两种手段,妄图要求被俘人员叛变革命,转而为国民党当局效命。这些都是建立上饶集中营的反动宗旨。管训实施计划具体由三战区司令长官部撰写实施。

1941 年 3 月,国民党第三战区司令顾祝同正式宣布在上饶市南郊的周田村设立集中营,并亲押被俘的我新四军将士以及爱国民主进步人士。

上饶集中营主要囚禁皖南事变中谈判被扣的新四军军长叶挺,以及在皖南事变中弹尽粮绝被俘的新四军排以上干部,还有部分从东南各省地方上抓来的共产党员和其他爱国革命进步人士等政治犯共七百余人。

周田村是四面环山的偏僻村庄,国民党宪兵特务用刺刀、枪托撵走了大部分农民,抢占民房、祠堂和庙宇,挑选其中好一点的房屋经过修葺后作为自己的住地,差的改作牢房。3 月底,军官队进驻周田村,与此同时,原来关押在三战区政治部专员室茅家岭监狱的一批“政治犯”也转囚到周田,编为“特训班”。于是,一个以周田村为中心,横跨现今区、县两地,包括李村、七峰岩、茅家岭、石底等处监狱在内的集中营,就这样建立起来了。

设在周田的“军官队”全称是“第三战区司令长官司令部训练总队军官大队”,下分五个中队,每中队设三个分队,每分队设三个班,囚有六百五十多名皖南事变中被俘的新四军干部。“特训班”全称是“第三战区司令长官司令部特别训练班”,下设一个中队,分三个区队九个分队,一二区队囚禁的是三战区从东南各省搜捕的八十多名共产党员和抗日爱国进步人士,其中有著名的革命文艺家、中共上海办事处副主任冯雪峰等。

第三区队囚禁的则是从皖南转押过来的在皖南事变中突围后被搜捕的新四军干部。

上饶集中营有一个明显不同于其他监狱和集中营的特点,那就是对外打着所谓军政训练机关的幌子,以“管训”为名,行迫害之实。明明是完全推动自由的囚徒,却被称作“学员”,一律着军服,佩戴有“更新”字样的符号和臂章。特务们对被囚者实施的是所谓“政治感化教育为主,军事训练为辅"方针。

关押在上饶集中营,这些爱国进步志士在狱中秘密党组织的领导下,同凶残的国民党特务进行了不屈不挠的英勇斗争,并成功地举行了著名的茅家岭暴动和赤石暴动,谱写了一曲曲气贯长虹的无产阶级革命正气歌。

5月25日下午,上饶集中营关押人员举行暴动,二十四人逃脱,两人负伤被杀。6月5日,集中营撤离上饶,开始向福建转移。6月17日下午,在崇安县赤石镇崇溪河渡河时,共八十余人逃脱。在一年半的时间里,共有一百五十多人在上饶集中营遇难。1988年1月,上饶集中营旧址被批准为全国重点文物保护单位。这是上饶集中营的基本历史概况。

杨良瓒在上饶集中营受尽各种毒刑和拷打,他还是被囚人员当中第一个站木笼的政治犯。

站木笼是指在木笼里布满锋利铁钉,在暗室里关久之后,突然拉出来站进木笼,用灼热的太阳暴晒刺激,使人双眼灼伤而疼痛,这是法西斯毒刑。

据狱中难友陈刚的回忆,有一个寒冬的傍晚,狱警从牢房正面走道上押来一个被称为"硬汉"的政治犯,身材魁梧而头发散乱,目光如炬地扫视下周围狱警,带着一身血迹的灰色的衣服,已被到处撕破,散落着挂在血肉模糊的身上,双手被铁铐锁上,双脚拖着沉重的铁镣,在几个荷枪实弹的狱警押解下,一步一步地向前移动。后来大家才知道他叫杨良瓒,是新四军打入国军内部的高级干部,也是皖南事变时被捕时的"国军"将领,是后来著名的七君子之一。

因为是政治重犯,他的到来,有警车与狱警的吼叫,才惊动了牢房里所有人。许多人犯都是隔着铁牢里的窗户往外探看到的,当时他们看到几个宪兵押着这个人犯从牢房走过,那人一脸沉着,脸色蜡黄毫无一丝血气,押送的宪兵没有让他直接进入牢房,而是被押到露天的一个新设的木笼里。这个木笼四周都用翘起的铁丝制造,站木笼是对犯人使用最为严重的一种酷刑。因为木笼体积小,人站在里面动弹不得,人一转身就会被四面坚硬的铁刺触破肉体,而浑身会鲜血直流,站在木笼里的人不能变换一下站姿,加上寒露侵害与饥饿,直到耗光所有精力而死去。

杨良瓒被罚站冻了三天三夜。双眼被伤害,浑身被铁钉刺破皮肉,鲜血直流,昏死后又被冷水泼醒,如此反复十几次。据悉,著名画家赖少琪关押此地后也被罚站木笼。

但最后,这位硬汉真的是硬到家了,经过几个昼夜的惩罚,他没有被惩罚致死,硬汉终于赢得了胜利。狱警将半死的他拖进了牢房继续进行看守、拷打、审讯。

据传,敌人审讯杨良瓒时的对白,极富戏剧性。这在范长江编著的、由饶漱石作序的《上饶集中营》一书中写得非常明白(这本书现被收藏于全国各大图书馆,下面另说)。

因为杨良瓒打入国军内部,是国共合作时期,经新四军军部与政府军有关进步领导协议进入的,因此起初还没有引起国军将士的怀疑,都认为他是国军哪个部队干部调配过来的,包括上饶集中营中层以下审案人员还不知道他是正式新四军干部,都以为是国军里叛变的红色共产党分子。

而杨也是因势利导地随机应变,巧妙地回答敌人。所以在审问时才会出现令人趣味横生、啼笑皆非的怪现象。

敌审:你去过新四军?

杨答:是的,去参观他们怎样做部队政治工作的。

敌审:你看见的咋样?

杨答:我看见他们的士兵在开讨论会,指导员在帮助士兵解释问题,他们在讨论怎样打败日本侵略者,怎样实行民主等。

敌审:胡说,你受他们欺骗了。

杨答:不,确实如此,我不能骗人,他们真的是抗日高于一切,毫不计较个人得失。

敌审:你这家伙思想左倾,你的脑筋中毒了。

杨答:不,这是实情,不是左倾右倾。假使要说左倾,我是先天性就左倾了。

我小时候读书,父亲买回一只小皮包给我当书包,穿上小皮鞋很阔气地去读书,可是同学们都是香烟壳子粘成书包穿着破布鞋去上学。我感到不对劲,也换上了纸包布鞋才高兴地去读书。你看,我的思想这不是先天就左倾的吗?"

这些有趣而嘲讽幽默的回答,使敌人无话可问、无计可施,恼羞成怒的敌人最后又把他拖进山洞地狱行刑室进行严刑拷打,坐老虎凳,灌辣椒水,吃沙泥饭,致使他严重胃出血。

经敌人多次拷打刑罚,却未能从杨良瓒的嘴里获得我新四军及地下党组织任何军事活动的消息。最后又把他与皖南事变后被俘的新四军抗日将士一起同囚一处,里面有新四军高级将领、新四军军长叶挺(由国民党政府任命)、上海左翼作家联盟领导人冯雪峰等名人。

《上饶集中营》一书作者范长江,是我国著名新闻记者,也是新中国新闻事业的开拓者,在中国现代新闻史上他有着重要地位。

范长江,1909 年出生于四川内江农村,他早在青少年时代就追求革命、追求进步,积极投身抗日救亡运动。20 世纪 30 年代中期,他以《大公报》记者的名义撰写的《中国的西北角》《塞上行》和主编的《西线风云》曾闻名于世,令他成为昔日的著名记者。

1945 年,他主持编辑出版的《上饶集中营》一书,当时在解放区影响很大,教育了许多进步青年走上革命道路,这种影响甚至一直延续到新中国成立初期。

1951 年,上海电影制片厂根据这本书中的许多史实拍摄了电影《上饶集中营》(编剧冯雪峰),该片在全国城乡放映后几乎家喻户晓,随着电影的放映,这本《上饶集中营》此后就很少有人提及了,但每到范长江诞辰纪念周年时,重提这本《上饶集中营》就更加有纪念意义了。

1941年1月,国民党反共顽固派发动了震惊中外的"皖南事变",3月,便将事变中被俘的新四军排以上干部六百五十多人押送到位于江西上饶的国民党三战区长官部驻地,干部们被囚禁在城南郊周田村,国民党打着军政训练机关的幌子,冠冕堂皇地称之为"第三战区司令长官司令部训练总队军官大队"。

囚禁在上饶的新四军干部、共产党人和其他爱国进步人士,陆续有人利用生病、服劳役和外出活动等时机越狱,1942年5月25日和6月17日,更是组织了著名的茅家岭暴动和赤石暴动,冲出了牢笼。这些成功越狱的革命志士大多历尽千辛万苦、辗转周折,重返了革命队伍新四军。

1944年秋末冬初,时任新华社华中分社社长范长江得知一部分从上饶个别"逃跑"和集体暴动越狱的同志来到了新四军军部,决定约请他们写稿,准备汇编成一本书,用他们的亲身经历揭露和控诉国民党反动派残酷迫害革命志士的法西斯罪行,记叙新四军干部和共产党人坚贞不屈的斗争事迹,用以教育鼓舞华中抗日根据地的广大军民。

范长江对于编辑《上饶集中营》倾注了很多精力,他曾与应约写稿的被上饶集中营关押过的同志一一交换意见,帮助他们挖掘资料、突出主题、精练内容等。

应约撰稿的有赤石暴动主要领导者之一、皖南事变前任新四军教导总队第四队指导员的陈念林,赤石暴动越狱的原新四军军部副官处长叶钦和,赤石暴动越南华侨、参加新四军半个月就遇事变被俘的黄迪菲,茅家岭暴动主要领导者之一、原新四军三支队五团特派员李胜,利用囚徒剧团到铅山石塘演出之机越狱的新四军画家赖少其,还有新闻记者季音和与他同时从石塘跳窗逃跑出来的庞斗华等,共十几篇稿件。范长江审阅了全部文稿,认为国民党反动派在上饶设立的监狱残酷迫害新四军干部和其他革命志士的情形类似德国纳粹集中营的法西斯暴行,提议将"上饶监狱"称之为"上饶集中营",书稿也因此取名为《上饶集中营》。

《上饶集中营》一书初版于1945年的华中解放区新华书店,再版于1946年3月的山东解放区新华书店,一直到1951年再版不下六次。时任中共华中局代理书记兼新四军政委饶漱石为这本书撰写了《上饶集中营出版序》;范长江撰写了《上饶的集中营》一文,详细介绍了上饶集中营建立和变化的过程和国民党特务对囚禁者的暴行。

《上饶集中营》一书中共收十八篇文章和一张上饶地区地图,记述了"皖南事变"中被俘的新四军干部在狱中与国民党特务斗争的史实。

作者所写的都是亲历亲见亲闻的实事,真实地描述了与敌展开斗争的故事。

其中曹越写的《记茅家岭两个月的生活》、赖少其写的《站铁笼的第一天》等,把非人生活和各种酷刑予以暴露,上饶集中营是"人间地狱"的真实写照;陈念林、孙秉泰合写的《卑劣的统治群》无情地勾画出敌人知识的贫乏和手段的卑鄙;李胜写的《茅家岭的暴动》和冯村写的《赤石暴动》反映在敌人包围严密、警卫森严的情况下,抗日志士以坚强的决心和周密的计划及机敏的配合,进行惊心动魄的暴动,最后取得了胜利;叶钦和写的《回到新四军来》记述了暴动以后,经过三年的辗转跋涉、颠沛流离回到了自己向往的军部;叶钦和写的《哀施奇同志》和冯村写的《怀念孙锡禄同志》,从不同角度分别描写了两位共产党员,在狱中坚贞不屈的英雄气概。

在此之后,一青又根据自己的亲身经历,撰写了《炼狱杂忆》作为《上饶集中营》的续篇,1946年和1947年分别由东北解放区的辽东建国书社、东北新华书店、大众书社出版和再版。一青即郭静唐(1903—1952).曾与杨良瓒一起被关押在上饶集中营监狱,受尽酷刑,1942年被营救出狱。

上饶集中营,当时分成两个部分:囚禁新四军军官干部的叫"军官队",囚禁东南地方被捕的共产党员和进步人士的叫"特别训练班"(简称特训班),对外打的招牌是"中央战时青年训导团东南分团"。

为了对外欺骗舆论,对内进行分化,以达到仅用镇压手段所不能达到的政治目的,集中营还相继成立剧团、球队和文化组。

"文化组"由七人组成:

冯雪峰(文艺理论家,诗人,鲁迅挚友,皖南事变发生时在金华被捕)

吴大琨(经济学家,在慰问新四军返沪途中被捕)

杨良瓒(新四军军部派去担任国民革命军独立 33 旅政委〔旅政治指导委员〕兼任政治大队宣传组长)

王闻识(浙西民族日报社社长)

计惜英(国新社记者)

郭静唐(国民政府浙江省参议会参议员)

叶苓(新四军干部)

敌人宣称成立"文化组",是"优待"文化人,可以免除劳动和上课,借以粉饰罪恶,蒙混视听。

冯雪峰在集中营用的名字是"冯福春",但"文化组"几个人当然都明白他是谁,但愚蠢的敌人始终不知道他就是上海左翼作家联盟的领导人冯雪峰。"文化组"这七位同志,后被人们称为上饶集中营"七君子"而流传于世。

冯雪峰(1903.6.2—1976.1.31),原名福春,笔名雪峰、画室、洛扬等。浙江义乌人。1921 年考入浙江省立第一师范,参加朱自清等人组织的文学社团晨光社,开始创作新诗。

1922 年与汪静之等组织湖畔诗社,出版诗集《湖畔》。1925 年到北京大学旁听日语,1926 年开始翻译日本、苏联的文学小说诗歌文学作品及文艺理论专著。1927 年加入中国共产党。

1928 年结识了鲁迅,编辑出版《萌芽》月刊,并与鲁迅共同编辑《科学的艺术论丛书》。1929 年参加筹备中国左翼作家联盟,1931 年任"左联"党团书记、中共上海文化工作委员会书记,编辑出版《前哨》杂志。1933 年底到江西瑞金任中共中央党校副校长。1934 年参加长征。1936 年春到上海,任中共上海办事处副主任。

1937 年回家乡,创作反映长征的长篇小说《卢代之死》。1941 年被捕,因于上饶集中营。在狱中写了几十首新诗,后结集为《真实之歌》。1942 年被营救出狱。1943 年到重庆,在中华文艺界抗敌协会工作,发表了许多杂文及文艺理论文章。1946 年回上海后创作了许多寓言。

1950 年任上海市文联副主席,鲁迅著作编刊社社长兼总编。1951 年调北京,先后任人民文学出版社社长兼总编、《文艺报》主编、中国作协副主席、党组书记。

1954 年后因《红楼梦》研究问题和"胡风事件"受批判,1957 年被划为右派;1966 年又被关进牛棚。1976 年患肺癌去世。1979 年中共中央为他彻底平反并恢复名誉。

冯雪峰是现代著名作家和诗人。撰写的已经出版的主要著作有:《湖畔》(诗集)与汪静之、应修人等合著,1922,杭州湖畔诗社出版,《春的歌集》(诗集)与应修人等合著,1923 年杭州湖畔诗社出版。

他也是最早研究鲁迅的作家,撰写《鲁迅论及其他》(论文集),1940 年桂林充实社出版;增订本,改名《过来的时代》,1946 年新知出版;《真实之歌》(诗集),1943 年作家书屋出版;《乡风与市风》(散文集),1944 年作家书屋出版;《有进无退》(散文集),1945 年上海国际文化服务社出版。

《跨的日子》(散文集),1946 年上海国际文化服务社出版;《雪峰文集》(诗、杂文合集),1948 上海春明书店;《上饶集中营》(电影文学剧本),1951年华东人民出版社出版;《回忆鲁迅》(散文),1952年人民文学出版社出版;《论文集》(第1卷),1952年人民文学出版社出版;《雪峰的诗》(诗集),1979年人民文学出版社出版;《鲁迅的文学道路》(论文集),1980年湖南人民出版社出版;《雪峰文集》(1—4卷),1981—1985年人民文学出版社出版。从以上这些书名可以看到,冯雪峰不仅为是文坛优秀领导,更是一位勤奋的作家,可谓是一生著作等身。

"七君子"中,冯雪峰同志年龄较大。他面容清瘦,身体虚弱。当时又曾患上一种可怕的传染病"回归热",幸得好友郭静唐通过关系,从外买回有效药剂,方才挽救了生命。

冯雪峰在分析当时形势时说,敌人是疯狂和残暴的,有可能进行大屠杀,因此,身体好的同志应利用一切能利用的机会冲出老笼,找机会越狱,保存有生力量继续为党战斗。

前段时间,狱中的赖少其顺利越狱一事,大大鼓舞了其他同志。

赖少其(1915—2000),笔名少麟,斋号木石,普宁人,著名爱国画家。他是画家,同时也是战士和诗人,曾被鲁迅誉为"最有战斗力的青年木刻家"。他独创了"以白压黑"技法,是新徽派板画的主要创始人,是杰出的革命文艺战士,中国当代著名书画艺术大师。

他1936年毕业于广州美术专科学校。早年在"新兴木刻运动"中以铁笔作刀枪,被鲁迅称为"中国最有战斗力的青年木刻家"。

赖少其先生是我国著名版画家、国画家、书法家、篆刻家、新兴版画运动的发起人,"现代版画研究会"创始人之一,是受到鲁迅先生赞誉的青年木刻家,是新中国文化艺术事业尤其是版画界的卓越领导者。

1934年他编译了中国新兴木刻史上第一个介绍版画技法的书籍《创作版画雕刻法》。新中国成立后,历任南京市委宣传部副部长,南京市文联主席,南京大学、金陵大学教授,上海市文联副主席,安徽省委宣传部副部长兼文联主席等。七八十年代,他创作的以黄山为题材的气势恢宏的国画巨作,轰动画坛,被誉为"新徽派美术"代表人物。1986年定居广州。工书,擅山水、版画、篆刻。主要著作有《创作版画雕刻法》《赖少其自书诗》《赖少其山水画册》《赖少其画集》等。

1938年参加中华全国木刻界抗敌协会,1939年参加新四军,他绘制的宣传党关于抗日救国主张的画稿和文章,深受部队和民众的喜爱。他创作的《渡长江》歌词,流行于大江南北,成为激励战士勇敢杀敌的军歌。

"皖南事变"后,赖少其临危受命,带领新四军主力团之一的五团掩护军部突围,血战四天,部队伤亡惨重,营、团干部全都牺牲。当时任团宣教股长的赖少其是最大的官了,他们一起打退了敌人一次又一次进攻,枪管打红了,就从敌人死尸堆中找武器、子弹,手榴弹打光了,就用刺刀拼,用石头砸,甚至展开了肉搏战。夜晚,敌人放火烧山,赖少其与战士们趁着黑夜直往山下猛冲,终因寡不敌众而被捕。

被捕后赖少其与战友们被敌人从"皖南特训处"押解到了上饶集中营。当时他与左翼领导人冯雪峰等关押在一起。在狱中,赖少其常为冯雪峰的诗作插画,冯雪峰也为他的绘画题诗。他们利用唱歌、演出、出墙报等机会与敌人周旋,坚决拒绝敌人的种种"劝降",为此曾被单独关押。现据上饶集中营纪念馆资料显示,在这一年多时间里,共有二十二位共产党人和革命志士受过最残酷的刑具——铁刺笼的刑罚,这其中就有赖少其。

铁刺笼也称木笼,有一人高,但长宽仅有一尺,由四根大柱、六根小柱组成,里面缠满铁刺,人站在铁笼里不能转身和坐下,只能站立,稍微动动就被刺得皮开肉绽。赖少其就在这样的铁笼里关了三天。

上饶集中营里有一个特训班,特训班其实是专门对付我新四军干部的法西斯专政班,第三战区特务王寿山担任队长,王是个既无文化又阴险狡诈的家伙,他为讨好上级,显示他"管教有方",出了个主意,在被囚者中挑选了几个文化程度比较高的人,要他们办一张墙报,刊登难友们的文章。

特训班里几个老同志经过研究,认为办墙报的事可以做,当然反共的文章绝对不能刊登,而是要利用它成为鼓励同志们进行战斗的一个思想阵地。于是,墙报出版了,上面既有文章,又有诗,刊头上是一幅画,画的是在密密麻麻的铁丝网上,半空里有一只矫健的雄鹰在展翅飞翔,飞向远方,画的题目是两个字"高飞",作者正是赖少其。

愚昧无知的特务队长王寿山看墙报果然出来了,花花绿绿一大片,十分得意,他特意邀请集中营头目之一、总干事杜筱亭前来参观。诡计多端的总干事杜筱亭毕竟比愚蠢的王寿山高明,当他看到墙报上的这幅画,顿时发起火来,指责王寿山:"你上当啦,这画明明是在煽动越狱逃跑。"

王寿山一听顿时傻了眼,查明此画作者是赖少其后,就把他叫来训斥。总干事杜筱亭立功心切,立即把此事报告集中营总头目张超。张超听了勃然大怒,把赖少其叫到集中营总部,由他亲自审问。

"你为何要画这幅画?这不是煽动又是什么?"

"我画的只是张普通风景画,没有别的意思。"赖少其平静地回答。

"你还要狡辩!"张超气得脸色铁青,又接连提了几个"新四军不抗日"一类的反共老调,赖少其一一加以驳斥,寸步不让。

张超最后下了命令,"把他押到茅家岭禁闭室!"

1941年12月,赖少其在党组织和冯雪峰等同志帮助下,终于越狱逃出上饶集中营。

新中国成立后,赖少其在担任华东区文艺界领导期间,他尊重和学习传统,组织文化学术交流,保护和团结美术界朋友,对华东文艺界的兴旺发展做出了重要贡献。他独创了"以白压黑"技法,是"新徽派书画艺术"的执旗人和代表。晚年赖少其的画风更注重通过色与形表达主观感觉,体现了中西艺术融合的气象。

杨良瓒在狱中与冯雪峰一起坚持开展革命斗争,无论敌人如何拷打从不屈服出卖组织。为了革命信念,他还正常带头高唱叶挺将军创作的"囚歌"来安慰狱友。

为人进出的门紧锁着,

为狗爬出的洞敞开着,

一个声音高叫着:

爬出来吧,给你自由!

我渴望自由,

但我深深地知道——

人的身躯怎能从狗洞子里爬出!

我希望有一天,

地下的烈火,

将我连这活棺材一齐烧掉,

我应该在烈火与热血中得到永生!

一声声高亢激情的抗战歌声回响在上饶集中营上空,使狱中革命战友得到鼓舞,同时让敌人感到胆战心惊。

86

十一、越狱成功　考入中大

　　杨良瓒思忖着,难道就这样长期被关押在这所地狱里了吗? 他和战友们当然不甘心,当时赖少其同志的越狱成功,极大地鼓舞了关押在上饶集中营牢狱里的所有难友,他们都想冲出这所活人的地狱牢笼。作为监狱里的地下党组织领导,他们已经意识到,同在上饶集中营的虎穴里,我们的革命同志能够在虎口里逃生,说明我们的同志完全有可能获得再次逃生的机会。于是,监狱里秘密地掀起了一股逃生计划的热潮。

　　当时在上饶集中营里,人们看重的就是七君子,因为七君子文化高有觉悟,个个都是难友们的榜样。

　　"文化组"七个人之中,叶苓年纪最小,二十刚出头,杨良瓒与计惜英,也都是二十多岁的青年。通过赖少其越狱成功的例子,三个年轻人也决心冲出牢狱。

　　他们在征求监狱里党组织领导人冯雪峰同志的意见时,大家立即表示赞赏和支持。冯雪峰同志曾对三位年轻人说:"你们都年轻,冲出去能为民族解放和革命工作多做点事。这件事成功与失败的可能性都有,所以一定要作好周密的计划,选择有利时机。"

　　他语重心长地具体指示三个年轻人:"一是对看管的宪兵表面'顺从'点,尽量少发生冲突,二是和文化组另四人装得'疏远'点,给宪兵造成文化组内部不和假象。"

于是,叶苓、杨良瓒、计惜英,就按照冯雪峰的指示,三人依计而行,有意经常聚在一块活动,与其他四人显得"泾渭分明"的疏远。

有一次还故意寻找一点小事与冯、王、郭大吵大闹,使室外的宪兵听得清清楚楚,用以迷惑特务。另一方面,他们暗地里开始在四周观察地形,正确选择越狱的"突破口",为逃离虎口作好行动路线的准备。

由于杨良瓒他们内部经常吵闹,使敌人对当时"文化组"的看管相对松懈,下午和晚饭后可由宪兵陪同在警戒圈内散步或到小溪洗脚。敌人大概认为这些文弱书生都是循规蹈矩的,不会有什么"越轨"行动,后来散步和洗澡时就不是每次"陪同"了。当看到他们三人也规规矩矩,都能准时回来,值班的宪兵由两个换成了一个。

经过一个多月的观察和选择,杨良瓒、叶苓、计惜英三人已选中了小河洗澡处的一个最佳地段,那里离哨所较远,地域僻静,又有树木遮掩,涉过浅水,百米处即可进入山区。时间最好在早黄昏,因为那时哨所的作用受到限制,如果一进入山区,天色暗下来后,敌人追捕搜索就困难多了。这个计划,得到了冯雪峰等狱中地下党领导的肯定。

恰在这时,特训班有位自己同志偷偷来告诉叶苓,"一个叛徒已经供出了你是新四军干部",叫叶苓立即作好应急准备。

冯雪峰听到这个消息后,深知情况十分危急,就当机立断地下命令,安排三人当天晚饭后马上行动。并说好在走时把他们四人的毛线衣全部带走,一来避免敌人怀疑,再则路途上发生困难时可以变卖使用。

就这样,三人全身心地做好了一切越狱准备。

为了逃出后的路费与生活费,几个月前杨良瓒早有准备,想方设法托人带信至远在四川衡阳开钟表店的大哥杨松瑞处求援。大哥得到胞弟能有希望逃出牢狱的消息后非常高兴,很快大哥通过各种关系与通道给杨寄上了一百五十元银圆大洋。

除了狱中帮困济贫和生活之需,杨良瓒却将一百元大洋慷慨地分送给了另外二位即逃的战友,使他们逃出后有足够的生活路费。杨良瓒及其大哥为革命和战友所作出的贡献,曾受到集中营里党组织的赞许。

1942年3月20日的一天,当天晚餐后,冯雪峰让郭,王二人把值班宪兵引到村上散步喝酒去了。杨良瓒、叶苓、计惜英三人急忙把冯等四人的毛线衣穿在身上,悄悄急步来到河边,在尚未发现敌人跟踪时,他们三人就飞快地步过小河,一口气连续不断地拼命冲向河对面大山,一直往前跑,生怕背后有敌人追来。

也不知跑了多少山路了,当三人气喘吁吁地登上山腰,来到山深林密之中时,天色早已完全黑暗。一个多小时后,山下才传来了摩托车声和枪声。

这时,三人早已隐身于崇山峻岭之中,最狡猾的敌人也只有"望山兴叹"而无可奈何了。

第二天凌晨,三个脱离敌人魔窟的抗日革命青年迎着晨曦,走向了通往铅山的大道,继续奔向抗日革命第一线。

为了避开敌人追杀,他们三人事先已经商量好,按照传统抽签方法,他们三人进行了抽签,最后抽准叶苓向西,杨良瓒向南,计惜英向北,各人就往选定的方向奔走,寻找组织继续从事革命活动。

三人越狱成功的历史在叶苓写给杨家的信函中最为清楚:"我们三人按预定计划,在黄昏前,以到河里洗澡为由越狱。当时因为我们经常去河里洗澡成习惯了,有时宪兵不跟去。我们就利用这个空挡逃出来,越过小溪进入对河岸深山,天色已晚。

"不久,听到山下枪声和摩托车声,我们在山上落荒乱逃迷失方向,大概在午夜一时才发现山下有汽车驶过,我们借助汽车灯光才看清山下的公路,明确了方向。

"于是我们三人由山上爬到山下公路,沿着公路西行,拂晓时,遇到了敌人岗哨被发现,已经没有退路了只好往前行。

"有二个哨兵出来检查盘问我们,情况十分危急,当时幸亏老杨还穿着一件发动"兵变"时国军旧军装,口袋里还装着一本33旅政委军官证,老杨编了一些理由,我们三人才在非常危急的关头脱险而安全通过。

"在越狱后每次遭遇到紧急情况时,总是老杨让我们化险为夷。老杨所作出的贡献至今还深深地印在我的脑海中。

"我们三人先一起到了衡阳,得到杨大哥的热情接待和大力帮助。最后三人往各自原先约定的方向继续奔赴于抗战第一线。"

信中的杨大哥就是杨良瓒的大哥杨松瑞,爱国商人,一向支持弟弟的革命事业,杨良瓒在狱中也得到他大哥经济上资助,才能保存性命和虎口脱险。

杨大哥曾在重庆救出过几位地下共产党员的生命。晚年在"文革"中为了救弟弟受到造反派的沉重打击,被拳打脚踢推倒在地后押上汽车驱逐出境,回沪后伤势严重而病故。

越狱暴动是监狱斗争的最高形式。据记载,在冯雪峰和秘密党支部的策划、组织掩护下,影响较大的越狱有:1941年10月初的丁公量、汪海粟两位难友用皮带铜扣撬开脚镣锁子,在当地群众的掩护下成功越狱。

同年12月初,难友赖少其、邵宇在剧团同志的掩护下,趁到铅山石塘演出之机化妆逃脱。随剧团到石塘打球的难友陈安羽、陈文全、叶育青三同志也逃脱成功。

特别在1942年3月初,在冯雪峰、王闻识、吴大琨、郭静唐的精心策划与周详安排的掩护下,"七君子"中的叶苓、杨良瓒、计惜英三人越狱的成功,不仅震惊了上饶集中营,同时更加激励了还关押在牢狱里的同志们。

这几次越狱的成功,为后来规模巨大的1942年5月25日茅家岭暴动和同年6月17日赤石暴动打下了思想和组织基础,使大批难友打破樊笼,走向新的革命道路。

上饶集中营,成为战争年代我军将士与国民党法西斯专政斗争的革命场所。

新中国成立以后,江西省人民政府对上饶集中营革命旧址做了妥善保护,1955年修复了上饶集中营部分旧址的原貌,陆续修建了烈士公墓、纪念碑、陵园、纪念馆和纪念亭等,供后人观瞻、纪念。

纪念碑的正面刻有周恩来题写的"革命烈士们永垂不朽"九个鎏金题词,东面刻有刘少奇、朱德题词。如今,上饶集中营旧址附近的纪念群落,已成为群众悼念昔日在这里牺牲的二百多位烈士的场所。

范长江编著的《上饶集中营》一书今天能够再版,会使广大读者了解更多的新四军将士与烈士们的革命事迹。

杨良瓒和计惜英、叶苓从上饶集中营逃离虎口之后的好消息,极大地鼓舞了还在狱中革命同志,其中深得范长江大加赞赏的我国新闻界资深大记者季音,十分敬佩杨良瓒等战友越狱斗争的成功,并以杨为榜样,一直思忖着逃出这牢笼,最后通过狱中党组织安排也越狱成功。

杨良瓒等三名新四军干部的越狱成功,给这位青年记者莫大的鼓舞,1942年6月,经我地下党的策划,季音也从上饶集中营越狱成功,出来后,辗转福建、上海等地,1943年回到了淮南的新四军军部,到了淮南之后,获知社长范长江已在苏北解放区,他十分高兴。不久,季音被分配到新华社工作,向范长江报到。

当时范长江从苏北盐城来到淮南,组建了新华社华中分社任社长。分社设在淮南天长市大王庄的村子里,离华中局与新四军军部不远。季音向范长江汇报了上饶集中营的情况,以及杨良瓒、叶苓和计惜英越狱的经过,还告诉他,囚禁在集中营的另一位国新社记者徐师梁,不幸在茅家岭暴动中牺牲。1944年季音被分配到新华社华中分社任资料员。

当时和季音一起从上海来到新四军的，还有叶钦和、陈念棣、黄迪菲等几个新四军干部，他们原先也是被囚在上饶集中营，后来从赤石暴动中越狱出来，一起回到新四军军部的。

范长江决定邀请他们一起写文章，出版一本介绍上饶集中营的书，揭露国民党反共顽固派的法西斯暴行，教育解放区人民。季音和分社资料室主任赵扬负责编辑工作，最后，由范长江主编的《上饶集中营》一书在华中解放区出版后，受到读者的热烈欢迎，各解放区纷纷翻印，仅东北解放区的东北书店，一次就发行两万册。新中国成立后，这本书成了最畅销的革命传统教育读物之一，重印了八次，印数达四十万册。

季音与计惜英同为国际新闻社金华通讯站记者，一起被捕。而季音、计惜英与杨良瓒同被关押在上饶集中营，先后从上饶集中营逃出，他们的巧合也是因为革命因缘吧。

现年九十多岁的季音住在北京与杨良瓒儿子杨汇生谈起往事时，十分激动地回忆起上饶集中营的生死故事与战友情谊。

他说杨良瓒作为七君子之一，在上饶国共两军中都知晓，且后来闻名于世。他在同敌人斗争中英勇顽强，无论敌人如何严刑拷打，他不怕流血牺牲，坚定的革命意志和对共产党的信念，令人可敬可颂，这在范长江主编的《上饶集中营》一书中已有记载。

当时，杨良瓒逃出上饶集中营虎口后又得到亲友的帮助，从衡阳再到坪石（位于湘粤交界之处，抗战时期中山大学被逼迁移至此设校），当他亲眼看到眼前曾经西迁过的一所大学时，就回忆起在浙江省立第四中学读书时的情景，如果没有战争他早就是一名大学生了。

所以他十分向往回到大学进行学习，同时也为了更有利于革命工作的需要，他自觉地不断加强自身学习，提高文化知识；时刻牢记革命战友冯雪峰在牢狱中对他讲的一句意味深长的人生箴言："小杨，你出

去后要加强学习,争取去读书,提高文化水平,为党的事业、为民族解
放、为自己的革命工作都大有裨益。"

为此,杨良瓒在革命征途中始终如饥似渴地学习,虽然自己还是
一名初中生,许多大学课题一时也无法弄懂,但他的目的就是想去考
大学,想尽一切办法把大学资料弄到手进行自学。

于是他一边以教师身份兼职打工,一边进行刻苦的自学,通过几
个月的紧张学习,他终于以优异的成绩考取了中山大学。

然而,杨良瓒到了水深火热的广州以后,国民党特务紧跟其后,到
处贴满了要追捕他的布告。被迫之下,他只好改名换姓,叫"杨瑞农"。
但在中山大学校史中还存有杨瑞农的学籍。

为了生活,为了读书的学费,他只好半工半读勤工助学,他的工作
被分配在中山大学图书馆当管理员,毕业后由党组织介绍到重庆继续
从事革命事业。

十二、导师杜定友　首创图书馆

　　杨良瓒考进了中山大学,就读于中国汉语言文学系,在中大读书期间,为了读书费用,他只能勤工俭学。后来他的一篇优秀作文被导师看到,见面一谈,认为他是一个难得的人才,决定推荐当他的学生。后又经导师介绍当了一名图书管理员,这位导师就是新中国图书馆与图书馆学创始人、我国现代著名图书学专家,北大、复旦大学、中山大学图书馆馆长杜定友先生。

　　杜定友看中勤快能干的青年才俊杨良瓒,甚为欢喜,后来还把大女儿杜燕(原名杜燕燕)介绍给他,一起进行学习交流,使他在中山大学得到了更好的学习和生活环境,为以后在广州担任图书馆总干事奠定了基础。

　　杨良瓒在中山大学得到他的岳父兼恩师杜定友先生的指导和关心,如果没有杜定友的大力支持和悉心传授,也没有杨良瓒在广州的立足之地。如果没有杜定友的出现,中国也没有图书馆及其图书馆学专业的出现。因此,杜定友是中国图书馆的创建人,被学界尊称为"一代宗师,学界楷模"。

　　所以,这里要着重介绍杜定友博士对中国图书馆学科的杰出贡献和历史功绩。尤其是在抗战时期,广州沦陷后学校被迫西迁,面对日军轰炸、图书被迫丢弃之际,他毅力顽强,从不放弃,以命相保,誓言与图书共存亡的大无畏精神,值得我们深深的敬佩和学习。

现据中山大学教授、中山大学图书馆馆长程焕文先生在《杜定友文集》一书中写的序言,比较详细,现经程教授同意宣传,兹选编如下:

杨良瓒就读的中山大学的导师杜定友(1898—1967),是中国近现代我国图书馆事业的卓越奠基人,是新中国图书馆学的创建人;20世纪中国最伟大的图书馆学家。

杜定友,祖籍广东南海西樵大果村,1898年1月7日(清光绪二十三年十二月十五日)诞生于上海四马路(今福州路)美昌照相店,1967年3月13日逝世于广州中山医学院附属医院(今中山大学附属第一医院),享年七十岁。

在中国图书馆学界与刘国均先生有"南杜北刘"之称。他生在上海,少年在南洋公学读书,民国七年于南洋大学附中毕业前夕,正逢南洋大学新建图书馆,校长唐文治派他到菲律宾大学学习图书馆学专业。因此,杜定友成为上海留学海外攻读图书馆学的第一人。民国十年杜定友以优异成绩提前一年毕业,在上海、广州两地从事图书馆事业长达五十年,历任广东省立图书馆馆长、复旦大学图书馆主任、南洋大学图书馆主任、中山大学图书馆主任、上海市立图书馆筹备处副主任、广东省文献馆主任等职。

1918年2月20日,上海工业专门学校开始动工兴建图书馆,这是我国近现代第一个公立图书馆。但还没人员管理。4月17日成立学校图书馆董事会,董事会提出派学生一人赴菲律宾研习图书馆学,以备图书馆落成之用。校长唐文治以杜定友品学兼优、热心公益、有管理才能,选定杜定友为留学人选。

5月,校长唐文治与杜定友签订派学生杜定友赴菲律宾大学专修图书馆管理科合同,合同规定:学习期限四年,每年资助学膳宿费及书籍费西班牙币610班沙(Peseta,菲币,从图书馆捐款中拨付),赴菲旅费七十元,回国旅费五十元,另给整装费两百元,修业期内的医药费凭医生医方报销。

其时,杜定友尚未参加中学毕业考试,因菲律宾大学第一学期开学日期为 7 月 1 日,学校教务会议定根据杜定友的平时成绩予以免试,发给毕业文凭。

在 20 世纪初年,虽然西方图书馆观念已在中国广泛传播,新式图书馆亦已渐次设立,但是,国人对于图书馆学甚为陌生,鲜有人知道图书馆学为何学问。

杜定友虽然沉浸在即将出国留学的喜悦之中,但是对出国所学亦茫然不知,于是询问专程从汉口赶来上海送行的母亲,学图书馆学好不好。母亲答曰"只要用心去学,行行出状元",一句话坚定了杜定友学习图书馆学的信念。

1918 年 5 月 30 日,杜定友乘坐太平洋邮船公司的哥伦比亚号轮船(S. S. Columbia)从上海出发,前往菲律宾,6 月到达菲律宾首都马尼拉,7 月开始在菲律宾大学攻读图书馆学。

菲律宾原为西班牙殖民地,19 世纪末至第二次世界大战期间为美国殖民地(其中 1942—1945 年为日本所据),直到 1946 年 7 月 4 日美国才被迫同意菲律宾独立。

1908 年 6 月 18 日,美国政府按照兰德公司资助大学的模式在马尼拉为菲律宾人创办了菲律宾大学(University of the Philippines),首任校长为美国人牟锐·巴特利特(Murray Bartlett)博士。

建校之初,全校仅有 1908 年成立的美术学院和农学院两个教学单位,在其后十年内,先后建成了医学院、工程学院、教育学院、音乐学院、法学院、人文学院、兽医学系等七个院系,经过百余年的发展,现已是菲律宾规模最大的国立综合性大学。

菲律宾大学是菲律宾最早开展图书馆学专业教育的学校,也是亚洲最早开始图书馆学专业教育的大学之一。1914 年,菲律宾大学人文学院(the College of Liberal Arts)聘请首位图书馆学教授罗伯特森

（James Alexander Robertson）开设图书馆学课程，是为菲律宾图书馆学
教育之肇始。

在此基础上菲律宾大学于 1916 年正式开设四年制图书馆学本科
专业，开启了菲律宾图书馆学专业教育的历史，1961 年发展成为图书
馆学研究所（The Institute of Library Science），现为菲律宾大学图书馆
学与信息科学学院（The School of Library and Information Studies）。

菲律宾大学 1916 年开设图书馆学专业，唐文治校长 1918 年派遣
杜定友赴菲律宾大学攻读图书馆学，由此可见，上海工业专门学校董
事会对菲律宾大学的状况非常熟悉。

1918 年 6 月，杜定友到达菲律宾马尼拉时，菲律宾大学尚未开学，
于是，杜定友先生投身菲律宾大学图书馆学系主任包玛丽女士（Miss
Marry Polk，约 1860—1922）门下。

包玛丽教授毕业于美国图书馆学家杜威（Melvil Dewey，1981—
1931）于 1887 年在美国创办的第一个图书馆学校——哥伦比亚大学
图书馆学校（the School of Library Economy，Columbia College），其时，兼
任国立科学局图书馆馆长，于是安排杜定友在科学局图书馆实习。

开学后，在包玛丽系主任的指导下开始攻读图书馆学，每天上课
三小时左右，课余时间则在国立科学局图书馆、菲律宾大学图书馆和
王城内菲律宾图书馆实习，每个图书馆工作环节均实习三个月，图书
馆各部门有人请假时，均请杜定友义务代班，图书馆下午五时闭馆，杜
定友常以距离学校晚饭时间尚早为由，要求继续留在图书馆工作，图
书馆亦将大门钥匙交杜定友保管，每晚工作到六七时方离馆，出门时
将大门钥匙交给大门房。

在学习和实习中，杜定友开始在包玛丽教授的指导下研究汉字排
检法。1918 年 12 月 31 日岁末之夜，友朋皆去跳舞，杜定友孤身一人
在宿舍，以永字八法思索汉字排检方法，通宵达旦，次日元旦，又赶至
图书馆用英文打字机打印稿件，至黄昏始罢，一夜未眠，半天无餐，此

为杜定友第一次通宵达旦、废寝忘食钻研学问。

　　杜定友初到菲律宾,举目无亲,故常去中国驻菲律宾领事馆,帮助做些翻译与秘书工作,受到总领事桂埴(字东原)的青睐与照顾。

　　其后,杜定友兼任中国驻菲律宾总领事馆秘书,寄居领事馆,解决了住宿问题。

　　1919 年 12 月 17 日,菲律宾华侨以中西学校为主发起成立华侨童子军,校长颜文初聘杜定友为童子军司令,另一名菲律宾大学学生陆敬忠为副司令。

　　27 日,旅菲中国学生体育会正式成立,大会推举菲律宾大学学生王清溪为会长,杜定友为副会长。犹如在上海工业专门学校附中一样,杜定友在学习之余,继续从事着童子军和体育运动,同时为《侨号报》《华侨月报》等撰写教育与童子军方面的文章。

　　1 月 24 日,菲律宾华侨童子军正式成立,取名为“中华童子军”,规定不隶属任何学校,独立成团,经费由华侨资助,杜定友为总司令,陆敬忠为副司令,下设八队。其后,杜定友曾率领童子军于良等人,冒着生命危险,帮助华侨侦破六七起警察局侦探敲诈舞弊案。

　　3 月 4 日,菲律宾中华学生会在中西学校召开成立大会,杜定友被推为会长。3 月 13 日,中华学生会在华侨总商会会所召开欢迎大会,欢迎国内教育家黄炎培、王志莘和新上任的周领事,陈叔家致欢迎词,杜定友发表演讲,讲解华侨学生及童子军情况,由此结识黄炎培先生。

　　4 月 5 日,杜定友修满菲律宾大学文学院 68 学分的文科课程,获得文学学士学位(Bachelor of Arts),同时名列文学院 1920 年第二学期荣誉榜(Honorable Mention)第五名,教育学院优等生榜(Roll of Honor)第十二名。

　　为能够提前毕业,杜定友在 1920 年 4—6 月的暑期间,每日足不出户,夜以继日地撰写毕业论文,完成了三份英文毕业论文:图书馆学科毕业论文(Chinese Books and Libraries)(《中国书籍与图书馆》,共

382 页)、教育学系毕业论文(Chinese Education in the Philippines)(《菲律宾华侨教育史》,276 页)和中学教员专修科毕业论文《菲律宾华侨教育会改组计划》(62 页),计有三十余万言。

在菲律宾大学留学期间,杜定友以文学为基础,以图书馆学为主系,以教育为辅系,科学规划自己的学业,成绩优良。

4 月 3 日下午,中华童子军在中西学校为杜定友举行欢送大会,杜定友发表演说,并获赠一面感谢旗和一个纪念银杯。4 月 4 日上午,菲律宾举行毕业典礼,为四百余名毕业生颁授学位,杜定友荣获图书馆学专业理学学士学位(Bachelor of Science in Library Science)、教育专业理学学士学位(Bachelor of Science in Education),并获得高中教师证书(High School Teacher's Certificate),加上之前获得的文学学士学位,杜定友共获得四张毕业文凭。

4 月 5 日,《侨号报》报道此事,称杜定友"诚中国留学生中之勤学青年,亦非大学中国学生第一次领如许文凭者也"。

1921 年 4 月 23 日,杜定友在婉拒菲律宾信托公司(The Philippines Trust Co.)月薪 300 菲律宾比索(Philippines Peso,当时约合 150 美元)的秘书职位聘请之后,告别菲律宾,启程回国。

到达香港后,转道广州了解全省教育情况,拜见省教育委员会委员长陈独秀,陈独秀邀杜定友留粤,从事教育工作,杜定友以与母校上海工业专门学校有约在先,没有接受邀请,旋即乘船返回上海。

然而由于种种原因,上海方面老校长调走,新班子又违背原来个人意愿,杜定友又因思陈独秀存有口头之约,乃决定前往广州。

1921 年 8 月,杜定友到达广州,寄居姨妈邓美甜(侃筠)家,姨父陈昭彦与广州市教育局局长许崇清(1888—1969)为同学好友,经陈昭彦介绍,杜定友得以结识许崇清,旋即,许崇清介绍杜定友先到广州市民大学担任义务教授,讲授儿童心理学。

8 月 16 日,广州市民大学召开特别演讲大会,杜定友主讲"图书馆与市民教育",其后出版了个人的第一本图书馆学著作《图书馆与市民教育》(市民大学第一期讲义)。9 月 6 日,广州市教育局聘请杜定友担任在广州市永汉路旧方言学堂新设立的广州市立师范学校校长,该校旨在培养小学教员。

10 月 6 日,广州市立师范学校举行开学典礼,孙中山非常大总统的代表胡汉民、省长代表朱念慈、教育局长许崇清、广东高等师范学校校长金曾澄、女师校长廖冰筠等参加典礼。

10 月下旬,杜定友在广州市师范学校开设图书管理科,旨在指导学生利用图书,以资参考,及实习管理学校图书馆之方法,以备将来指导儿童用书。是为中国师范学校开设图书馆管理科之创始。杜定友亲任教授,并自设奖学金 36 元,以鼓励好学者,俾其添购书籍。

10 月中,广东省教育委员会委员长陈宗岳聘请杜定友担任广东省教育委员会图书仪器事务委员(广东省教育委员会委员长初为陈独秀,后为陈宗岳、韦悫,委员有廖仲恺、许崇清、雷沛鸿等)。

是年冬,发起创办广东省教育委员会图书馆,广东省教育委员会委员长陈宗岳欲组织大规模之图书馆,呈报省长核准,聘请杜定友任馆长。

这是我国创建最早的公办省立图书馆之一,从此全国各城市陆续创建公共图书馆。

杜定友上任后,奉命改组省立图书馆,将原有四部编目法改为十分法编目,依照新图书馆管理法经营。杜定友发现有的董事偷龙转凤,以普通版本偷换珍善本,从此决定"个人绝不藏书,但愿终身为读者服务",并经常以此事告诫同人:"希望一个图书馆工作者不是一个私人藏书家。"其后,广东省教育委员会又成立广东图书博物馆筹备会,汪精卫任会长,杜定友任副会长。

1922 年 2 月,杜定友以广东省教育委员会的名义拟定成立全省图书馆管理员养成所,以为中学在职教员提供短期图书馆学教育。3 月

19 日与孙湘衡女士在上海大东旅馆举行婚礼,证婚人黄炎培。3 月 25 日与妻子孙湘衡一同抵达广州,27 日主持图书馆管理员养成所开学典礼,自任所长,并发表演讲,全省 97 所中等以上学校有 44 所派员参加学习,学员达 52 人,杜定友、陈德芸、黄希声任教员,讲授图书订购法、分类法、编目法、存借书法等图书馆管理的一般方法。

4 月 15 日,图书馆管理员养成所成立图书馆研究会,杜定友被推举为会长,穆耀枢任编辑部主任,孤志成任文牍部主任,陈德芸任调查部主任,李华龙任庶务部主任,研究会以解决图书馆草创时期的问题为主,互通声气,联络感情,使图书馆学得以普及,图书馆事业得以扩充,是为我国最早成立的图书馆学研究组织。4 月 19 日图书馆管理员养成所第一期学员毕业。

1922 年 7 月,广东省立图书馆与教育会图书馆合并办理,杜定友兼任省立图书馆主任。

11 月 2 日,广州市读书会成立,广东省教育委员会委员长陈伯华任主任干事,杜定友任介绍股干事。

1923 年 5 月,杜定友携妻女离开广州抵达上海。6 月经王培孙介绍,复旦大学校长李登辉聘请杜定友上海复旦大学教授,兼图书馆主任,其后代理教育系主任兼代庶务主任。

复旦大学创办于 1905 年,初期一直没有图书馆,直到 1918 年戊午级学生才集资建立了一个阅览室,只有几百本图书堆在屋角。自杜的到来后创建新的图书馆学专业开始大规模藏书。

1923 年 3—5 月间,北京图书馆协会、浙江省图书馆协会、河南南阳图书馆协会、开封图书馆协会等相继成立。1924 年 6 月 22 日,杜定友与上海总商会商讨组织上海图书馆协会事宜,会议推举杜定友为临时主席,企图发展各图书馆之事业。

1924 年,杜定友创造"圕"新字代替笔画繁多书写不便之图书馆三字。圕为多音节字,读音为 *tú shū guǎn*(图书馆),后《现代汉语词典》将它看成俗字予以收录,《汉语大词典》将它作为多音字收录。如今网络工具书《汉典》亦收录有圕一字,意义为图书馆三字的缩写,读作 tuān。今人在书写圕字时,常将"囗"中的"書"写成简体的"书"。

《文汇读书周报》曾经刊文道出原委,原来"圕"字,就是我国图书学创始人、著名图书馆学家杜定友先生发明的。

其后,受交通部南洋大学校长凌鸿勋之邀,担任南洋大学(上海交通大学)图书馆主任。为表达对母校的感恩之情,杜定友将自己的除图书馆学以外的藏书全部捐赠给南洋大学图书馆,并誓不藏书。

其后,在上海图书馆协会的邀请下,4月中旬全国已有十四个省的图书馆协会代表应召莅沪。4月22日下午,参与组织全国图书馆协会的各地代表在徐家汇南洋大学图书馆召开座谈会,杜定友为主席,讨论成立全国图书馆协会事宜。

4月23日,各地来沪代表六十余人在南洋大学图书馆举行第一次讨论会,杜定友任主席,南洋大学校长凌鸿勋致欢迎词,韦棣华、王九龄、袁同礼等演说,与会代表讨论全国图书馆协会组织办法等各相关问题,并拟定杜定友等五人起草协会章程。4月24日,继续讨论,通过全国图书馆协会组织办法,定名为中华图书馆协会。

4月25日上午10时,与会代表在北四川路横滨桥广肇公学三楼召开会议,讨论通过了中华图书馆协会会章草案,最后杜定友宣布中华图书馆协会正式成立;下午二时改开成立大会,杜定友被推为临时主席,还推举蔡元培、梁启超、胡适、丁文江、沈祖荣、钟叔进、戴志骞、熊希龄、袁希涛、颜惠庆、余日章、洪有丰、王正廷、陶行知、袁同礼十五人为董事部董事,戴志骞为执行部部长,并聘定执行部干事三十三人。会议决定6月2日美国庚款委员会在北京开会时举行中华图书馆协会成立仪式。

至此,中国第一个全国性图书馆组织——中华图书馆协会正式诞生了。杜定友和全国的图书馆事业将联系在一起了。

1925 年,上海图书馆协会正式出版社定友著《图书分类法》《汉字排检法》《著者号码编制法》等书,1926 年 4 月付印《图书目录学》《图书选择法》《图书馆通论》《学校图书馆管理法》四种,正在编辑的《图书馆学原理》《图书馆行政学》《图书馆学辞典》均为杜定友手撰的专著。

1929 年 1 月 28 日,中华图书馆协会第一次年会在南京金陵大学召开,会议一共收到提案一百七十余件,包括杜定友提出的采用"圕"新字案,此议案在翌日的行政组决议通过。

中华图书馆协会 7 月 30 日致函各图书馆,就"采访与流通"等诸事项发布指示,其中要求各地图书馆广泛使用"圕"字,称:"又'圕'字为图书馆三字之缩写于图书馆界同人事务上至为经济便利已经大会议决通过亦望广为应用。"而且该公文已将"图书馆"三字由"圕"代替。不过,国内最早使用此字的报刊,当为上海的《申报》。《申报》于当年二月二日报道中华图协第一次年会消息时,文中已夹杂使用"圕"字。从此,"圕"在全国文化学术界开始应用流行。

作为著名图书馆学家,杜定友一生当然不只是造了这么一个字。他在中国图书馆事业上屡有创新与贡献,他编的图书分类法,在民国时期与王云五、刘国钧二人所编的分类法并行于世,为图书馆界最流行的三部分类法之一。他还发明过《汉字形位排检法》(1932 年),并提出了"字根"的学说,比照分析几千个汉字,抽出五百多个字根。遗憾的是,当人们在使用电脑时用字根(又叫部件、字元)方法攻克了汉字信息处理难题的时候,很多电脑类的书籍,极不公平地都将杜先生这一贡献"封"给了电脑信息处理的编程者。但杜定友对字根的学说理论是无法篡改和伪造的。

1927 年 4 月 4 日,杜定友到达位于广州市文明路的中山大学任职。为了表示对母校的忠诚,杜定友曾将除图书馆学以外的个人藏书全部捐献给南洋大学图书馆,到达中山大学以后,杜定友决定将自己的图书馆学藏书全部捐献给中山大学图书馆,决心戒绝藏书之癖,更加坚定终身从事图书馆之心。

杜定友到任以后着力革新馆务,中日文书籍采用杜定友《世界图书分类法》,西文书籍采用《美国国会图书馆分类法》,以适应图书馆大规模发展的需要,将原有目录重新改编,将图书馆的部门设置调整为总务、购订、编目、出纳、典藏、阅览、报志共七个部门。

与此同时,朱家骅副校长在1926年8月至1927年夏秋之间先后聘来了傅斯年、鲁迅、徐信符、董作宾等一大批知名学者来校任教。朱家骅副校长曾说:"文科院无丝毫成绩凭借,现在几乎是个全部的新建设,聘到了几位负时誉的教员,或者可以继北大当年在此一科的趋向和贡献,一年以后,在风气和成绩上,当可以比上当年之有'学海堂'。"

1927年4月7日,著名史学家、民俗学的开路人顾颉刚应聘到达广州,任中山大学史学系教授。由于顾颉刚与鲁迅等发生矛盾,朱家骅副校长遂聘任顾颉刚担任图书馆古籍部主任,配合主持馆务的杜定友教授开展藏书建设,其后又派顾颉刚前往江浙一带购书。为了把各方面的材料都粗粗搜集完备,顾颉刚专门拟订了《国立广州中山大学购求图书计划书》,将经史子集及丛书、档案、地方志、家族志、社会事件之记载、个人生活之记载、账簿、中国汉族以外各民族之文籍、基督教会出版之书籍及译本书、宗教及迷信书、民众文学书、旧艺术书、教育书、古存简集、著述稿本、实物之图像等十六类文献列为应购求的图书,并提出了"分为十二期,每期六万元,于十年内完成"的长远规划建议。

在朱家骅副校长批准第一期购书款六万元的大力支持下,顾颉刚从1927年5月17日离粤,22日到达上海,至10月13日回到广州,前后在江浙一带采购图书约五个月的时间,第一期的六万元尚未用完,而学校已连电促归。总计买到的书约有十一万余册,碑帖约有三万张。

回到广州以后,顾颉刚与傅斯年、商承祚、容肇祖、闻宥、沈刚伯、何思敏等共同筹办国立中山大学语言历史学研究所。1928年1月国立中山大学语言历史学研究所正式成立,下设常务委员会和出版物审查委员会,"为研究便利起见",专门设立了民俗学会(1927年11月成立)、考古学会、历史学会、语言学会等四个学会,由此奠定了中山大学的人文社会科学研究基础和学术传统。

1929年1月28日至2月1日,中华图书馆协会第一次年会在南京金陵大学举行,杜定友前往参加会议,主持演讲会、发表"中国无目录"之演说。

1929年9月,杜定友辞去主持中山大学图书馆馆务之职,因新任校长之请,再次返回母校上海交通大学(1927年又交通部南洋大学更名为交通部第一交通大学),担任图书馆主任。

在1927—1929年间,杜定友和顾颉刚全力从事藏书建设,为中山大学的学科发展和图书馆发展奠定了重要的基础,使中山大学图书馆馆藏在1928年冬迅速达到215万册,一跃成为当时国内藏书最为丰富的大学图书馆。

1929年9月,杜定友担任上海交通大学图书馆馆长以后锐意整顿,气象一新。至1930年5月时,上海交通大学图书馆已有中文书38491册,外文书8110册,位居当时中国大学图书馆的第七位。1930年12月,杜定友发明汉字形位排检法,将汉字分为八种形状,每种形状之字,指定一定之地位为部首,各部首均有一定之次序,不必先检部首然后检字,于中国字之组织与检字原则颇有重要之发明。

1931年8月,为筹备年底纪念交通大学建校35周年,杜定友与馆员合编《三十五年来中国科学书目》,并在交通大学图书馆设立南洋史料室,专门收藏交通大学的校史资料,凡数千件。俾使参观者生爱校之心;又设立初期中文科学图书特藏,将上海交通大学自创校以后编印出版的科学图书六百余册收集齐全,专室陈列,以示西洋科学传入中国后之概况。

1932年1月28日,日寇进攻上海,29日上海最大的图书馆东方图书馆被日机炸毁,四十万余册中外文藏书损失殆尽。杜定友避难于上海市郊南翔,月余不能返校,身边只有一部《说文》可读,读了十六天,越读越糊涂,乃起抗议之念,特撰《中国新形声字母商榷》一文,凡万余言,提出文字改革的口号,从此开始文字学的研究。10月,杜定友所著《汉字形位排检法》由中华书局出版。

1933年8月20日,杜定友赴清华大学参加中华图书馆协会第二次年会,28日年会开幕,杜定友任检字索引组主席,晚上在生物学馆举行演讲会,演讲民众检字心理之研究,30日上午在演讲会上演讲经济恐慌中之图书馆新趋势。本年杜定友的著作《图书馆与成人教育》(中华书局)和《图书馆表格与用品》(商务印书馆)出版。

1936年夏,中山大学数次邀请杜定友主持图书馆事务,并任教授,函电交弛,恰在此时,上海交通大学校长诬陷杜定友包庇共产党,于是,杜定友辞去担任了七年的上海交通大学图书馆主任之职,携家人赴粤,担任中山大学图书馆馆长和教授。

1936年7月18日,杜定友抵达广州,24日到石牌新校中山大学图书馆任职视事。杜定友重回中山大学,图书馆已从广州市文明路旧校迁至石牌新校临时馆址,新校址在白云山下,远离市区,学校专门给杜定友拨了一部小汽车,供杜定友个人使用,虽然这部车一遇斜坡动辄死火,杜定友称其为老爷车,但是在当时的中山大学这已经是十分了不起的待遇。

在杜定友离开中山大学的七年中,中山大学图书馆主任先后更换了六个,每个主任均以图书馆为逆旅,没有一个人是内行,朝秦暮楚,藏书丢失严重,管理混乱。邹鲁校长说"图书馆有杜先生,不会有问题",杜定友也深感"人事变迁,于公于私,都有很大损失。我以前也因为个性耿直,以至席不暇暖,内疚滋深,这次为了中大,我将忍受一切,长久服务"。

"1936年再返中大,最大的任务在建设新图书馆,以树南中国的模范。"

为此,杜定友一边整顿图书馆的业务,一边参与图书馆的新馆设计,从新馆建筑,到家具式样,巨细无遗,均精心设计,杜定友曾这样描述其中一件得意的设计之作:"馆内有大小门104扇,就有104把不同的钥匙,但是各部的统属不同。如总务部之下有收发室、文书室、会计室、工程室、贮藏室、庶务室等,总务部主任该有一把钥匙可以开通所属各室。全馆分五部就有五把总匙。而馆长的一把匙,可以开通104室。这不是理想,经机械专家的设计,居然成功了。"

1936年11月11日,中山大学在石牌新校举行建校12周年纪念会和图书馆新馆奠基礼,杜定友代表邹鲁校长主持典礼,并做成绩展览,展品五光十色,琳琅满目。

1937年7月7日,日寇发动全面侵华战争。8月13日,日寇进攻上海,18日,日寇飞机轰炸广州,中山大学成为空袭目标之一,30日,日寇六架飞机进袭广州,中山大学校园首遭轰炸。

9月16日,敌机第二次空袭中山大学,其后日寇空袭不断。

杜定友乃率全馆职员将图书馆藏书迁移至新建工程馆地下室,以蔽日机轰炸。12月16日,杜定友在图书馆举行演说,提出非常时期图书馆的工作目标。

"一为保存本国文献,二为宣扬本国文化,三为增加民族抗战常识。"

要求图书馆抗敌后援队队员应注重办好两件事:一是传递消息,一有消息能使全馆职员无论何时能最快获悉,以便动员;二是执行好非常时期的工作目标,特别是保存文献。

抗战爆发以后,杜定友深感自己不能执干戈以卫社稷,"唯在后方求本位之努力耳","自东南沦陷,半壁图书,荡然无存,益觉在此呵护文献之责重",除学校停课外,未敢离校,稍息职守。

为防止不测,杜定友将图书馆的2万余册古籍善本和地方志,3万余件碑帖拓片等珍贵文献,装为199箱,从广州转移到香港九龙仓寄存。

1938年初,中山大学准备西迁,杜定友依照学校疏散家人的命令,将妻子和女儿杜燕燕、杜鹅鹅、杜珊珊等转移至香港,自己坚守学校,积极抗战。

在图书馆举办战时图书展览,展出有关中日问题、国际问题、军事常识、战时经济、防空防毒设备方面的图书,敌机轰炸地方图、北战场及南战场军事形势图、防空设备图、广州市警报记载表、战讯剪报、战时刊物等。杜定友还将自己编辑的《国难杂作》和《战时图书千种目录(1937—1938)》合为一书铅印发行,以供社会各界参考使用。

1938年10月12日凌晨,日寇为策应武汉会战,切断中国海上对外联系通道,在广东惠阳大亚湾登陆,广州告急,中山大学奉命西迁。

其时,中山大学图书馆藏有图书20多万册,需要1200个木箱才能装运完毕,因为时间仓促,经费不足,学校仅批准200元木箱费,只够购买67个木箱。

10月13日,杜定友下令全馆职员从本日起,每日晨7时至晚9时不准离馆,将书架、桌子、黑板改做木箱,至16日已将5万多册藏书装入299个木箱,当日杜定友向学校请求先行起运,秘书长肖冠英以战事发展不会太快,不宜单独行动为由回绝,再提出留校图书16万册用水泥木石封存于地下室,亦未获认可。

10月19日,日军攻打增城,突破增江防线,接近广州外围,上午,杜定友设法雇车将全部装箱图书和图书馆员工运至广州河南新基码头,然后驱车返回学校,下午2时痛别石牌新校,晚餐后与妻子孙湘衡再至码头,码头万头攒动,一片混乱,前两日学校已雇定五条大船和一条用于拖船的电船,其时电船已溜掉。

杜定友一面安置 292 人挤在五条大船之上,一面派人分头寻找电船,至 20 日凌晨 1 点半才找回所租电船,然而随船而来的军官称要另用押解军火粮食,杜定友与军官发生激烈争执,军官拔枪威胁,杜定友挺胸而言:"你要打死我,请你先打死船上的 291 人,因为他们如果今晚走不了,明早还是死在敌人的枪下,不如趁早死在你同胞手下。"

其后杜定友取出妻子的私蓄五百元付给电船司机,让其同时拖走六条船,方打破僵局,凌晨三点众人得以乘船开行,回顾市内,火光熊熊,枪炮射程几达沙面。21 日下午,日寇以机械化部队三千人侵入广州市区,广州沦陷。

22 日早晨,在西行船只上,杜定友于朝会报告此消息,声泪俱下,馆员齐唱流亡歌一曲,痛苦不已,当日中午,船抵肇庆,24 日到南江口,25 日到达罗定,喘息方定。

学校决定在罗定复课,所有公共建筑被各学院分配一空,杜定友觅得城隍庙作为图书馆馆址,雇工修整,部署就绪。

中山大学西迁后,图书馆尚未撤离的藏书毁于战火,后来杜定友曾感言:"十万图书化为灰烬,余职司典守,呵护无力,罪该万死,回想前尘,不禁老泪纵横。"

1938 年 11 月中旬,中山大学奉命改迁广西龙州。学校离开罗定时,杜定友夫妇与学校秘书长、事务长经信宜、茂名、化州、廉江、赤坎到达广州湾(今湛江),然后转船赴香港。

中山大学图书馆其他同仁则押运图书,由西江经梧州、南宁,赴龙州,途中又得令再迁云南澄江,于是又从龙州入安南(越南),再转云南。12 月 28 日,杜定友携家人离港,乘坐法国船,赴越南海防市,1939 年 1 月 1 日抵达海防,2 日飞河内。

因为中山大学图书公物不日可到达广西龙州,而杜定友又奉派为押运主任,于是,杜定友于 1 月 10 日先遣妻子孙湘衡和三个女儿入滇,自己则赴广西龙州与图书馆同仁会合。

然后再赴桂越交界处同登,办理全校运输事宜。在同登居留月余,照料公物 1400 箱,员生 500 人,其后由龙州经镇南关入安南境,在十余日的迁徙途中,所有公物接驳,员生食宿,均由杜定友主持,昼夜纷忙,寝食无定时。2 月 18 日除夕夜,杜定友到达昆明,22 日与馆员们从昆明抵达澄江校址。

经过 4 个月 1 万余里的流离颠沛,1939 年 2 月,中山大学各院系共有教职员 245 人和学生 1736 人到达云南澄江。其时,中山大学的校舍主要为澄江各乡村的庙宇祠堂,各学院分散在各个乡村,相距甚远。图书馆员工一到,即开箱取书,以开箱后的书箱叠为书架,摆做书桌板凳,向师生开放。

1939 年 9 月 10 日,应罗香林教授的倡议,在中山大学师范学院纪念校庆 15 周年展览会上专辟"杜氏集品展览",展出杜定友的著述、生活、汇辑、制作四类展品共 128 件,罗香林称赞杜定友:"盖中国自有公私书藏书馆以来,其设计之周详,管理之完善,倡导之热烈,经营之普遍,罕有如先生之精进也。"

在澄江时,乡居生活颇为艰辛,中山大学学生组织的民风剧团,有团员三十人,有话剧,有京剧,颇盛极一时,杜定友亦曾担任民风剧团导演,自编自导"八百壮士"等剧目。

1940 年 7 月,因滇南百物昂贵,师生受无米之炊威胁,加上日寇进逼越南,危及滇境,中山大学决定由云南澄江迁返粤北乐昌县坪石镇。

9 月 22 日,杜定友与图书馆员工从澄江启程回坪石,经归化、昆明、曲靖、平仪、盘县、安顺、贵阳、黄果树、贵定、独山、六寨、南丹、河池、宜州、柳州、桂林、衡阳,于 10 月 13 日抵达曲江,16 日折回坪石镇,横跨滇、黔、桂、湘、粤五省,纵横数千里。

由于路途艰辛且缺乏交通工具,中山大学图书馆的藏书未能全数运到坪石,有 29188 册最后滞留澄江。到达坪石后,因为各学院地址分散,杜定友将图书馆的藏书分存各学院,每个学院设立一个分馆,由总馆统一管理。为兼顾社会教育,杜定友将坪石镇内的旧戏台改造为民众阅览室,室内陈列普通民众读物 2000 余册,杂志画报百余种,于12 月 1 日向民众开放。

1941 年 5 月,广东省政府决定复办广东省立图书馆(1932 年因经费无着落,广东省立图书馆并入新成立的广州市立中山图书馆),任命杜定友为广东省立图书馆馆长,杜定友白手起家,借民房做馆舍,全力筹备复馆。广东省文化运动委员会筹设图书馆,亦聘请杜定友担任馆长。

10 月 10 日,杜定友在韶关市郊黄田坝盖起了竹织批荡的广东省立图书馆新馆舍和以树皮为顶、以编竹为墙的职工宿。11 月 11 日,广东省立图书馆正式开放,藏书五千余册,报纸杂志三百余种。为办好广东省立图书馆,杜定友撰写《省立图书馆的计划》,一开始就大力进行图书征集工作,并着力搜集地方文献,设法出版《馆刊》,并定期手印《馆讯》。至 1942 年 4 月时,广东省立图书馆的藏书已达 13618 册,其中图书 8295 册,杂志 5323 册。1943 年,杜定友主持了为期三个月的广东省图书馆工作人员训练班,5 月,杜定友编《三民主义化分类法》由省立图书馆出版。

自 1941 年同时担任省立图书馆馆长以后,杜定友经常往返于坪石与韶关之间,分别主持中山大学图书馆和广东省立图书馆的馆务。

1944 年 4 月 4 日,中山大学图书馆同仁聚会庆祝杜定友服务中山大学图书馆 10 周年,并油印纪念特刊《棠棣集》一册。秋,日寇打通粤汉交通线,大举进攻粤北,杜定友奉命将中山大学图书仪器向西转移至连州市东陂,藏于山区。

1945 年 1 月 16 日,日军侵占湘南宜章县,坪石陷入被包围之势,事出仓促,中山大学师生紧急疏散,迁校乐昌,杜定友组织人员连日运输,18 日将 130 箱图书运出坪石,20 日早晨抵达乐昌,21 日坪石沦陷,当晚日寇紧迫乐昌东郊,学校命令于22日凌晨向西撤退,学校同仁每人只带随身衣被,其余全部放弃,迅速撤离,杜定友深夜三点四处找挑夫,找到挑夫十二人,结果被部队截去,至早晨六点半,学校员生都已撤退,杜定友乃将图书封存,门上加锁,最后退出时,敌机已临头扫射,危险万状。

其时,中山大学一部分师生由校长金曾澄率领,经仁化向东行赴龙川,择定东江之梅县为校本部,另一部分由总务长何春帆率领,循连坪公路向西,抵连县三江镇,成立中山大学连州市分教处。

杜定友因图书陷落乐昌,为设法抢救,不能远行,出逃二十余里,抵刘下乡投宿,晚12时又得报告谓敌已迫近,故于凌晨挑灯出走,又四十余里,至石塘。29日,石塘又受敌攻击,沦陷前一小时才狼狈退入厚里山中,时距离日军仅有5里之遥。2月7日,杜定友与图书馆同仁转入仁化县属赤石径,与同时到达的工学院员工数十人,同住在一个只有四十余户人家的小村里,一住就是七个月。

1945年8月14日,日本宣布无条件投降。中山大学师生开始陆续从粤北返回广州,9月28日,杜定友抵达广州。

当年逃离广州时,随行图书馆员工家属四十人,中途离去者二十人,转洑溪东江者这十一人,受重伤者一人,病故者一人,而胜利后同返广州者仅九人。复员广州后,中山大学复校委员会中无杜定友之名,分配校舍亦无图书馆之名义。

杜定友誓言要在三年内回复中山大学石牌新校三十万册藏书旧观。

1946年1月,中山大学正式复校,各学院先后开课,图书馆大部分图书分存于文明路旧校址,既无馆舍,又无经费,杜定友从工学院借来一间教室作阅览室,艰辛开展图书馆服务。月初,闻香港政府公告载:九龙仓有中国古书等约320箱,定于1月18日由港敌产管理处招商开投,杜定友旋即委托香港大学冯平山图书馆馆长陈君葆、北平图书馆办事处何多源前往接洽,暂缓开投,经查实这批图书多有广东省立图书馆印章。

1月21日,陈君葆、何多源两人又在香港西环永源仓发现图书173箱,图书上有中山大学图书馆印章,这批图书正是1945年7月日军在九龙仓发现,由其兴发运营团移至此地的中山大学图书馆寄存图书。

经广东省教育厅督学饶士磐赴香港联系交涉,杜定友于3月10日赴香港办理寄存图书接运事宜。两批图书共有35686册,古物等721件,其中归省立图书馆的有27466册,320箱,归中山大学图书馆的善本书、志书、碑帖等有173箱。3月16日,经西安轮船廉价代运,中山大学图书馆173箱图书抵达广州,省图书馆320箱图书不久也转广九路由同安公司广昌盛运输行代运回省城广州。

1946年7月,广州市立师范学校复校后,为充实设备,扩大发展,建造定友图书馆。12月12日为广州市立师范学校举行复校1周年校庆纪念日,该校得知杜定友生日为15日,特将校庆纪念日延后三天。

12月15日,广州市立师范学校在太保直街校址举行校庆纪念会,杜定友夫妇应邀参加,主席台两侧有对联云:"庆母校再生预卜前途无量,祝吾师长寿应知创业维艰",下午举行定友图书馆揭幕典礼,馆内悬挂有杜定友肖像和小传,有杜定友捐赠图书1000册。

1947年3月30日,广东省图书馆协会假座市立中山图书馆举行成立大会,杜定友致开幕词,并将自己特制的服务纪念章,分十年、五年、三年各一种分赠图书馆人员。

1949年3月,杜定友兼任广东文献馆主任和广州市中山图书馆馆长,加上中山大学图书馆馆长和广东省立图书馆馆长,杜定友一人同时执掌四个图书馆。

1949年4月20日,中国人民解放军发动渡江战役,百万大军横渡长江,25日国民政府南迁广州,总统府设在广州市郊石牌。各机关忙于应变疏散,许多人开始远走香港、澳门、台湾、美洲、欧洲,杜定友以不变应万变,誓言人在书在,与图书馆同在,并竭力挽留纷纷请求离去的图书馆馆员们,在他人大疏散的时候,杜定友印发一千多张传单,发了三百多封信,请各机关将图书移赠,予以保存,全力开展大收集,使中山大学图书馆藏书增至 254000 余册。

10 月初,国民党当局指令杜定友赴台任职,杜定友以不做官为由婉拒;教育部长杭立武命令杜定友把中山大学图书馆的特藏装箱运往台湾,并备好了交通工具,杜定友誓与图书馆共存亡,故意经常不到馆,拖延不办,消极抵抗,以避免将中山大学图书馆的特藏运往台湾。

10 月 14 日下午,广州解放,杜定友执掌的四个图书馆的藏书一卷不缺地回归人民手中;18 日,中山大学教授会发表欢迎解放军宣言,杜定友名列宣言署名教授名单之中。11 月,杜定友被推举为广州市各界人民代表会议代表。12 月 9 日,杜定友被任命为广东省人民图书馆馆长(原广东省立图书馆)。

1950 年 2 月,中山大学经过整顿,发布各院系及部门负责人选,杜定友榜上无名,不得不离开自己已服务十六年的中山大学图书馆,专职于广东省人民图书馆。为了适应各地图书馆发展的迫切需要,杜定友特地赶写《新图书馆手册》,以帮助一般图书馆开展图书馆业务和服务。

1951 年 3 月,上海中华书局出版社杜定友编《新图书馆手册》,为了表示对新社会有所贡献,杜定友未要出版稿费。是年,提出新的图书分类法的原理及设想,并开始编制《广东省人民图书馆分类表》。

1955 年 4 月,杜定友、朱镇海合译俄文《图书馆藏书的组织》由中华书局出版,其后,自译的俄文《农村图书馆的房屋建设》亦由中华书局出版。5 月 17 日,广东省人民图书馆和广州市中山图书馆合并,改称广东省中山图书馆。

1956 年 3 月,杜定友被聘为中国人民政治协商委员会广东省委员会第一届委员。4月16日,应邀出席文化部社会文化事业管理局、北京图书馆在北京联合召开的中小型图书馆图书统一分类法座谈会,其后留京月余,与刘国钧、皮高品、钱亚新等一起编制《中小型图书馆图书分类法》。5月,奉命担任广东省中山图书馆顾问。10月,加入中国民主同盟。

12月27日,应邀出席南京图书馆召开的第一届图书馆科学讨论会,致开幕词,并演讲图书馆建筑面积的节约问题。

1957年5月,文化部根据中苏、中德1957年文化协定,拟派遣图书馆代表团前往苏联和德国(民主德国,东德)进行友好访问,代表团成员名单中列有杜定友,于是,广东省下令任命杜定友为广东省中山图书馆馆长。其时,广东省中山图书馆馆长为延安干部,他表示欢迎杜定友任馆长,并愿意当好助手,但是杜定友以后并未到馆视事。

5月25日,中国图书馆工作者代表团北京图书馆副馆长左恭、南京图书馆副馆长汪长炳、文化部社会文化事业管理局图书馆处副处长胡耀辉和杜定友一行四人,由北京启程,乘坐国际列车,经满洲里前往苏联。6月2日到达莫斯科,在火车站受到苏联图书馆界代表的热烈欢迎,其后,代表团先后在莫斯科、基辅、彼得格勒、高尔基省等地参观个类型图书馆、博物馆、画廊、大剧院、工厂等。8月10日,代表团离开苏联飞抵柏林,开始对民主德国进行友好访问,在柏林、莱比锡、哈勒、威玛、高塔、那拿等地参观。

9月25日,代表团结束访问,从柏林飞返北京。在历时4个月的友好访问中,参观了八十多个单位,在列宁图书馆、彼得格勒谢德林图书馆、高尔基省图书馆、德国国家图书馆、莱比锡德国图书馆、马丁路德大学图书馆等图书馆做了学术报告或者专业座谈。

回国后,代表团集体编写了《参观苏联和民主德国图书馆事业报告》(中华书局,1958年9月出版)。11月,杜定友在北京患动脉硬化症,12月15日,文化部派前东北图书馆馆长郝瑶甫护送杜定友由京返粤。

回到广州后，杜定友因病请辞广东省中山图书馆馆长职务，省文化局杜埃局长坚决挽留。

1958 年，杜定友以笔名丁又出版《香港初期史话》（三联书店，1957 年 2 月）。8 月，广东省中心图书馆委员会成立，杜定友任会长，叶德春、何多源任副会长。9 月，广东省文化局批准杜定友退休。退休后，杜定友继任广东省第二届政协委员。

1963 年 2 月 22 日，广东省图书馆学会在广东科学馆召开成立大会，大会通过学会组织章程，选举杜定友为会长，叶得春、何多源、陈振厚、梁家勉为副会长，梁家勉为秘书长。是为新中国成立后，大陆成立的第一个图书馆学会。12 月任广东省第三届政协委员。

杜定友一生钟爱图书馆事业，到了废寝忘食的状态。

"她以娇贵之躯，随我过患难的生活，十年如一日，怜我怜卿，形影不离。我们虽无闺房之乐，却有神圣之爱，即使将来万一遭遇不幸，因为环境的侵略，经济的压迫，不得不离异，但是我的心，还是永远爱她……"

亲爱的读者，看了这几行半文半白、情意绵绵的文字，你会不会觉得这是哪位民国才子写给他爱人的情书呢？其实，这封情书的作者是中国近代图书馆事业的奠基人之一杜定友先生写给他钟爱的图书馆事业的信。

20 世纪二三十年代，他曾历任广东省图书馆、广州市立师范学堂校长和中山大学图书馆馆长之职，而这份情书的接受者，却并非是一个真正的妙龄女子，而是杜先生睡里梦里都忘不了的图书馆学事业。他在回忆录里出现频率最高的一句话就是："不给我办图书馆，我连饭都吃不下。"而他在烽烟下守护住的一本本珍贵典籍、培养的一个个青年才俊和写下来的一部部巨著，不过是为这份"真爱"下的极其生动而又深刻的注脚。

在杜定友生活的年代，知识界没几个人知道图书馆学是一门专门的学问，也不知道图书分类、编目和检索里边都有很深的学问。可是，杜定友先生跟所有陷入了热恋中的年轻人一样，恨不得全天下的人都知道他"爱"上的是怎样一位知性可爱的"姑娘"——图书馆，于是，他见人就说图书馆，碰到聪明热情的年轻人，就想把他们培养成图书馆事业的可用之才。

不过，杜定友对新生的图书馆事业虽是一片"痴情"，却一点也不盲目。他深知，中国文盲众多，欲建文明社会，并要先开民智，欲开民智，必要依赖图书馆；如果图书馆不对普通民众敞开大门，开启民智就永远是空谈。他也深知，要推进图书馆事业，必得先推进图书馆学教育。就这样，他像一个热心的布道者一样，一有机会就向人"营销"图书馆学，而多年如一日的热情布道，最终使他成了公认的一代图书馆学教育大家。

杜定友在自传里说，他作为知识界的新秀第一次对公众亮相，就是在市民大学演讲"图书馆与市民教育"，第二次在"广东高师"讲"明日之教育"，也有一大半内容与图书馆的功能有关。1921年，他出任广州市立师范学校校长，就增设图书馆学为学校的必修课，在国内是首创之举。

1922年，他又以省教育委员会图书业务委员的资格，创办广东图书馆管理员养成所，由于理解他的同仁寥寥无几，因此自嘲是在唱"独角戏"。不过，一场"独角戏"唱下来，他也为广东各县培训了近六十名馆员，算是开了国内短期图书馆学校的先河。

之后二十多年间，他又多次在广东举办图书馆学讲习班和训练班，甚至在抗战期间也没有中断培训。其间，南粤图书馆事业"从无到有"，门可罗雀的藏书楼，对平民读者缓缓打开大门；开架阅览、学术演讲和各种展览也为知识界的视野打开了"一线天"。如果没有杜定友这个"无一日不在艰苦奋斗中"的拓荒者，这些进步就算未必全不可能,也一定会来得"更晚一些"。

又有一句话说,当一个人真正爱着的时候,会把自己放得很低很低,甚至会低到尘埃里。用这句话来形容杜定友对新生的图书馆事业的热爱,除了有一点点俗气之外,是再合适不过了。"图书馆学铺路人""教育大家"是后人对他的客观评价,而在他自己眼里,他十几年如一日的工作,其实质就是"侍候人"。

不过,这"侍候人"的工作,他干起来可是甘之如饴。用他在回忆录里的话来说,每一个到图书馆里来的人,都是自爱自好的人,他们不是为了分数,不是为了文凭,而是为了自学,为了进步,或者为了正当的消遣。为了这些可爱的读者和可爱的书,他不忍离开它们,每一个读者来借书,他都会诚恳地为其服务;有一本书在架子上没放好,他就要亲手去放好它。

杜定友一生十分勤奋,著作等身。

1964 年,修订著作《图书分类法问题》,撰写《老子释文商榷》,改译《古巴吉隆滩胜利纪念性建筑设计方案说明》(汉译英)。

1965 年 7 月,奉令下乡考察,此后因身体原因不再著述。

1966 年,"文革"开始,杜定友足不出户,以正楷手抄毛泽东诗词,制作成火柴盒大小的微型本送人,以保持书写习惯。

1967 年 3 月 13 日凌晨 2 时许,杜定友在中山医学院附属医院病逝,享年七十岁,安葬于广州银河革命公墓。生前遗嘱:不更衣,不开追悼会,个人别无长物,箧内仅有五十元,可作丧葬费。

杜定友是我国近现代图书馆事业的卓越奠基人和 20 世纪最伟大的图书馆学家,一生笔耕不辍,著作宏富,著述数量在 20 世纪的中国图书馆学界富甲天下,无人可以望其项背。

杜定友不仅著述丰富,而且学术思想博大精深,著述内容涉及图书馆、文献、教育、文字、戏剧、历史、文化、政治、哲学等多个学科,特别是在图书馆学基本理论、图书分类学、目录学、汉字排检法、图书馆管理、图书馆建筑、地方文献等学术领域贡献卓绝,其创造发明,如杜氏分类法、杜氏著者号码表、汉字形位排检法、明见式目录、圕新字等,广为图书馆采用,其平等开放等学术思想与爱国、爱馆、爱书、爱人的图书馆精神,教育、影响和激励了几代中国图书馆学人。

杜定友一生以图书馆事业为己任,在业界和学界具有崇高的地位,早在 20 世纪 30 年代,钱存训等人就已在上海编辑《杜氏丛著书目》(1936 年),著录了钱存训、何日章、钱亚新、金敏甫、李昌声、陈鸿飞、俞爽迷、程伯群、吕绍虞、涂祝颜、伍本等人撰写的十余篇评述文章,开始总结和研究杜定友的学术思想与贡献。

1987 年,为纪念杜定友逝世 20 周年,广东省中山图书馆特设杜定友纪念室,展示杜定友的著述、照片与遗物,张世泰主其事,编写《杜定友著作目录(1916—1966)》,征集纪念文章,汇集编印《杜定友先生逝世 20 周年纪念文集》(广东省中山图书馆,1987 年 3 月),远在南京的钱亚新、钱亮、钱唐整理出版《杜定友先生遗稿文选》(江苏图书馆学会,1987 年 4 月)。

1988 年 1 月,为纪念杜定友诞辰 90 周年,广东省中山图书馆和广东图书馆学会联合举办"杜定友先生九十诞辰纪念会暨学术思想研讨会",其后将赵平、程焕文等人研讨会上发表的论文汇集成册,编印了《杜定友学术思想研讨会论文集》(广东省中山图书馆,1988 年 8 月),钱亚新、白国应亦编辑出版《杜定友图书馆学论文选集》(书目文献书版社,1988 年 10 月)。

1998 年 8 月 21 日,广东图书馆学会在广东省中山图书馆举行纪念杜定友诞生 100 周年座谈会,理事长程焕文主持会议并做主旨发言,并发表纪念讲话。白国应在《图书馆》1998 年第 1 期上发表《杜定友的精神永存——纪念杜定友先生 100 周年诞辰》,黎盛荣在《图书情报论坛》1998 年第 2 期上发表《中国现代图书分类学的奠基者与先驱——纪念杜定友先生 100 周年诞辰》。

受到图书馆学界普遍好评。

2008 年 12 月 18 日上午,广东图书馆学会、广东省立中山图书馆、中山大学图书馆在中山大学图书馆总馆聚贤厅联合举办纪念杜定友先生诞生 110 周年学术报告会,来自全省各地的 250 多位广东图书馆学会同人参加学术报告会,共同缅怀 20 世纪中国伟大的图书馆学家杜定友先生。

程焕文理事长代表广东图书馆学会向杜定友先生的家人赠送了"一代宗师、学界楷模——杜定友先生诞辰 110 周年纪念"水晶纪念牌。

正如现任中山大学图书馆馆长程焕文教授所赞叹的那句名言:一代宗师、学界楷模。我想这句话已经将 20 世纪我国最伟大的图书馆学界泰斗杜定友博士的一生,进行了高度概括和真实写照。这不仅是杜家的荣誉,且是广东的荣誉,也是因为与杨良瓒的关系,亦也有我们宁波的荣誉。

杨良瓒在中山大学读书期间,不仅得到一代宗师杜定友博士的大力支持和悉心的照顾,还将所学图书馆学知识传授给他,所以,后来在广州图书馆任职期间,杨良瓒的图书工作得心应手,使广州图书馆事业有很大发展;应该说这一切都得益于他的导师岳父杜定友博士的教育和帮助。

1944 年夏,抗战进入艰难时期,"湘桂大逃难"开始,杨良瓒夫妇双双逃入内地,途经贵州遵义,杨激动地陪着妻子杜燕去参观"遵义会议"旧址。杨对着这座破旧的大楼,默默地久久站立观望,恋恋不舍地离开。他深情地告诉妻子:"这里是毛主席开会的地方,也是中国革命大转变、大决策的关键时点。"

杨良瓒时刻想念毛主席,一心向往革命成功解放全中国。后来得到他大哥的支持,经过贵阳,终于平安到了重庆。

十三、参与重庆谈判　揭露假抗日

到了重庆后,杨良瓒以记者身份列席旁听参与了"重庆谈判"全过程。

1944 年深秋,杨良瓒到了重庆后找到了地下党组织,听从时任《新华日报》采访部主任石西民同志的领导,组织上便安排杨良瓒担任中共中央办的《新华日报》采访部主任石西民助手。

在他的领导下,杨良瓒以《新华日报》记者身份作掩护开展地下革命活动。为了争取敌伪情报,为我党所用,石西民同志要求杨良瓒发挥以前从事地下党工作的特长,设法打入"重庆伪中央图书、杂志审查委员会"中担任书记科员。

1945 年春,有一天,伪特务机关召开一次秘密会议,其中讨论如何谋害我党文化界知名人士郭沫若同志的大事。

郭沫若(1892—1978)1892 年 11 月 16 日生于四川省乐山市观娥乡沙湾镇。乳名文豹,原名郭开贞,字鼎堂,号尚武。笔名沫若,麦克昂,郭鼎堂,石沱,高汝鸿,羊易之等。中国现代著名诗人、学者、文学家、历史学家、古文字学家、社会活动家、剧作家、革命家。郭沫若早年赴日本留学,后接受斯宾诺沙、惠特曼等人思想,决心弃医从文。

与成仿吾、郁达夫等组织"创造社",积极从事新文学运动。这一时期的代表作诗集《女神》摆脱了中国传统诗歌的束缚,充分反映了

"五四"时代精神,在中国文学史上开拓了新一代诗风,是当代最优秀的革命浪漫主义诗作。1923年后系统学习马克思主义理论,提倡无产阶级文学。1926年参加北伐,任国民革命军政治部副主任。1927年蒋介石清党后,参加了中国共产党领导的南昌起义。

1928年2月因被国民党政府通缉,流亡日本,埋头研究中国古代社会,著有《中国古代社会研究》《甲骨文字研究》等重要学术著作。1937年抗日战争爆发后回国,任军事委员会政治部第三厅厅长,后改任文化工作委员会主任,团结进步文化人士从事抗日救亡运动。

1946年后,站在民主运动前列,成为国民党统治区文化界的革命旗帜。中华人民共和国成立后,当选为中华全国文学艺术界联合会主席,1958年9月至1978年6月任中国科技大学首任校长。历任政务院副总理兼文化教育委员会主任、中国科学院院长、全国人民代表大会常务委员会副委员长等职,当选中国共产党第九、十、十一届中央委员。

主编《中国史稿》和《甲骨文合集》,全部作品编成《郭沫若全集》三十八卷。曾经是中央人民政府政务院副总理。

郭沫若是中国科学技术大学的主要创建者之一。1958年5月,为了实现科学技术的现代化,加速培养国防建设和尖端科学技术方面急需的专门人才,当时任中国科学院院长的郭沫若联合部分著名科学家,向党中央提出由中国科学院创办一所新型大学的建议。建议得到党和国家领导人刘少奇、周恩来、邓小平、聂荣臻等的支持,以及中央书记处会议的批准。

同年9月,中国科学技术大学在北京正式成立,国务院任命郭沫若兼任校长。此后,郭沫若担任中国科学技术大学校长长达二十年,显示出渊博的知识和深邃的教育思想。

在他的领导下,科学院贯彻"全院办校,所系结合"的办校方针,实施科研与教育一体化政策,充分发挥科学院各研究所师资力量雄厚、科研设备优良的优势,全力支持科大建设;确立了教学与科研、科学与技术、理论与实践相结合的办学原则,倡导了"勤奋学习,红专并进,理实交融"的优良校风,建立了培养边缘、尖端科技人才的新型教育体制,形成了开明开放、兼容不同学派的民主学术氛围,这些都在中国科大以后的办学实践中显示出强大的生命力,为学校的长远发展奠定了坚实的基础。中国科大于建校 30 周年之际,在东区校园雕塑了郭沫若铜像。

但在白色恐怖下的重庆,国民党特务召开的秘密会议时,当时杨良瓒作为中央图书审查委科员,担任会议书记员,杨听到后十分震惊,特务要谋害我党领导人了,他首先想到这个情报十分重要。

为了争取时间,他顾不上吃饭,散会后化了装,并把记录详细情况的笔记本藏在衣服夹层里,冒着被敌人发觉的危险,连夜上路,直奔石西民住处,将记录本中要谋害我党领导人的情报如实汇报,并要求组织尽快营救。

后经石西民引荐将杨介绍给吴玉章,于是杨良瓒连夜与吴玉章一起去通知郭沫若并设法营救,使郭沫若迅速转移才得以脱险。郭沫若非常感激杨、吴冒着危险去营救他。

几天后特务们抓捕郭沫若落空后,对内部起了疑心,尤其怀疑在当时参加秘密会议时新来的记录员。为了安全起见,组织上立即要求杨良瓒脱离伪处,远离虎口进山避风。

然而,党组织太需要他了,为了积极营救被敌人监禁的我党文化界著名人士费孝通同志,杨良瓒再次接受了组织上交给的冒险营救任务。于是,杨良瓒不管个人安危,执行上级党组织交给的革命任务,连夜智闯红岩渣滓洞营救费孝通。

费孝通(1910—2005),祖籍江苏吴江。著名的社会学家、人类学家和社会活动家,中国民主同盟会的卓越领导人,中国共产党的亲密朋友,第七、八届全国人民代表大会常务委员会副委员长,中国人民政治协商会议第六届全国委员会副主席,中国民主同盟中央委员会名誉主席。

1910 年 11 月 2 日,他出生于一个重视教育的知识分子家庭。

1916 年,费孝通在吴江市城读小学。1920 年,随着全家迁居苏州,他转学入振华女校(现苏州十中)。小学毕业后,先在这所女校附中就读一年,又转入附近的东吴大学附属一中。费孝通在中学时期对文学产生兴趣。1924 年,在商务印书馆发行的《少年》杂志接连发表了三篇作品,他在作品中表现出对穷苦人民的同情。

费孝通在东吴一中读到高中毕业,直接升入东吴大学医预科。1930 年进入燕京大学社会学系,攻读社会学专业,他在这时立下了改变中国社会的远大志向。吴文藻从美国芝加哥大学请派克教授到燕京大学讲学,把燕京大学社会学系的学生们从课堂和书本中领到了实际社会生活当中,费孝通从中学到了注重实际的精神和实地调查的社区研究方法并奉行终生。

1933 年,费孝通从燕京大学毕业,并听从吴文藻老师的指导,考进清华大学研究院,师从史禄国,受到了严格的人类学训练。1935 年,他依照清华章程通过毕业考试,获得公费留学机会。史禄国建议他出国之前先在国内少数民族地区实习一年,他接受了建议,并于 1936 年秋季带着调查资料到英国留学。

在伦敦大学的经济政治学院,费孝通在马林诺斯基门下学习社会人类学。马林诺斯基指导他完成了博士论文《江村经济》并获得博士学位。

《江村经济》一书被誉为"人类学实地调查和理论工作发展中的一个里程碑",成为国际人类学界的经典之作。

1938 年,在抗日战争的漫天烽火中,费孝通回到国内,任教于云南大学社会学系,并主持社会学研究室的工作。在十分艰苦的条件下,他领导着研究室的同仁坚持进行内地农村调查,取得了不少成果,也培养了一批人才。

1943 年至 1944 年,费孝通应邀到美国讲学一年。抗日战争胜利后,他转入清华大学任教。1946 年,昆明发生李公朴、闻一多被暗杀事件,当时费孝通也在暗杀黑名单上,他被特务秘密押运至重庆关在渣滓洞,后在我党营救下逃出牢笼。

出狱后受到美国领事馆暂时保护,被派往到英国讲学一个季度,1947 年春回到北平,继续在清华任教。

费孝通学成归国后的十年间,是他的第一个学术丰收时期。他先后写出了《生育制度》《初访美国》《重访英伦》《乡土中国》《乡土重建》等一系列大受读者欢迎的文章,产生了广泛的影响。

1949 年 10 月,中华人民共和国成立,费孝通作为民主人士,参加了第一届中国人民政治协商会议。1952 年,高等教育院系调整,社会学被取消,他被分配到中央民族学院担任副院长。这个时期,费孝通专心于少数民族事务,力图为政府制定少数民族政策提供科学依据。1956 年 10 月,费孝通被任命为国务院专家局副局长等职。

当时,在重庆,为了顺利完成任务,在白色恐怖下,杨良瓒和战友们一起装成去监狱送菜的当地菜农进了渣滓洞,混进后避开狱警,找到费的收监处,暗地把纸条塞进牢狱里。

一边告知费孝通,党组织已经设法营救他出狱,请他在狱中做好准备配合营救。一方面在实施营救中,他还用自己的钱买通狱丁、打通关节,将费孝通化妆成狱丁连夜救出,杨良瓒又一次冒着生命危险出色地完成了党组织交给的光荣而特殊的艰巨任务,他的革命功绩受到了党组织的肯定和表扬。

1954 年夏,杨良瓒由地下党组织安排进重庆商务日报社当记者,一天,马路上响起了特别响亮的“卖报!卖报!《新华日报》!”报童喊声,许多人都抢着卖报,杨在众多人群中有幸也抢到了一份,刚拿到手,忽然听到远处传来喊声“来抓人啦,快逃啊!”老远就看见一批特务荷枪实弹地在打人,杨急忙回到报馆避险。霎间,山城重庆阴风阵阵,哭声连天,血腥满地。许多报童被抓、被打,原来报纸中刊登了中共方面领导人周恩来的一首讽刺诗,激发了国民党反动派的恼怒,他们抓报童、毁报纸。杨良瓒买到这张报纸后如获至宝,逃到哪带到哪,一直藏于身边,也没被敌人搜去,直到新中国成立后,杨才把这张具有纪念意义的报纸献给了中国历史革命博物馆珍藏。这虽然是一件小事,但由此可以看出杨良瓒对周总理的崇敬、对党的无限忠诚。

1945年8月15日抗战胜利后,为了避免内战,争取和平,中国共产党同国民党在重庆进行了为期四十三天的和平谈判,史称"重庆谈判"。杨良瓒作为一线记者亲临现场参加了举世闻名的国共重庆谈判。

1945年8月29日至10月10日,以毛泽东为首的中国共产党代表团与国民党政府代表在重庆举行谈判,经过四十三天的谈判,于10月10日签署《政府与中共代表会谈纪要》,即简称《双十协定》。该会谈纪要列入关于和平建国的基本方针、政治民主化、国民大会、人民自由、党派合法化、特务机关、释放政治犯、地方自治、军队国家化、解放区地方政府、奸伪、受降等十二个问题。这十二个问题中仅少数几条达成协议,在军队、解放区政权两个根本问题上没有达成协议。

此时,抗战中出于共同目标而隐藏于中国共产党与中国国民党之间的矛盾开始浮现。在东北、华北及中原部分地区,国共两党的军队竞相展开城市管辖权与战略物资的接收。

同时,苏联把在东北地区缴获的原日军轻兵器及部分战略物资,转移给由林彪率领的东北解放军;国民党则从美国方面取得了军事援助,由美国海空军负责运送国民革命军华北、东北地区,两党在部分地区对政权的控制发生的了零星的冲突。

1945年8月,由于已取得战略主动权,蒋介石接受了国民政府文官长吴鼎昌的提议,三次电邀毛泽东前往重庆商讨国内和平问题。

1945 年 8 月 28 日,毛泽东与周恩来、王若飞在美国大使赫尔利陪同下从延安飞至重庆,代表中国共产党与中国国民党代表王世杰、张治中、邵力子展开和谈。

在重庆谈判会议召开前,两党公开表示在谈判期间实行停火,但实际上为取得更多的谈判筹码,两党军队对战略要地的占领与反占领,在谈判期间从未中断。

谈判期间,共产党坚持抗日根据地拥有独立主权,但同意交出分布在海南、湖北、浙江、河南一带共十三个根据地,由国民党接收,并为两党间意识形态的结合,提出了"新民主主义"的构想,淡化两党的意识形态对立。国民党则坚持,除 1937 年抗日战争爆发前即为共产党所占有的延安革命根据地保持不变外,其他地区一律收回,并要求将人民解放军纳入由国民政府领导下的国民革命军统一指挥。

共产党拒绝把军队交给只有国民党控制的政府,只表示会对军队减员,并要求在建立真正民主的政府后才交出军队。

这是双十协定谈判的全部内容,兹发表会谈纪要如下:

(一)关于和平建国的基本方针:一致认为中国抗日战争业已胜利结束,和平建国的新阶段即将开始,必须共同努力,以和平民主团结为第一基础,并在蒋主席领导之下,长期合作,避免内战,建设独立自由和平之新中国,实行三民主义。

双方又同认蒋主席所倡导之政治民主化,军队国家化,及党派平等合作,达成和平建国必由之途径。

(二)关于政治民主化问题:一致认为应迅速结束训政,实施宪政,并先采必要之步骤,由国民政府召开政治协商会议,邀集各党派代表及社会贤达,协商国是,讨论和平建国方案,及召开国民大会各项问题。现双方正与各方洽商政治协商会议名额组织及其职权等项问题,双方同意一俟洽商完毕,政治协商会议即应迅速召开。

(三)关于国民大会问题:中共方面提出重选国民大会代表,延缓国民大会召开日期,及修改国民大会组织选举法,和五五宪法草案等三项主张。政府方面表示国民大会已选出之代表应为有效,其名额可使合理增加,和合法的解决,五五宪法草案,原曾发动各界研讨,贡献修改意见。因此双方同意成立协议。但中共方面声明,中共不愿见因此项问题之争论而破坏团结,同时双方均同意将此问题,提交政治协商会议解决。

（四）关于人民自由问题:一致认为政府保证人民享受一切民主国家人民在平时应享受全部信仰言论出版集会结社之自由。现行法令,当依此原则分别予以废止或修正。

（五）关于党派合法问题:中共方面提出政府应承认国民党、共产党及一切党派皆有平等合法地位。政府方面表示各党派在法律之前平等,本为宪政常轨,今可即行承认。

（六）关于特务机关问题:双方同意政府应严禁司法和警察以外机关有拘捕审讯人民之权。

（七）关于释放政治犯问题:中共方面提出除汉奸以外之政治犯,政府应一律释放。政府方面表示:政府准备自动办理,中共可将应释放之人提出名单。

（八）关于地方自治问题:双方同意应积极推行地方自治,实行由下而上的普选,唯政府希望不以影响国民大会之召开。

（九）关于军队国家化问题:中共方面提出政府应公平合理地整编全国军队,确定分期实施计划,应重划军区,确定征补制度,以维军令之统一。在此计划下,中共愿将其所领导的抗日军队,由现有数目,缩编为二十四个师,并表示迅速将其所领导下散布在广东、浙江、苏南、皖南、皖中、湖南、湖北、河南（豫北不在内）各地之部队,由上述地区,逐次撤退,应整编的军队调至陇海路以北及苏北皖北的解放区集中。

政府方面表示,全国整编计划,正在进行,此次提出商谈之各项问题,果能全盘解决,则中共所领导的抗日军队缩编为二十个师的数目,可由中共方面提出方案。

中共方面提出中共及地方军人应参加军事委员会及其各部的工作,政府应保障人事制度,任用部队人员为各级官佐、缩编军官佐、应实行分区训练,设立公平合理的补编制度,并确定政治教育计划。

政府方面表示所提各项,均无问题,亦愿商谈详细办法。中共方面提出解放区民兵,应一律编为地方自卫队。政府方面表示,自能视地方情势有必要与可能时,酌量编制。为讨论计划上述各问题起见,双方同意组织三人小组,(军令部军政部及第十八集团军)各派一人进行之。

(十)关于解放区政府问题:中共方面提出政府应承认解放区各级政府的合法地位。政府方面表示,解放区名词,在日本无条件投降以后,应成为过去,全国政令,必须统一。

中共方面开始提出三方案,为依照现在十八个解放区的情形,重划省区和行政区,并即以缘由民选之各级地方政府名单,呈请中央加委,以维政令之统一。

政府方面表示,重划省区变动太大,必须通盘筹划,非短时间所能决定。同时政府方面表示:依据蒋主席曾向毛先生表示,在全国军令统一之后,中央可考虑中共推荐之行政人选。

收复区内原有抗战行政工作人员,政府可依其工作能力与成绩,酌量使其继续为地方服务,不因为党派关系,而有所差别。

于是中共方面,提出第二解决方案,请中央于陕、甘、宁边区,及热、察、山西、山东、河北五省,委任中共推选之人为省府主席及委员;于绥远、河南、江苏、安徽、湖北、广东等六省,委任中共推选之人为省府副主席及委员(因以上十一省或有广大解放区或有部分解放区);于北平、天津、青岛、上海四市,得委任中共推选之人为副市长。于东北委中共推选之人参加行政。

此事讨论多次后,中共方面对上述提议所列推选省府主席及委员者,改为陕、甘、宁边区及热、察、冀、鲁四省,请推选省府副主席及委员者,改为晋、绥两省。政府方面表示中共对于其抗战军事著有劳绩,且在政府具有能力之同志,可提请政府决定任用之。

倘要由中共推荐某某省主席及委员,某某省副主席等,则即非真诚做到军令之统一。于是中共方面表示可放弃第二种主张,改提第三种解决方案,由解放区各级民选政府重行举行人民普选,在政治协商会议派员监督之下,欢迎各党派各界人士选贤参加举办。

凡一县有过半数区乡已举行人民普选,实行民选者,即举行县级民选,一省或一行政区有过半数县,已实行民选者,即举行省级行政区级民选,选出之省区县级政府,一律呈请中央加委,以谋政令之统一。

政府方面表示,此省区加委方式,乃非谋政令之统一,惟县级民选加委,可以考虑,而省级民选,须待宪法颁布,省的地位确定以后,方可实施,目前只能由中央任命之省政府,前往各地接管行政,俾即恢复常态。中共方面提出第四种解决方案,各解放区,暂维现状不变,留待宪法规定之民选省级政府实施后,再行解决,而目前则规定临时办法,以保证和平秩序之恢复。

同时中共方面认为可将此项问题,提交政治协商会议解决。政府方面,则以政令统一必须提前实现,此项问题之悬而不决,虑为和平建设之障碍,仍盼能商得具体解决方案。中共方面亦同意继续商谈。

(十一)关于奸伪问题:中共方面提出严惩汉奸,解散伪军。政府方面表示,此在原则上自无问题,惟惩治汉奸,要依法律行之,解散伪军,亦须妥慎办理,以免影响当地安宁。

(十二)关于受降问题:中共方面提出,重划受降地区,参加受降工作。政府方面表示:参加受降工作,在已接受中央命令之后,自可考虑。

承认和平建国的基本方针,同意以对话方式解决一切争端。

长期合作,坚决避免内战,建设独立、自由和富强的新中国,彻底实行三民主义。

迅速结束训政,实施宪政。

迅速召开政治协商会议,对国民大会及其他问题进行商讨后再作决定,制定新宪法。

中国共产党承认蒋介石及南京国民政府对中国的合法领导地位。

两党实质上并没有解决两党之间的核心矛盾,未能改变分裂局面。在政治协商会议召开不久,蒋介石单方面撕毁双十协定,宣告第三次国共合作破灭。

重庆谈判的历史意义

一、双十协定是以国共两党协商方式产生的一个正式文件,它的发表,表明了国民党不得不承认中共的平等地位。

二、共产党在政治上取得了主动,在人民面前表现了和平的诚意。在国民党统治区和各民主党派中扩大了影响。

三、迫使国民党承认和平建国的基本方针。国民党若破坏协定,发动内战,就在全国全世界面前输了理,失去了人心。

经过四十三天的艰苦谈判,1945 年 10 月 10 日,国共双方代表签订《政府与中共代表会谈纪要》,即双十协定,并公开发表。

国民党政府接受中共提出的和平建国的基本方针。双方协议“必须共同努力,以和平、民主、团结、统一为基础”,“长期合作,坚决避免内战,建设独立、自由和富强的新中国”。双方还确定召开各党派代表及无党派人士参加的政治协商会议,共商和平建国大计。这是重庆谈判最重要的两项成果。此外,谈判还达成迅速结束国民党的“训政”,实现政治民主化;党派平等合法;释放政治犯等协议。

重庆谈判的举行和双十协定的签订,表明国民党方面承认了中共的地位,承认了各党派的会议,使中国共产党关于和平建设新中国的政治主张被全国人民所了解,从而推动了全国和平民主运动的发展。

在此谈判中,杨良瓒作为《商务日报》记者身份,参加了国共两党谈判全过程。当时他看到了仰慕已久的毛泽东主席和周恩来副主席等中共代表，多么想能走过去与他们握手问候，吐露自己多年来做地下工作艰难险阻的蹉跎岁月；及时汇报在白色恐怖下所见到的秘密军事事件。

然而，这是一次最高级别的会谈，是一个划时代的会谈，是关乎全民族抗战的大事。所以他不能去轻易打扰，更不能冒昧的暴露自己的身份，只能错过眼前的最好机缘。

然而，双十协定公布后不久，即被蒋介石公开撕毁。尽管如此，但双十协定的签订和发表是有其意义的，教育了广大人民，特别是中间势力，使中国共产党的主张得到了国内外舆论的广泛同情和支持，使国民党当局陷入被动。

谈到《商务日报》，它创刊于1914年，是重庆总商会的机关报，也是本地土生土长的一张有影响的商务报纸。早年办得不错，也深受群众欢迎。1935年，蒋介石的势力伸向四川，康泽的"别动队"来到重庆，便接办了《商务日报》，为国民政府所用，刊登反共文章，该报也逐渐衰落。

后来在我党周恩来、董必武同志亲自领导下，经董老秘书鲁明的上下直接联系，中共地下党员杨培新、徐逸安等同志相继进入此报，并和徐淡庐一道掌握了采、编、经营大权，意在扭转办报方向，运用它支持工商界反对四大家族，为我党在工商界扩大统一战线搭桥铺路。

经过一次次长时间的分析、研究，最后董老确定了改变《商务日报》的方针、政策和策略。这就是：在商言商，只谈经济，不谈政治，要以工商业的面貌出现，政治态度不超过《大公报》《新民报》；争取西南工商界和迁川工商界的支持，要为中小厂商的困难说话，为我党所用。

"董老确定的这一系列策略是完全正确的，这是根据当时客观实际策划的，因而效果非常好，巩固和扩大了我党在工商界的统一战线。"

"董老高瞻远瞩,对人才的重视、对人才的培养更是令人难忘。"

许多在董老身边工作过的老革命家都说过。在《商务日报》这块阵地上,董老先后输送了一批有知识的革命青年去当编辑、记者,这些人在新中国成立后都成了京、沪地区一些大报或大学的中坚力量。其中杨良瓒是经地下党员杨培新介绍给鲁明进入《商务日报》当记者。

由于杨良瓒早年参加革命,又是一位坚定的爱党爱国革命知识分子,因此受到董必武等老一辈革命家的器重,并指示他以《商务日报》记者的身份继续从事地下革命工作。尔后遇上国共和谈敏感性大新闻,经报社采访部主任杨培新指派参加重庆谈判。

然而,重庆谈判刚一结束,蒋介石撕毁双十协定后,计划发动内战。杨良瓒凭着新闻记者的敏感,在第一时间撰文《揭露蒋介石假抗日真内战的罪恶阴谋》的消息,大胆发表在《商务日报》及《新华日报》上。

报纸在重庆发行后,气得蒋介石直拍桌子,立即下令封查报馆,抓捕报社负责人与这位大胆的姓杨记者。随后《新华日报》1947年2月28日被国民党勒令停刊,而杨良瓒经我党掩护已连夜离开山城调往地方工作。

据悉,当年杨良瓒编写刊登这篇文章的那张《商务日报》《新华日报》原版,已被中国革命博物馆收藏,这是历史的最好见证。

据记载,1937年,国共开始第二次合作后商定,在南京公开发行中共党报《新华日报》。但因为顽固派阻挠及日军逼近,报社被迫迁至武汉。1938年1月11日,在汉口正式创刊出版发行《新华日报》,同时在广州设立分馆,同年10月分别在25日、21日从汉口和广州迁入重庆和桂林。

该报系中共中央长江局的机关报,报社社长潘梓年,总编辑华岗,经理徐迈进。发刊词宣称:"本报愿将自己变成一切愿意抗日的党派、团体、个人的喉舌。"17日,报社营业部曾被国民党暴徒捣毁。

10月25日,武汉失守后,报社迁往重庆继续出版,这是抗日战争时期和解放战争初期中国共产党在国民党统治区公开出版的唯一机关报。《新华日报》陆续在山西、重庆、广州、西安等地设立分馆,在黄陂、宜昌、郑州、洛阳、许昌、南昌、潼关等地设立代销处。

在武汉期间,该报隶属中共中央长江局领导,董必武主管。中共六届六中全会后,该报有步骤地纠正了某些右倾投降主义的错误宣传。迁至重庆后,报社隶属于中共中央南方局,由周恩来兼任董事长,南方局副书记董必武等直接领导,具体负责人先后为潘梓年、华岗、吴克坚、章汉夫和夏衍。

1938年8月1日,迁至汉口府东五路(现前进五路)150号办公(新华日报社旧址位于汉口民意一路大陆里4—9号)。当时报社领导机构为董事会,由陈绍禹、秦邦宪、吴玉章、董必武、何凯丰、邓颖超六人组成,陈绍禹为董事长;潘梓年任社长,华岗任总编辑,熊瑾玎任总经理。

1945年9月1日、重庆《新华日报》发表社论文章《为笔的解放而斗争》,提出给人民以新闻出版与言论自由、废除新闻检查。这一主张立即得到重庆等地报刊的响应。

重庆《新华日报》在周恩来直接领导下,一直出版。在靠近重庆纯阳洞10号《新华日报》宿舍是我党鲁明、乔冠华、龚澎等同志在市内的住地和活动点之一。此处靠近中苏文化协会、抗战堂剧场、中国电影制片厂,可以说是市区的闹市区。车水马龙,鱼龙混杂,熙熙攘攘,便于进出,但也是国民党特务盯梢的重要目标之一。杨良瓒等地下党人经常冒着被特务盯梢的危险,深夜到《新华日报》地下活动点汇报工作。

在国共谈判双十协定遭国民党撕毁,报上发表有关国民党假抗日真内战的新闻后,在1947年2月28日报社遭国民党特务破坏,被勒令停刊。

　　至此,《新华日报》在国民党统治区共出版九年零一个月,在国民党政治、经济、文化中心占领了舆论制高点,被人民群众誉为"茫茫黑夜中的一座灯塔",成为中国共产党推进抗日民族统一战线的有力工具和沟通外部世界的一个重要窗口。毛泽东高度赞扬《新华日报》,称其为八路军、新四军以外的"另一方面军"。

十四、受主席接见　交营救报告

　　蒋介石在重庆谈判之后，变本加厉对我党我军实行更为恶劣的迫害行动。这时候，作为身经百战的杨良瓒，对世事反应更加敏感，他想得最多的是如何救出还在牢狱中的难友们。因此，自国共谈判失败后，杨良瓒写了一份报告《怎样营救还在狱中的难友问题》。为了使这个报告能发挥更大作用，他想只有能亲自交给我党最高领导人才能有效。

　　这时他想起了从延安到重庆谈判的毛泽东，曾经他与主席一起坐在谈判桌上的激动的场景。于是他将报告写好后放进衣服里，又经过化装，冒着随时被抓捕的危险到重庆上清寺（桂园）将报告亲自交给了毛主席。

　　桂园，位于重庆市海中区中山西路65号，是原国民党上将张治中的公馆，因园内有两株桂花树，桂园因此而得名。1945年8月，重庆谈判期间，张治中将此园让给到重庆谈判的毛泽东作为临时办公、会客之用。

　　那年夏季，为了中央领导的安全起见，杨良瓒事先托人向周恩来进行了汇报，又得到周恩来的妥善安排才被批准进入桂园，顺利见到主席。

　　1945年9月的一天，杨良瓒进桂园后，毛主席在园子里正站着和几位警卫员谈话。见杨良瓒进来,毛主席微笑着与杨良瓒握手,杨良瓒当即将报告交给了毛主席。与主席几句寒暄过后,由站在一旁的主席秘书王炳南同志陪同杨良瓒到办公室内就座,等待毛泽东主席的到来。

王炳南(1909—1988),陕西乾县人。1925 年加入中国共产主义青年团。1926 年加入中国共产党。1929 年赴日本留学。1931 年转去德国,在德期间先后任德国共产党中国语言组书记,国际反帝大同盟东方部主任,旅欧华侨反帝同盟主席。1945 年抗日战争胜利后,参加重庆谈判工作,担任毛泽东主席的秘书。随后任中共驻南京代表团外事委员会副书记兼中共代表团发言人,协助周恩来进行扩大中共影响的国际宣传。

1947 年春随代表团撤到华北解放区,担任中共中央外事组副组长,参与对外政策的制订。中华人民共和国成立后,担任政务院外交部办公厅主任、部长助理,协助周恩来总理筹组外交部机关,开展外事工作。

1955 年任中国驻波兰大使,兼中美大使级会谈中方第一任首席代表,参加了长达九年的中美会谈。1964 年回国,任国务院外交部副部长。"文化大革命"中曾受到诬陷迫害。

1975 年重新工作,出任中国人民对外友好协会会长、中共党组书记,后任顾问。曾被选为中共第十二大代表,第一、第三届全国人大代表,第六届全国人大常务委员、外事委员会委员,第五届全国政协常务委员等。

王炳南与杨良瓒就报告内容谈了很长时间,王炳南同志对杨良瓒一心为党的革命事业,为积极营救战友所付出的努力,给予了高度评价。

不多时,毛泽东主席从园子里走进办公室,再次与杨良瓒亲切握手问候,并对杨良瓒大胆及时揭露蒋介石假抗日真内战的真实报道给予很高的评价,同时十分关心杨在国统区做地下工作的安全问题。

当时,杨良瓒还随带了夫人杜燕与长子敏生一起去见毛主席,主席拉着敏生的小手笑着说,大人参加革命连小孩也跟着你们从小接受战争洗礼了。

王炳南同志还亲切地将五岁的敏生抱起来坐在自己腿上亲昵。又对杨夫人杜燕说,我与何香凝同志曾经谈起过,她说你的画画得很好,你们用绘画宣传抗战作用也很大哦。得到主席的肯定和信任,杨良瓒夫妻俩对要求组织营救战友一事和从事地下革命工作充满了信心和希望。这些革命史实都在杨夫人杜燕写的革命日记里有记载。

十五、夫人杜燕　岭南画家

　　杨良瓒夫人杜燕(1923.2—1991.1)。40年代毕业于广州美术学院,师从我国著名岭南派绘画大师高剑父,杜燕得高真传,擅长以工兼写的花鸟画,是岭南画派的高足。

　　岭南画派,是中国近现代画坛上一支很有影响力的流派。杜燕在广州美院毕业后曾在四川、浙江等地美院及上虞市县中任教。抗战时期在重庆参加革命,常同著名女画家何香凝(近代爱国民主革命家廖仲恺夫人)切磋交流,为积极宣传抗日而创作了大量宣传画。"文革"中与老伴一起受到陷害回家闲居,1970年因建造皎口水库从大皎村移民至古林镇鹅颈村李家。

　　杜燕是笔者的美术老师,"文革"后笔者还每礼拜一有空走上五里路,去她家看望并请教绘画知识。看到老师常躬着背艰难地、在不到三十平方米的泥坯草屋里翻箱倒柜,不停地寻找绘画资料以及尘封几十年的旧画稿。翻阅旧稿,追忆过去,是她在身陷囹圄的年代里的一种精神寄托。

　　家里除了桌床锅碗等简单的生活必需品,在她的床铺内外堆满了许多书画资料,这些是她的全部财产。就在这种简直令人无法想象的、极其艰苦而恶劣的环境中,她仍以顽强的意志与毅力,追求她崇高的艺术理想和不灭的真理信念。也就在这个自名为"秋风茅屋斋"里,诞生了一幅幅名画佳作。

　　三十年前,鄞县文化馆还慕名向她约稿,在《鄞县文艺》一刊中,刊发了杜燕创作的"奔向 2000 年"年画,超前宣传我县大好形势的水粉画。她巧妙地将油画与水彩画技法相结合,积极尝试新的用笔与用料方法,使画面既有油画的层次感又有水彩的韵味,并在继承岭南派特色基础上,效法新浙派灵动简约的风格,这种大胆超前的创作构思,曾引起画坛瞩目,受到市县有关画家好评。

　　几年中,杜老师不计报酬地为宣传鄞县、繁荣文化做了许多有益的工作。当时,老师创作并屡屡获奖的一幅幅精美画作令我深受鼓舞。同时,在闲谈中偶然看到她过去摄下珍藏的影集,也对她年轻时一张张秀美的倩影感到惊讶。

　　照片里气质高雅的美丽少女,怎么与我面前这位身材矮小的农村老婆婆相提并论。然而,我认为一个人的美除了外表,更重要的在于心灵及其言行举止。

　　诚然,几十年的蹉跎岁月,导致她比实际年龄老了颇多,瘦小的身躯和衰老的皱纹,掩盖不了她内心充盛着艺术美的最高境界。每次听杜老师授课,乃是一种美的享受;从古今中外画坛名家画品与人品,到中西绘画艺术的风格流派与创作技法,论人,个个鲜活传神,论画,事事精彩绝伦。她不仅使我学到了绘画的基础知识,还从她淡泊名利、乐于奉献的为人处世中,看到了她的高尚人品,领悟到人生的真、善、美。

　　杜燕老师出身书香门第,其父杜定友一句话就可以将子女调上去。然而,杜老师乐于清贫,不搞特殊。我经常聆听到杜老师对我的谆谆教诲:"从艺在于耕耘不问收获,为人在于奉献不图享乐,要做一个德艺具备人格卓越的艺术家。"

　　后来全国形势好转,特别是党的三中全会以后,有关同事、学生写信给老师,请老师去京一叙。这信就像久旱逢雨,使老师看到了生活希望、艺术的春天。

于是，她带着几十年创作的精品和希望上京叙旧。然而，上京后时间一长生活更加艰难，老师在信中每次透露出贫病交加的忧愁心情。于是，我从当年每月仅有的三十五元工资中抽出一半，再将宁波粮票兑换成全国粮票按月寄去。

俩老相依为命，风雨二春秋，用学生这点微薄的资助在京发展。我们虽隔千山万水，彼此书信不断。经过一年多的努力，杜老师不仅见到了其父同事、学生，还十分荣幸地作为岭南派画坛名家被邀请、出席"文革"后文化部首次在中国美术馆举办的"中国现代名家书画展览"。

她激动地在信中说，展览会中她有幸亲眼见到了久仰大名的齐白石的虾、徐悲鸿的马、李可染的荷、高剑父的鹰、胡根天的金文、黄宾虹的山水画等名家书画精品。使她大饱眼福，欣喜之情溢于言表。

然而，她老伴杨良瓒去京后被疾病风雪所困，走上了不归之路，一对相濡以沫的夫妻，从此劳燕分飞。

后来，党的十一届三中全会以后，在各级党组织的关怀下，经过千辛万苦的努力，老师和她的老伴终于平反。几年后，杜燕老师因一场火灾，带着她尚未完成的五十余万字自传体传记《革命与艺术人生》手稿，以身殉艺。真的实践了老师至理名言：在风雪中炼精神，在烈火中得永生。这就是杜燕老师真实人生的一个缩影。

话又说到，杨良瓒与夫人见毛泽东主席后从桂园出来，一脚刚迈出桂园圆洞门口，杨良瓒一家就被埋伏在四周的国民党特务盯梢上，拍下照片。杨只好与夫人分头走散急步开溜，终算逃脱了敌人盯梢。然而敌人到处都有盯梢，他在敌人名单中被划上红帽子，危险时常要发生。

之后党组织得到消息后，在重庆地下党组织领导欧阳文彬的掩护下，杨良瓒被迫离开重庆，调到四川合川以教书作掩护继续从事地方革命工作。

十六、主编红色书刊　揭露敌人罪行

　　他一生为了革命，走到哪里都会主动去参与革命活动。1946年秋，在四川合川杨夫人生下次子汇生。杨良瓒以儿子生日要办满月酒为借口，召集了一大批抗日救亡运动中的著名文化人士和地下党员，秘密会谈共商国是，共同策划安排一系列在四川的革命活动。

　　他还在邻水中学任教时发动和参加了"反内战、反迫害、反饥饿"运动。然而，在白色恐怖下的四川，到处有伪军特务。1948年夏，驻四川的伪政府闻讯消息，发觉在川任教的杨良赞是"进步人士"，要在四川搞革命活动消息，就派了一大群特务去搜查学校，查抄红色书刊和杨家，幸好有地下党及时通知，将学校及家中一些革命资料与红色书刊全部转移，全家马上离开四川南下赴粤，又一次免遭了劫难。

　　在离开四川之前，杨良瓒与地下党负责人魏亚民同志商议，为了在重庆更好地继续开展地下革命工作，杨良瓒将在重庆的革命战友地下党员陈丹墀、高明同志介绍给魏亚民联络。原来魏曾在1943年见过陈一面，这次通过杨的介绍，进一步加深了对陈的革命工作的了解和印象。

　　魏亚民十分敬重杨良瓒在离开四川前，还为党组织提供了这么好的革命者。新中国成立后魏亚民同志在上海担任重要职务，关于重庆一事有魏亚民同志的信件档案佐证。后来陈、高二位同志被关在重庆渣滓洞,1949 年 11 月被国民党杀害。

陈丹墀,渣滓洞著名革命烈士。1915 年生于四川涪陵。从小热爱语文、历史。1930 年秋,考入涪陵县份州圣公校。1931 年秋,考入涪陵县秦义园四川省立第四中学。1933 年,转入重庆弹子石重庆初级中学(后改为精益中学),毕业后,回涪陵县一所区乡小学工作。

1936 年,抗日战争全面爆发前夕,他返回重庆,先后在重庆《星星日报》《新民报》当记者,不久,转入重庆救国会负责人漆鲁鱼主编的《漆报》工作。1937 年夏,考入抗日后援协会宣传队,深入川南各地宣传抗日救国。

1938 年秋,他投身钱俊瑞主办的战时书报供应所,积极从事抗日宣传和抗日书报资料供应工作。同年秋,加入中国共产党。1939 年,他被调派到新成立中国书店任会计主任,并担任党支部书记。1941 年冬,他在重庆南岸四公里兵工署湘西迁来的炼油厂做会计主任。

1943 年春,由魏亚民介绍到喻北区水土镇中心校和治平中学作国文教员,积极筹建武装据点。1947 年,根据南方局的指示,在建立农村据点和开展武装斗争中做了大量工作。

1948 年春,川东临委书记王朴领导的华蓥山武装斗争迅速发展。他一面积极组织力量去那里参加战斗,一面积极筹措经费支援华蓥山的斗争。正当他准备带着电台投身农村武装斗争的时候,不幸在重庆大田湾《新民报》编辑部被捕,被关在重庆"中美合作所渣滓洞监狱"。

不管敌特如何刑讯拷打,他始终确保党的机密和同志的安全,并参加狱中党组织发动的各种斗争,组织和参加全监狱过端午节和抗议吃已经霉变的米饭的斗争。并组织了"铁窗诗社"。

1949 年 11 月 27 日,在重庆"中美合作所"被敌人杀害,实践了他的誓言:"作一颗真正的,永不失味的盐。"

杨良瓒他们要从重庆去广州,一些经费还是魏亚民想办法筹到的。为了革命的信念,在十分艰险的环境下杨良瓒想尽各种办法,从不放弃。

到广州后，在他的恩师帮助下开展活动联络地下组织，后经地下党组织介绍，进入由一家由爱国华侨出资开办的大型刊物《真善美》杂志社工作，杨良瓒担任副总编、主编。总编是简世勋，又名简单，为我党在广州的文化界领导人之一（新中国成立后在广东省委担任要职）。

简单，原名简世勋，广西横县新圩人，出身贫寒，但克服困难，曾就读于桂林广西大学文学院。1939 年，日寇入侵广西，转往重庆读中央政治大学，当时有校中黄文清及胡宗炎两生由延安派到重庆就读，与简单认识，秘密组织《民社》宣传马列主义，吸收进步青年。

随后黄文清、胡宗炎及简单被国民党特务怀疑，1942 年被捕囚禁，他们身虽系狱，仍以坚贞不屈的气节，与敌斗争，敌方未得口供，又无实据，无法处理，结果由政校杨玉清教授保释。他们出狱后，革命活动一如既往。

当时简单任教于力行中学及建川中学，其后在黄文清与胡宗炎的布置下，与志同道合者一起创办亚洲中学，是党在国民党统治区内的一个红色据点，引导许多学生走上革命道路，后在广州担任《真善美》杂志总编。

《真善美》杂志，最早在香港发起成立，后转入内地。1917 年，苏联十月社会主义革命胜利后，马克思主义思想逐渐传播到中国。特别是 1919 年爆发的五四运动传到香港后，将香港反帝爱国运动推向一个新阶段，香港同胞的思想觉悟也进一步提高。

一些香港爱国青年，受到苏联革命成功和香港同胞反帝斗争精神的影响，抱着追求真理的愿望，开始研究马克思主义。1920 年至 1921 年间，香港教育司视学官林君蔚、皇仁中学毕业生张仁道和豢养学校教师李义保等三位进步青年，本着研究马克思主义的目的，共同出资编制出版《真善美》刊物。这是香港第一份介绍马克思主义的进步刊物，为不定期出版的刊物，主要是介绍马克思主义基本原理，宣传进步思想,很受青年人欢迎。

1921年,陈独秀由上海坐船来到广州,船行经香港时停泊于香港码头。林君蔚、张仁道和李义保等早已从报纸、杂志上看过陈独秀所写的介绍马克思主义的文章,知道他是宣传共产主义的人物,便特意到船上会见陈独秀,并将自己创办的《真善美》杂志给陈独秀看。陈独秀看后,倍加赞许,鼓励他们组织马克思主义研究小组,深入钻研马克思主义的基本原理。林君蔚等三人听后很受鼓舞,回到李义保家中就成立了马克思主义研究小组,为以后成立中国共产党组织打下了基础。

《真善美》杂志,从20年代到40年代,又从香港到广州,不仅发行量大还受到广大读者的喜爱。

杨良瓒进入该杂志时期,曾以"屈笔"笔名,发表了大量揭露反动当局黑暗、宣传革命进步的文章。当年秋,杨良瓒还组织举行过一次大型"金秋茶话会",主要招待在穗的进步作家和记者们。还邀请了著名作家欧阳山在会上发表对刊物、对时局的看法演讲,赢得全场热烈的掌声。

杨良瓒也在会上发表了题为"迎接全国解放,积极做好红色书刊保护工作"的演讲,受到在场代表的热烈拥护和积极响应。

在《真善美》杂志社工作期间,杨良瓒共写过几十篇时评文章,内容有两个,一是揭露反动派腐败与黑暗,二是大力赞扬孙中山先生天下为公的思想以及共产党为人民利益革命奋斗的精神。

为了人身安全起见,他有时还用"屈笔"之名,公开发表时评文章。国民党反动派说他为异党"反动"分子,而到处抓他。杨良瓒每在刊物上发表一次文章,就要尽快逃往香港避难一次。

由于杨良瓒多次撰写有关革命文章,引起国民党的不满和反对,被誉为红色进步书刊的《真善美》杂志社和印刷厂,最后还是逃不出敌人的魔掌。

1949年春,杂志社和印刷厂被伪广东宪兵司令部封闭。未能及时转移红色书刊被没收,机器被砸毁,几十名员工被赶出失业。

杨良瓒逃到何地都有敌人跟踪,因为他是老革命,更是地下党对敌斗争的骨干分子。他避难在乐昌仅仅一个月时间,敌人已得到杨良瓒行踪的情报,幸好乐昌县县长也爱好美术,与杨夫人是同行,对他们加以庇护,还委派了一排警察,荷枪实弹名为"驱逐出境",实为护送他们安全上了火车。终于使杨的一家又一次逃出了敌人的视线。离开乐昌,他们又回到了广州。

新中国成立前夕的广州,成了三不管的"真空城市",杨良瓒急着找党的组织,又立刻组织工人把砸烂的机器修好,自己出钱到香港等地采购书刊,有《新民主主义》《人民民主专政》等书作为样本,翻印后散发给群众,借机宣传党的政策,积极做好解放前的军民团结,为保护城市做好准备。

十七、续缘图书馆　担任总干事

　　杨良瓒拜我国图书馆学创始人杜定友博士为师,因此,杨良瓒不仅对图书馆情有独钟,而且对图书馆专业更是得心应手。如果不是战争关系,他应该在广州长期从事这方面工作了。

　　1949 年中秋期间,中共中央军委发出关于占领广州的指示,命令人民解放军开始南进,第一步至韶关、翁源,然后夺取广州。遵照中共中央的命令,成立新的中共中央华南分局,以叶剑英为第一书记,张云逸为第二书记,方方为第三书记。

　　1949 年 4 月,当人民解放军百万雄师渡过长江解放南京,国民党的统治实际上已宣告灭亡。残存的国民党政府逃到广州,企图负隅顽抗。驻守广东的国民党三个兵团约十五万人,统由华南军政长官公署司令余汉谋指挥。国民党国防部给余汉谋的指令是:巩固粤北,确保广州。

　　1949 年 9 月 11 日,中共中央华南分局在江西赣州举行扩大会议,研究制定了解放华南的作战计划。28 日,广东战役联合指挥部司令员兼政委叶剑英、副司令员陈赓发布"广州外围作战命令"。

　　1949 年 10 月 2 日进军广东的中国人民解放军第四兵团、第四野战军第十五兵团和两广纵队,以一部兵力沿东江向广州以南在湖南衡阳到宝庆(即邵阳)一线进攻,解放了东江两岸和珠江三角洲地区;主

贝母魂 >>>

力则沿粤汉路两侧南进,先后攻克曲江、英德等城,歼灭国民党白崇禧部47000余人。

1949年10月14日凌晨,余汉谋、薛岳、李敬扬、李及兰等由黄埔乘船离穗逃往海南。国民党当局撤离前提出"总撤退、总罢工、总破坏"口号,枪杀百余名"政治犯";下午1时30分,开始破坏白云、天河机场;17时50分炸毁海珠桥,同时,石井、石牌、黄埔各物资仓库相继爆炸。18时30分,四十三军一二八师之侦察连及三八二团由黄花岗进入广州市区;与此同时,四十四军一三二师之三九六团经沙河进入市区。19时,占领国民党"总统府"、省市政府及广州警察局。至此,广州宣告解放。解放广州之战,共歼国民党军队二十二万余人。除海南岛、雷州半岛等岛屿外,广东全部解放。

在解放军进入市区前,中共广州地下党组织领导市民、工人、学生进行护厂、护路、护校斗争,使国民党进行的破坏减少至最低程度;地下党组织还组织市民、工人、学生等迎接解放军入城,尽速稳定社会秩序。

1949年10月14日,广州解放时,杨良瓒领导和组织了在广州的女职工,连夜缝制了一面很大五星红旗,在广州市政府插上,迎接人民解放军队伍进驻广州。

第二天上午,杨良瓒还带领广东省立中山图书馆全体员工,每人高举小红旗,出城欢迎解放军。这场面令人难忘,许多进城的解放军将士都感到广州的市民十分亲切,尤其是带领市民欢迎解放军解放广州进城的这位年轻同志,特别热情,还把一面硕大红旗插上广州市府高楼上。进城的解放军将领看在眼里记在心里,经过了解那位同志便是原新四军干部杨良瓒同志。

同年冬,杨良瓒得到广州市军管委通知,说叶剑英元帅要召见他,杨到了军管会后与叶剑英促膝长谈。一周后,新成立的广州军管处下达文件,经叶剑英推荐介绍,任命杨良瓒为广东省立中山图书馆总干

148

事(当时没有馆长,由军管处代表康殷为临时总负责,实际上所有工作就由杨负责,杨就是执行馆长之职)。

杨在任期间,多次组织师生开展读书节、演讲会、图书交流、展览会等活动,充分发挥了图书馆的作用。

十八、大学讲师　教书育人

杨良瓒经历了几十年革命工作,对中国革命的历史知识较为了解。

新中国成立后,中央所属单位急切需要优秀人才。

1951 年夏,由中央办公厅王炳南推荐,杨良瓒到北京中国人民大学任教,受到人民大学教务长王仓三的器重,后又安排他到大学附属的"工农速成学校"担任历史系讲师。

此时杨率全家住进了北京"中央组织部招待所",在北京杨与夫人一起碰到了许多老领导和战友。老地下党员蒋仁山,30 年代后期曾同李公朴一起到过杨的岳父家,对杨评价很高。还有朱德委员长夫人康克清大姐、曾碧漪大姐(老红军古柏夫人)、帅孟奇、蔡畅大姐等中央有关领导。大家讲起战争年代都是讲不完的革命情谊。

杨在人大附设的速成中学任教,这批学生中大都是工农干部和劳模,有学生郝建秀,后成为中央有关部委领导。杨夫人则由全国政协何香凝老人介绍到北京幻灯制片厂工作。

杨良瓒在新中国成立初期与中央领导一起,还为创建中国革命博物馆积极捐赠,有关他的名录,已被国家博物馆公布。

1949 年 10 月,国立历史博物馆改名为国立北京历史博物馆,隶属中央人民政府文化部。1983 年初,分设为中国历史博物馆和中国革命博物馆。2003 年 2 月 28 日,两馆再次合并,成立中国国家博物馆。中国国家博物馆是世界上建筑面积最大的博物馆。

为纪念国家博物馆建馆 100 周年,感谢历年来捐赠的各界人士,中央特公布了历年来捐赠人的名录。里面不仅有中央主要领导,还有杨良瓒和杨明兄弟俩的名单。

现在公布的名录根据馆藏目录而整理。按时间分为八个部分:1912—1949；1950—1959；1960—1969；1970—1979；1980—1989；1990—1999;2000—2012;

杨良瓒在这名录里排在最后一栏的"捐赠时间不详"中(666 人次)中,他排在第四十二名,在这些名录中,不仅有老一辈革命家董必武、宋任穷、李先念、邓颖超、康克清、王光英,还有叶剑英、陈毅、贺龙、聂荣臻、张爱萍、秦基伟、肖华、王炳南、黄克诚、乌兰夫、包尔汉等党政军重要人物,以及文化界名人鲁迅、曹禺、冯友兰、范文澜、赵朴初、夏衍、史树青等。

名录中排在杨的同排第一位的是中国通史主编者、国学大师白寿彝,排在杨良瓒前后排的有曾任新中国成立初期第一任农村工作部部长的邓子恢,财政委秘书长、国家第一任统计局局长薛暮桥,国家军粮办主任张本初等中央领导,当然还有文艺界一些名人,不胜枚举。

新中国成立初期,杨在北京中国人民大学工作,在一次中央发起为国立革命博物馆捐赠运动中,杨家俩兄弟积极响应中央号召参与捐赠。为新中国成立初期百业待兴的国家积极奉献自己微薄的薪水,从这些名录档案中反映出作为一名老革命,杨良瓒在战争年代出生入死,为党为人民奋战在第一线;新中国成立后,他依然为国家的建设奉献一切。

但历史将永远铭记在册,老一辈革命家率先垂范的行动教育了一代又一代人为国家无私奉献。

　　杨在北京工作,夫妻俩尽心尽责,把全部精力投入到解放初期火热的社会主义生产建设中。他们无私奉献、忘我的工作精神,得到了单位领导的好评与嘉奖,然而他们顾不上家中嗷嗷待哺的一大堆子女,却经常打听仍处于坚苦生活中的众乡亲情况。

十九、辞职南下　拯救乡民

新中国成立前，杨良瓒是为了拯救苦难的百姓打天下，解放后他又为百姓谋求幸福、舍己为公，帮助贝农走出困境。

新中国成立后，杨良瓒被安排到中国人民大学工作，夫妻俩本应该可以过上安稳的日子。然而有一次，在北京街头杨良瓒碰到一位来自家乡的流浪者，讲起家乡情况。由于新中国成立初期百业待兴，加上自然灾害，农民的生活还未脱离苦难。

当他得知家乡贝母滞销，贝农生活十分艰苦，有的流离失散家破人亡，有的甚至逃荒至外地被饿死时，铁汉柔肠的杨良瓒伤心得黯然泪下，夫妻俩当场拼凑一百元，硬是塞给了这位素昧平生的乡民。

此后杨良瓒日夜思念着还在水深火热中的众乡亲，茶饭不思。最后，夫妻俩毅然决定请假南下，去帮助乡民走出困境改善生活。

回乡后，杨良瓒经过几天的调查，向政府申请扩大出口份额。另一方面走访市场，制定内销方案，按质量统一牌价集中销售，经过这些努力，不仅打开了销路，还使贝母价格大幅度提高，使几万贝农从中收益。

原任大皎村老书记、现是八十二岁的杨水华老人回忆道："年轻时曾听我母亲经常讲起杨良瓒，说是阿拉樟村贝母全靠杨良瓒，是他带着贝农和贝母去找与他共同革命过的省政府第一任省长沙文汉帮忙。

许多贝农讲起过省长十分客气,热情地接待了他们。"

当省政府了解到贝农生活还很艰苦的情况后,立即派专人联系有关部门打通贝母销路,提高贝母价格,使贝农生活有了保障。

后来杨良瓒还成立鄞县贝母合作社协会,由协会统购统销分给贝农。而他自己没有土地也没有贝母,一心无私地为贝农服务。

然而有谁能知,为了贝农的生活,夫妻俩竟然被解职归田而丢了自己的铁饭碗,"文化大革命"又受到不公正的批斗而含冤而死。

夫妻俩用血汗和智慧拯救了多少因生活而流离失散的乡民,杨良瓒为家乡所做出的贡献,也受到故乡人民的尊敬与好评。

在杨良瓒夫妇回农村生活遭受困难后也牵动着许多亲朋好友的心,其中有中央领导给他写信。

当时担任大皎公社邮电所投递员的陈银大,回忆起给杨良瓒送信报时激情地说:"那个年代全大皎、全章水区只有杨良瓒的信最多了",而且还有从中央办公厅、中央军委写给他的信。因为信送多了与老杨已很熟了,其中有一次老杨当面拆开给我看,我看到信笺上面印着中央直属机关什么委员会字样,写信人是杨尚昆。

当时我还不知道杨尚昆究竟是谁,但肯定是大领导。后来老杨告诉我,杨尚昆担任中共中央副秘书长、中央办公厅主任,同时兼任中央军委秘书长、中直机关党委书记等职。我当时脱口而言:"天哪,介大官你也认识,你真了不起。"

然而老杨即说:"没什么,过去我们共事过,现在我回农村有些困难,领导来信慰问而言罢了。"

关于与杨尚昆共事一事,笔者曾在"文革"后听杨老说起过,他说新中国成立后经王炳南介绍到人民大学任教都是经过中央办公厅杨尚昆同意的,当时杨尚昆是中央办公厅主任,因为要进大学工作,领导必须要了解。当杨尚昆得知杨良瓒原是新四军干部,曾策划国军起义而被捕,也是上饶七君子之一时,对杨良瓒十分敬重。并经秘书回忆,解放战争时期曾在重庆几次接触过杨良瓒,杨尚昆想起往事感慨万千地说,那时他们做地下工作是非常辛苦啊。

之后常嘘寒问暖,和杨尚昆接触多了来往频繁,办公厅下属部门有关一些事务曾也请杨良瓒帮忙过;与杨尚昆共事多次,杨良瓒出色的工作和勤恳的努力,深得杨尚昆称赞。

想起中央领导信件,笔者曾也看到过写给杨良瓒的一封来自陕西长安县的信件,也是杨尚昆写的。信中透露出杨尚昆在下农村搞"四清"工作的同时,也非常关心同样在农村曾经是他部下的杨良瓒的生活情况。

1964 年冬,杨尚昆说他带领中央办公厅的干部到陕西省西安市长安区斗门公社牛角大队搞"四清"工作。他们注意从调查入手,对干部存在的问题作出比较实事求是的处理,尤其十分关心一些老干部的生活情况。

在当时"左"倾错误严重影响的情况下,这样的工作是很难很艰苦的,杨尚昆问候从北京回乡的杨良瓒夫妇生活等情况。由于杨良瓒的性格坚韧固执,回农村后再苦再累也自己扛着,每次回信都说很好,不愿意开口去求人。

1952 年秋后,贝母故乡的人民,因为有杨良瓒的帮助使贝农生活明显提高,而杨家的生活实在过得清贫,一家几口的粮食也成了问题,但杨家情愿过着十分清贫的生活也不愿意去求别人帮助。

后经老战友上门再三推荐,硬是将杨良瓒介绍到绍兴一中任教,夫人杜燕到上虞一中任教。

有一年,恰巧绍兴市要筹建"鲁迅纪念馆",当时筹建处负责人方杰了解到在绍兴任教的杨良瓒,曾是鲁迅挚友冯雪峰的革命战友,不仅认识鲁迅还对鲁迅先生较为了解。

又了解到杨良瓒当初在广州图书馆担任总干事期间,曾举办过一次规模颇大的"纪念鲁迅先生逝世十四周年展览会活动",受教观众达两万多人次,这一活动的成功举办,在当时的广州被传为美谈。

听闻杨良瓒的这些情况,方杰决定邀请杨良瓒帮助筹建鲁迅纪念馆工作。于是,杨经市政府邀请,去帮助筹建鲁迅纪念馆。因为有杨的精心布置和策划,鲁迅纪念馆的设计建造以及许多文物摆放都十分完美,受到观众欢迎。然而,就因此事,在一次运动中杨再次被校方辞去职务,回到故乡。

二十、"文革"被诬陷　心身遭伤害

1966 年 5 月，"文革"开始，"文革"工作组进驻山村大皎，矛头直指当权派、走资派以及老革命、老干部。

杨良瓒作为老革命，在"文革"中首当其冲而不能幸免于难；再加上他生性刚烈、个性鲜明，棱角锋利、是非分明、刚直不阿的性格，在那个黑白颠倒的年代里，无中生有的黑名单里首先点名杨良瓒，将这位老革命打倒，那些造反派就能立大功了。

于是，把杨拉出来进行批斗，加在他头上被歪曲的事实、颠倒是非的罪名一大堆：

一、上饶集中营叛徒（指杨逃出上饶集中营虎穴）。

二、特务、反革命（指杨 30 年代在上海从事地下党革命活动，打入国民党内部搜取情报，又背叛国民党）。

三、鄞奉两县反共救国军总指挥（指杨在"八一三"上海沦陷后避难故乡，组织领导乡民开展鄞奉两县抗日救亡工作）。

四、国民党反动军官"方角旅"旅长（指杨参加新四军后担任抗日杂牌军独立三十三旅政治委员之职）。

五、反动文人（指杨在解放后担任广东省立中山图书馆总干事、《真善美》杂志副总编等职），这些罪名在全公社张贴了满街大字报。

造反派还私自闯进杨家，将在家的杨良瓒双手反剪粗暴捆绑，戴上高帽,脖子挂上黑牌,用棉花塞住嘴巴,抓住他的头发,赤脚游街十六个公社(镇)。

游街批斗了一个星期之久,致使杨的脚底磨破起血泡,鲜血直流,浑身浮肿,每到一个地方,一些看到的乡民也伤心得黯然流泪。

另一组造反派到杨家非法抄家,凡值钱的古董文物都被查封,前后共抄家四次,掠去财物八大筐。这些老古董都是他们用多年积蓄珍藏私人文物,具有一定的收藏价值。可惜这些文物落入造反派的手中,再也没有物归原主了。

鲁迅先生说过,一个真正的勇士,不管环境多恶劣,敢于直面人生、敢于直面淋漓的鲜血与屠刀。杨良瓒生性秉直,刚直不阿,面对"文革"运动,无故造成的伤害和灾难,仍然直面人生。直言不讳的正直,在那个年代他必是右派和反动的代名词。

多少年可为国做大事的人,从此被打入万丈深渊,似乎永世不得翻身。遭受如此大的政治打击,他仍对党忠诚而矢志不渝,批斗一结束,他在被囚的仓库柴堆旮旯,暗地用碎石当笔书写毛主席语录和三大纪律,以示对党的坚定信念。

曾有人说,政治过硬、文化素质较高的一代抗日英雄,和那些龌龊的弄权造反贪官污吏比起来,一个是天使,一个就是魔鬼。

1967年,由于兴修水利的需要,上面决定在大皎建造一座大型水库,以改善鄞西地区生活饮水质与农田灌溉,以及抗洪防旱需要。

因为大皎要造大型水库,整个大皎村必须要全部移民,水库工作队开进大皎后,动员所有社员移民,但世代居住在这里的群众都爱自己的故乡,舍不得离开。

"文革"前已经有移民的各种会议和活动相继进入村民生活中,但全乡村民没有一个同意移民。每次县里工作组车子到大皎村口,就被一些村民用泥巴和屎泼在车上,使工作组无法进入村里。

另一方面,村里所有班子干部也不同意造大型水库,于是由大队党支部组织开会讨论,一致要求建造中小型水库,可减少移民区域,并报告给上级。但社员文化低不会写,大家都想到了曾在北京人民大学当过教师的杨良瓒,大队书记和干部及十余名社员代表到杨家说明来意,请老杨写份建议造中型水库的报告。

然而,老杨考虑到自己难处,所以不肯写。他说一是上面已决定的方案,不是老百姓可以随便更改的,二是自己还在接受造反派的批斗,根本没有资格写报告,所以他坚持不肯写。

但大队干部和社员代表再三恳求,并答应在报告上签名盖章,不出卖他。最后,杨基于大多数人民的利益,答应起草报告。报告写好后由大队长出面送到省水利厅。当时省委领导江华也反对兴造劳民伤财的大型水库,主张在大皎造中小型水库。可惜江华已被打倒,他的主张与建议根本不起作用。

为了这张报告,杨再次被打倒。在他的罪名里又多一条"反对造水库,走江华路线"黑干将,造反派头头还造谣说他要用炸药破坏水库等罪名。

由于当地干部群众的反对和干扰,为使建设工作顺利进行,当地造反派为了惩人有事可做、有利可图,决定擒贼先擒王、杀鸡给猴看的办法,将有一定威望的老革命杨良瓒再次打倒。为此,造反派以人保组名义打电话至上海虹桥派出所,以协助工作为由,叫上海扣留正在治病的杨,并用吉普车押送杨良瓒至上海看守所5号囚禁室。

1968年9月12日,杨良瓒在上海遭到逮捕(发有逮捕证),被五花大绑扣住押解至樟村,在鄞江区召开批斗杨良瓒万人大会。批斗时把杨拖至高高的长凳上,在打碎的碗片上跪下,造反派又用扫帚猛叉他的头部,杨被推倒在地,当场满脸鲜血,双腿也被破碗片割破,鲜血从他的裤腿中直流。

但杨从未吭一声,视死如归。批斗后,造反派又把杨的头拖向电线杆撞击,使杨当场鼻孔流血,晕倒过去。几位老农十分同情地用破布去擦杨头上的鲜血,却被造反派推开,又用绳索捆绑杨的双脚进行殴打,将他折磨得死去活来,身体和精神都受到严重创伤。这样一位老革命,具有正义感的刚强铁汉,就这样被折磨得面目全非。

之后,杨良瓒又被押送到县人保组看守所6号囚室,非法囚禁689天。此时,杨的夫人及子女都被当作反动派家属被捆绑押解,刑讯逼供,非法囚禁,严刑拷打,身心遭受颇大伤害。

"文化大革命"中,杨良瓒遭受残酷迫害,但他刚正不阿,坚持真理,对党的信念毫不动摇。在被关押期间,他仍然孜孜不倦地阅读马列、毛泽东著作,同林彪、江青反革命集团的倒行逆施进行不屈不挠的斗争,充分表现出了对共产主义事业的崇高信念,对党对人民的赤胆忠心。

在残酷的战争年代打不死的杨良瓒,却在和平的社会里被打得奄奄一息,原本幸福的革命家庭,也被打得支离破碎。

一位大师说过,在这残酷的斗争面前,更能显示出杨先生一身傲骨,更能突出他是一位真正的英雄。

二十一、浩劫结束　平反昭雪

　　1970年8月23日至9月6日，中央在庐山召开党的九届二中全会后指出，希望全党同志要搞马克思主义，不要搞修正主义，要团结，不要搞分裂，要光明正大，不要搞阴谋诡计。要文斗不要武斗。

　　并强调搞好团结，开展基本路线教育，要重事实，重证据，不能搞无限上纲，要贯彻惩前毖后、治病救人的方针政策。在中央政策的影响下，人保组及其造反派头头在无法抓到杨的确实证据后，也碍于上级政策及当地群众强烈谴责，只好将杨释放。可惜啊，一个刚健英俊的壮年硬汉，却被折磨成人鬼难分、皮包骨头、风烛残年的老人了。

　　笔者曾见过杨在1969年11月监狱里写的一份交代材料："我本人逃出上饶集中营敌人魔窟后，到南方即以杨瑞农之名考取大学，之后继续从事革命工作。后又在重庆工作，关于要求参加组织（党），很早就得到我党领导人石西民同志指导过，为了致力于大后方抗日民主运动，他劝我：为安全起见还是暂时缓缓。解放后，因工作不稳定，也未向单位提出申请。""今为永远忠于毛主席，继续革命到底，我希望在上级严格审核后予以亲切地帮助，在实际工作中培养条件，争取早日成为光荣的中国共产党党员。这是我一生最大的志愿与最大的幸福。"

　　阅罢这份材料，令笔者肃然起敬，真不知做何感想。一个定性为反党、反社会主义的"历史反革命",无产阶级专政的"阶级敌人",居然在狱中还想表达入党的心愿。真正可以表明他对党是万分的忠诚啊!

他外形坚强,内心却太善良了,在那个"以阶级斗争为纲"的年代里,只有打、砸、抢,有谁能够理解他,有谁会怜惜他、同情他呢? 读罢他的心愿,令人心生感慨。

"文革"后期,随着全国形势的一片好转,杨良瓒坐了两年多的监狱,和许多被打倒的革命老同志一样,也终于出狱了,但"历史反革命"的帽子还没有摘掉,用当年流行的话说,这帽子仍拿在造反派手上,他仍然是无产阶级专政的对象,随时随地可以给他再戴上。

这里插上一段杨在困境中还助人为乐的故事。

"文革"后,从云南派来调查组,来杨家了解与杨良瓒一起越狱出来的新四军老革命叶苓革命历史。当时,杨实事求是地回忆,回答了调查组需要了解的一些问题:证明叶苓在上饶集中营所表现的为国家为民族奋斗的革命气节,最后与他一起越狱成功。肯定了叶在那个年代为党奋斗的革命历史。杨还请求调查组尽快给叶落实政策平反,给叶创造一个很好的环境。而自己的处境只字不提,赢得调查组同志的敬重。

叶苓,在"文革"中曾被错划为"自动投敌"罪。

"文革"中的叶苓被定为"阶级异己分子",开除党籍,工资由十二级降为十六级,安排到隆回造纸厂任副厂长。"右倾机会主义"的"帽子"没有了,但"宗派反党"仍在,不知为何又增加了"托派嫌疑"和"自动投敌"两项历史罪名。

那是1941年抗日战争时期,叶苓离开新四军去桂林,途经江西上饶,身无分文,恰逢三战区在上饶设有失学青年"招致站",收容从沦陷区来赣的知识青年,生活无着的叶苓被招,在收留中,他发现该站管理人员克扣员工伙食,贪污自肥,便发动青年们与之清算斗争,被该站以

"异党闹事"为由送入茅家岭监狱。

七君子中他最年轻,据了解证实:叶苓在该集中营以各种方式巧妙地与敌人斗争,坚强不屈,受人尊崇。一天黄昏,冯等派人将看守引开,让叶苓与计惜英、杨良瓒三人趁机越狱逃走,从此离开了上饶集中营,这就是所谓"自动投敌"的全过程。

在查证叶苓历史问题时,作为一同关押一同参与革命的政治犯,杨良瓒的供词和证据十分有力,被调查组采纳。云南方面领导一致认为应维持1955年审干结论不变,所谓"托派嫌疑"和"自动投敌"应纠正,"宗派反党"应撤销。凡受本案株连的"亲信""亲属"一律应于平反。

调查组专程到宁波杨家调查之后,将杨的革命回顾作为重要调查证据。后来杨良瓒闻讯叶苓得以平反,之后叶苓被派往长沙,担任湖南省教育学院党委书记。

可是,有谁知道,这时的杨良瓒还苦苦地挣扎在被打倒后贫病交加、无依无靠、极度痛苦的生活中。但他依然深情地把战友的苦难当成自己的事,不仅用事实讲述革命历史,还请求调查组尽快要为战友叶苓平反,落实政策。

粉碎"四人帮"后,尤其是几位战友调查组的访问,他看到被"四人帮"颠倒的历史开始恢复历史的本来面貌了,就联想到自己的革命历史也有希望重见天日了,于是与夫人一起走上了漫长的申诉之路。

十年浩劫结束后,1980年4月21日,杨被非法囚禁689天的冤案得到中央老战友的重视。他去了北京、去了中央,当时全国政协秘书长萨空了接见杨良瓒时说了一番意味深长的话:

"老杨啊!你的问题,说复杂也简单,'文革'中他们说你逃出上饶集中营是叛徒,到上饶去调查一下,就可弄清楚不是叛徒了吗?不是叛徒就不是反革命,不是反革命就是老革命了。既然是老革命应当立即纠正对你的不实之词,享受老革命一切待遇。你要耐心等待,你的问题一定会弄清楚的,你要相信党。"

中央领导的这番话,杨老每每挂在嘴上倒背如流,成了他最后活下来的救命稻草和申诉指南针。

然而,在十年浩劫中受到伤害、心力衰竭的杨良瓒,身体状态已不允许他"耐心等待",等到了平反昭雪的那一天。可怜啊,1981年2月1日,即农历十二月,也就是中国的传统佳节春节前三天,经过三煞(气煞、饿煞、冻煞)之伤害,一病不起的杨良瓒,在北京丰台医院不幸逝世,这位曾经战斗在抗日前线的被誉为"抗日救亡运动钢铁硬汉"的老革命,时刻还想入党、永为党做事的一颗热血的心脏停止了跳动。从此,党失去了一位久经考验的好儿女,大皎乡失去了一代楷模,杨家失去了一位钢铁般坚强的好父亲。

据他儿子杨汇生说,杨良瓒临终时对妻子说:"我死后,请求党对我作一次全面的审查,要求追认为中共党员,别无他求。"

一生为党、一切听党,临死还要入党,这是一位抗日老战士一生的心声、一生的追求、一生对党的忠诚和信仰的最后一次表白。

杨良瓒死后第二年,经过几番转折、申诉,终于在1983年1月8日得到平反昭雪,县公安局公开发出为他平反的文件,彻底摘掉了"历史反革命"的帽子,推倒了加在杨良瓒身上的一切不实之词,恢复了名誉,并送去二百元人民币作为精神安抚费。

二十二、英雄赞歌　余音缭绕

　　杨良瓒一生参加革命,从参加抗日救亡运动至新中国成立后,他把宝贵的青春、满腔热血和毕生精力,全部献给了壮丽伟大的革命事业。他不仅在抗日前线、枪林弹雨中勇敢地打过鬼子,而且在白色恐怖下钻入敌人心脏,为革命从事我党地下情报工作,出生入死,多次出色地完成上级党组织交给的任务。

　　在上海,被英国巡捕房关进坐"水牢"。

　　在宁波,被伪保安司令抓去上"火刑"。

　　在上饶集中营,被俘后被敌人拉去站"木笼"。

　　无论敌人再狠毒,使用各种酷刑,他宁死不屈,为了革命,为了民族解放事业,他九死一生,义无反顾,无怨无悔。

　　1981 年 2 月 1 日,这位被誉为"抗日救亡运动中的勇士"杨良瓒,带着他为了实现共产主义伟大理想、为全人类的解放事业、为国家的建设人民的幸福,一生为祖国的革命事业,在北京含冤去世,享年六十五岁,并在北京八宝山革命公墓地火化。中央有关领导、生前亲友为他作了最后的诀别。

　　杨良瓒逝世后,许多人为其怜惜,为这样的英雄而感到委屈和不值。敬颂他是一个可叹、可悲、可歌、可泣、可敬的人。

　　时常有人评赞杨先生之言论,敬仰于他的刚正气节,赞杨先生器质之深厚,智识之高远,胆识之雄强,而辅学术之精微,每窥于文章,觅于宏论。积中者,浩如江河之停蓄;发外者,烂如日星之光辉。其雄辞宏辩,快如轻车骏马之奔驰,凡众闻者无不赞叹之不已。

曾有一位中央首长语重心长地告诉过曾去北京接送骨灰的杨的大儿子敏生:你的父亲对党赤胆忠心,有一颗赤子之心啊!你父亲所说的就是我们想说的,你父亲敢做的我们做不好甚至做不了。

斯人已去,风范长存,他那激情洪亮演讲鼓动的声音还在人们耳际回响,仿佛是征途中的战马一声嘶鸣,划破长空,又如英雄赞歌,余音缭绕。

一位身经百战的老革命,一代智勇双全的抗战勇士,留给我们的是伟大、崇高、大无畏的革命英雄主义精神;这种精神将永远激励后人与时俱进。

我们要学习杨良瓒同志严于律己、公道正派,始终保持着与共产党员同样的优良品质。杨良瓒同志始终把自己看作是人民的公仆,密切联系群众,作风民主,平易近人,关心同志,爱护干部。

他遵守党的纪律,维护党的团结,顾全大局,严讲原则。他生活简朴,廉洁自律,始终保持和发扬党的优良传统和作风。这是许多老同志对杨良瓒同志的高度评议和赞叹。

二十三、魂归四明　风范长存

　　2011 年 12 月 18 日,这是个特别的日子,这一天距农历辛卯年冬至只有四天时间。冬至,是中国人的传统节气。每到佳节倍思亲,无论清明还是冬至,人们都会对已故的亲人倍加思念。有多少人在这个传统节里团聚,有多少人却离开了亲人。思念就像一条长河,长长的河流不知尽头,思念也是弥漫无期。然而,对于杨家人来说,这一天,他们几代人等待了、盼望了整整三十年。

　　这条思念的河流终于流向了他们日思夜想的目的地,就像一条会交流的飘带,牢牢地拴住了他们思念的亲人。杨良瓒的子女们多次奔波于有关部门,不知经过多少年、多少次的努力,终于迎来了希望的曙光,那就是为他们的父母争取应有的革命荣誉。

　　这位对中国革命做出过贡献的革命老战士杨良瓒,被"文革"所害屈死在异地他乡之后,就像孤魂野鬼一样在野外飘荡了三十年,他连梦都想不到,会是在今日,将他的忠魂迁到他一生追求光明真理人生的革命起步地、能确认他为老革命的纪念场所———四明山革命烈士陵园。

　　魏魏四明山,悠悠革命情。这里是他组织乡亲开展革命斗争的地方,这里是他开展轰轰烈烈贝母运动的革命战场,亦是他携带二个胞弟参加新四军的起步地,也是他魂牵梦萦热爱的故乡。为了进入这个光荣的归宿地,这一天,他却苦苦等了三十年啊!

这一天四明山下的樟村,天也显得特别晴朗。举目远眺万里无云,四明山特有的银杏树叶随秋风远飘,金黄色叶子洒满在草坪上,给初冬的陵园平添了几分美丽的秋装色彩。

上午正八时,一道明媚的阳光照耀在陵园走道上,此时,载着这位"鄞县贝母革命运动"主要组织者和发起人的忠魂的灵车,缓缓地驶进了"四明山樟村革命烈士陵园"。杨良瓒两个儿子汇生和南生,满怀悲情地双手捧着他们父母的骨灰盒,从灵车上捧下走过陵园内"革命火种"雕像前来到烈士墓园,他们含着泪花用脸贴着他们父母的骨灰盒,对他们的父母说:"爸,妈呀,你们终于回家了!"一声声哭声已经划破长空传向远方,陵园内外不知有多少敬畏的眼睛在注目这位老革命的隆重而简单的葬礼。

墓穴盖板已经掀起,将要安放下时,天高云淡,忽然一阵清风所至,两片银杏叶不知从何而来飘落深深的墓穴中,所有在场的人都感到惊讶,然喻义已明:这不是很明显地暗示着,二老已经叶落归根了吗?!

跑在队伍前面的各大报社的媒体记者一拥而入,拍摄下了这一幅难以忘怀的场面。在场的人们都知道,这二片叶子在半空中游荡、等待、企盼了整整三十年,今日突然回家,连上苍也会被感动。你看,泛黄的叶脉上露出了一根根筋骨,显得十分苍老,不知经历过多少风雨,二片叶子粘在一起落地有声,像两位携手一起谈笑风生的革命老人,终于使他们安心地好回家了。

"好回家了"这句话对他们而言,是一句不敢奢望的名言,要说出来实在太难了,这是一句迟到的呼唤、一句令人心碎的呐喊。

孙辈们捧着他们先祖的遗像,一个个亲友紧跟着去凭吊的队伍,缓步走进陵园墓地。墓地上没有哀悼的音乐低徊。没有回响在云霄的爆竹声;只有颇懂灵性的黄鹂在树梢上低声哀悼,宛转悲切而动人心魄。

　　"君子忠魂归何处,烈士陵园松柏间"这是《宁波晚报》在第二天报道的主题。接着,我市最大的媒体大报《宁波日报》,刊登了"上饶集中营七君子之一的杨良瓒去世三十年后归葬四明山革命烈士陵园"的消息,引起了人们对这位老革命的敬意和热议。也在同一天,全市各大媒体纷纷报道了这一迟到的又令人凄婉的新闻。

　　"爷爷您好,回家了! 这是您熟悉的故土,这是您曾经为了革命、为了真理、为了人民的幸福出生入死拼搏过的地方,现在这里已经成会美丽的花园了,您和奶奶好在这里安息了。"

　　在陵园中又一次使在场的人们听到"好回家了"这句悲喜交集的呼喊,这是孙辈们满怀深情的心声,他们说出了所有在场的亲友们,在内心埋藏了三十多年的肺腑之言。这凄美的声音,响彻在陵园上空,在场听闻者无不为之动容而涕然泪下……

　　孙辈们用洁净的棉布擦去墓穴尘土,因为他们知道爷爷、奶奶一生廉洁,一身正气,容不得半点灰尘,所以将墓穴内外擦得雪亮。把洁白的菊花放在墓碑上,它代表着所有亲友们对这两位老革命的无限思念和深深的敬意。

　　乌黑锃亮的花岗石墓碑上,镌刻着两位革命老人一段鲜为人知的光荣的革命历史:"杨良瓒,鄞县贝母运动领导人、新四军一师文宣组长、抗日33旅政委、皖南事变被捕与叶挺同囚一室、是上饶集中营"七君子"之一、曾营救过史良、郭沫若、费孝通。杜燕,广州美院毕业、早年参加革命、是中国图书馆学创建人杜定友博士之女、曾与著名画家何香凝一起宣传抗日,夫妻两为民族的解放事业奉献了一生。"

　　墓碑文字按尺寸字数要求和上级规定,由纪念馆主办所刻。虽然文字不多,但这些简洁的碑文,是对两位老人一生革命的高度概括,是对他们夫妇俩一心为民族解放事业和为人民谋幸福的一生总结;也是对他们为革命做出毕生贡献的精神弘扬。

在成批碧绿的柏树衬映下,一排排普通的墓穴,一个个整装待发的木箱,然而又谁能知晓,那座黑色花岗石墓碑下却会埋着一个曾经在战场上浴血奋战的新四军战士;普通的泥土里承载着一位叱咤风云的抗日救亡运动战士,在这地下深埋着鄞州区唯一的、著名上饶集中营七君子之一、鄞县贝母运动革命先驱的忠魂。

在今天的安葬悼念仪式上,原上饶军分区政委(上饶集中营茅家岭暴动总指挥)舟山军分区司令员李胜将军的夫人李群同志致悼词:"杨良瓒一生为了革命,经历丰富传奇、命运坎坷多舛。他为人耿直,从不计较个人得失,不管在战争年代或在解放后的工作岗位上,他总是一心扑在革命事业上无私奉献,他的一生是革命的一生,他的一生是与贝母运动有缘的一生。他的优秀人格和正义的言行是我们学习的楷模。他把全部的心血献给了壮丽的共产主义事业……"

这位跟随丈夫转战南北老早参加革命的老大姐,此时,站立在翠柏间的风寒中,精神抖擞地尤像一颗坚韧挺拔的松柏。

李群的悼词高度概括了抗日老战士杨良瓒同志及其夫人革命的一生,为人处世耿直而率真的性格,同时也说出了儿女们心中想说的心里话。

悼毕,几个儿女"哇"的一声悲泣的哭呼,响彻云霄,顿觉陵园里的松柏也为之摇曳而落叶,四明山上的松果为之落粉。天地间暗淡下来,初冬的山区刮起了一阵寒冷的北风,把人们的帽子吹落、头发吹散;却吹不散人们对两位老革命纪念的决心。所有亲友都顶着寒风不肯离开,默默地伫立在墓前,向两位老革命献上了深深的三鞠躬。

等了三十年却用了三十分钟简单的迁葬仪式,它代表和浓缩了所有人们对两位老革命的深厚情意与深深敬意。两位革命先辈在野外游荡了半个多世纪,从此终于在此可以安息了。

陵园内众多的革命烈士们，似乎也在用一种最隆重的方式在欢迎和接待着两位革命战士的回家。无论如何，我想，这里有四明山青山作背影，四周有翠绿的松柏做伴，他们再也不会受到任何伤害和忍受寂寞了。

愿天堂里能有自由的空气和开明的环境。

离开墓地，一行队伍去参加由陵园纪念馆在会议室举办的追思会。走进纪念会场，主席台上方横挂着一幅会标，上写"怀念杨良瓒先生座谈会"。正中央端正地摆放着杨良瓒先生正气凛然的遗像。会场内气氛紧张静谧而肃穆庄严，主席台上就座的领导有：鄞州区民政局优抚科科长杨旭平、区党史办副主任鄮舟、四明山烈士陵园纪念馆馆长马新奇，原上饶军分区政委李胜将军的夫人李群，上饶集中营纪念馆党工委原书记余积善，上饶集中营纪念馆馆长陈琦等鄞州区及上饶市的领导，与三十多位杨、杜生前的亲友一起怀着悲切的心情，以追思和缅怀故人的特殊方式参加了座谈会。

会上，上饶集中营纪念馆领导首先发言，他们以翔实的第一手历史资料，回顾了杨良瓒先生为民族解放事业奋斗一生的事迹。尤其是从皖南事变被捕时关押在上饶集中营期间，作为著名的上饶集中营"七君子"之一，与在皖南事变中被捕的众多新四军干部一起，与敌人展开了不屈不挠的革命斗争。还讲述了让在座亲友们十分震惊的一段鲜为人知的史实：刽子手对杨良瓒狠下毒手的内幕——站木笼

这些鲜为人知的历史，使亲友们听后深感痛切。

鄞州区民政局、委区党史办等部门领导也深情地追思着革命先辈杨良瓒为革命所作出的贡献。杨先生是我区最早组织和发动"鄞县贝母革命运动"的领导人之一，他为了故乡人民提高贝母价格，同国民党反动派进行了坚决的斗争，为贝母传统特产的传承和发展奋斗了一生、为改善故乡人民的生活奉献了一生心血。

学生和亲属代表更是深情地回忆起两老生前对后辈的革命历史

教育,讲述战争年代出生入死的革命经历,以及解放后为故乡人民的生活而辞职南下奉献毕生心血的真实历史。

诚然是半天时间的活动,革命忠魂迁葬仪式和纪念座谈会虽已结束,唯一不能结束的是人们对这位老革命的无限思念和深深的敬意。

附录：亲友追忆纪念文章

回忆二哥杨良瓒

杨慧雪

1938年，在我七岁的时候，二哥当时十八岁，因为二哥的思想比较进步，家里收藏不少进步期刊，他结交一些进步青年，参加一些进步的活动，平时经常流露出对当局不满的言论，被警察抓去与家里断了音信。家里因为二哥的影响也被国民党警察搜查，幸亏进步刊物保存得好没被查出，免遭一场场灾难。

记得在1947年，我十六岁时与母亲一道去了四川岭水，在一位不知姓名的革命者引导下，见到了我的二哥和二嫂，原来他们早就来这里以教书掩护，开展地下革命活动。在他们当中还有一对假扮夫妻的地下党，有时二哥把他们召集到家里，秘密商量开展革命活动的工作，我经常给二哥放哨，害怕陌生人的进出，后来他们的活动被当地反动政府发现。说他们是以教学为名，散布反动言论，是"红帽子"，是共产党派来的。二哥再不能在学校待下去了。连夜收拾行李和书籍，天还没亮，全家离开了四川岭水去了广州。到广州后，在二哥的岳父家安定下来。

二哥的岳父叫杜定友，当时是广州市中山图书馆馆长、中山大学教授,经常接触各界人物,二哥的工作就是他岳父托人安排的,后来在一个《真善美》的杂志社做副总编辑,经常发表一些进步的文章。二哥当时很有才华,文笔也好,各界人士经常找他写些文章。参加一些记者招待会,发表演讲,时常就会流露出对当局政府不利的言论。当时的杂志社总编找到二哥,不让他再写进步文章刊登,怕引来杀身之祸。二哥不听,结果这家杂志社因为二哥的原因被查封了。

二哥因此精神上受到了很大的打击。躲在家里,有时和一些进步学者来往,搞一些反对国民党政府的活动。害怕家里再次受到牵连,两个月后,由广州转到了乡下平昌。开始了隐居生活。二哥继续撰写进步文章。广州解放前夕,二哥写了一份材料,让我送到青岗湾共产党组织地方,我以学生的身份躲过了检查,安全地送到了目的地,并顺利返回。

1949年1月14日,广州解放,我们全家高兴地又回到了广州,二哥接到通知,到广州市人民政府见到了叶剑英,经他安排后,到广州中山图书馆工作,我也被安排到解放被服厂当检查员。

以上经历虽然不多,但反映出二哥的思想进步,对反动政府的不满,渴望中国革命早日成功,坚定了共产主义信念。

怀念我的父亲杨良瓒

杨汇生

我的父亲杨良瓒,一生为了民族的解放、人民的自由,为了贝农的生活,从青年时代起就参加了革命,一生颠沛流离,出生入死,把自己的青春和热血无私地奉献给了壮丽的共产主义事业。

一、我的家庭

早年听过我的姑妈说起,爷爷杨徐茂从小父母过世,靠亲戚们护养,到了十几岁时就开始拜师学手艺,学的是穿棕棚、弹棉花等手艺活,但能养活自己。后来在大皎乡各村,及樟村各村家家户户去做,管饭,下午还有一餐点心,时间在两三点钟左右,工作从早上六点到晚上六点,每天要做十二小时左右,有一次在樟村镇岩下村姓周一家做活,那时杨徐茂大约有二十八九岁了,那家女主妇问了杨徐茂师傅,你的小孩有几岁了,杨徐茂红着脸说我老婆还没有取过,哪来的孩子。

女主妇看他很诚实、勤快,手艺也不错,马上答应:"我给你去做媒人找一个老婆来,保证帮你找到老婆。"一村一村去寻找合适的姑娘。在旧社会男的结婚一般比较早,十七八、二十四五都结了婚了,像二十八岁的年纪算大过头了,很难成婚,姑娘会说年纪太大了,人是好的,找了很长时间都不成,那女主妇没办法解决,自己又说了大话,最后只有把自己十六岁的女儿嫁给他,特意去樟村街找算命先生把女儿和杨徐茂的生辰八字去算一算,看成不成,结果算命先生说两人很相配,说不定以后这个家会发达,因两人都是属牛,女的十六岁、男的二十八算刚好差十二年就是差一节。

女主妇回来和老公商量,女儿反正要嫁人的,只要找到一个好男人也就行了,他表示同意。后来挑日子把女儿嫁到大皎杨徐茂家成婚,日子过得一天比一天好。

　　我的奶奶很聪明，会做生意，开始做的是婚、丧、满月、拜寿等喜事用的用品出借的租赁店，樟村有几家，他们每桌租借费要四角钱一天，我奶奶每桌租赁费三角钱，从二十桌发展到二百多桌，生意越做越大。

　　龙凤花轿从一顶发展到四顶，相当于现在四辆奥迪车，本钱没二三年时间就收回来了。奶奶是个很有头脑的人，后来她和爷爷商量做起了药材贝母生意，也越做越大，形势很好，还开了米店、南北果品店等等。

　　生活过得很平稳，家里的儿子女儿也多了，我爷爷家有六个儿子，四个女儿，可以说是子孙满堂。

　　我爷爷家的子女排行例表如下：

父亲杨徐茂、母亲周翠玉									
1	2	3	4	5	6	7	8	9	10
大女儿杨瑞雪	大儿子杨松瑞	二儿子杨金瑞（杨良瓒）	三儿子杨银瑞	二女儿杨银雪	四儿子杨清瑞（杨明）	五儿子杨祥瑞	六儿子杨宏瑞	三女儿杨荷雪	四女儿杨惠雪

　　大女儿杨瑞雪从小帮店里做活，还要烧饭做菜，十二三岁时家里的所有大小鞋子都是她一手包做的，另外每天中午至少要做两三桌饭菜，本来家里人就很多，另外有时到店里买米的山里客人，杨徐茂总是留他们吃饭，有的带了饭就吃一点菜，杨徐茂的商号是大皎街"杨协兴号"，他是一个开明善良的商人，自己穷苦人家出身，很同情苦难乡民的生活，所以他每年过年过节，全都把大米赊账给周边的穷苦民众。有的年后还是付不出米钱，他就说算了。也就是这样一天天、一年年过去。

二、大皎遭灾

到了 1938 年日本鬼子侵占了宁波地区，后来把鄞县大皎村五百多家人家的国民党乡政府所在地大皎村全部烧光。只剩下一个瑞茂堂屋、一个李家祠堂、一只夏杨凉亭，另有街上杀猪的一户姓龚人家三间二层的木结构楼房，因他家门口有一口深井，日本人天天要洗澡还要住，所以没有烧掉，"杨协兴商号"的店面房好几间，加小平房六仓库都烧为灰烬。

很好的一家就这样被小日本害了不能生活，1937 年下半年，当时的鄞县县长陈宝麟率部退进到大皎乡，做临时县办公室场地，当时杨良瓒在蜜岩村小学教书，马上到大皎乡同鄞县县长陈宝麟理论，不能把这里当作临时县政府，因为日本人知道的话就会把大皎村烧光杀光，当时还吵得很激烈，为此，陈就把杨良瓒关押了两天。

1941 年 5 月 30 日，早上四点左右，老百姓还在睡梦之中，日本鬼子就开始打火轮，打到哪里，哪里就着火，这么大一个山村五百多人家全部家破人亡，就是伪县政府害了大皎老百姓。小日本进村前一天，伪县政府知道消息明天鬼子要进攻大皎村，来不及逃亡，办公桌、柜子等其他东西一下都拿不走了。小日本鬼子分三路进攻大皎村，把大皎村一下子烧光，大皎乡原乡长在逃往小皎方向的大皎岭上被日本鬼子枪杀。

所有大皎乡亲们跑了出来到山上避难，眼睁睁看着自己的房子和财产、粮食都被火烧光，心痛不已。

大皎村被火烧光了，日本人也走了，老百姓们只有想办法搭简易的茅草房暂时度日，有的投亲靠友，有的只有等死，我爷爷杨徐茂就是在夏杨凉亭被活活饿死的。

奶奶带着两个最小的女儿荷雪、惠雪到了里方村大女儿杨瑞雪家暂时度过了几天，但是这不是长久之事。所以，后来奶奶把两个女儿送人,杨荷雪送到上一细岭村徐世友家当童养媳,当时才十一岁。最小的一个女儿杨惠雪当时才七岁,送到细岭村里面的一个半坑村姓龚人家当童养媳,因为生活实在没有办法过下去,想起来就流泪,之后父亲杨良瓒越狱,进入中山大学。

读完书,回来听说奶奶生活困难,父亲是个孝子,就想办法去接自己的母亲和小妹,把她们接到重庆。当时他在重庆邻水中学,一边以教书为掩护搞革命,从事地下工作,一边任《商务日报》记者。当时杨良瓒去接自己母亲,有半坑村人在大皎村看到杨良瓒在他母亲的小平房内,所以这个半坑村的农民告诉了杨惠雪说:"惠雪姑娘,我看到你的二哥在你妈家。"当时杨惠雪生活过得很艰苦,想到二哥在,就立马动身跑到妈妈家,一看二哥果真在,马上抱住二哥说:"二哥,你这次死活也要把我一起带走,我不想在这个鬼地方生活,请你救救我。"当时杨惠雪只有十四岁,于是父亲杨良瓒一口就答应了。

到了晚上吃饭时,半坑村那家的主人到处寻找杨惠雪,发动亲戚朋友邻居一起找,都没有找到人,后来连夜赶到大皎她娘家去找,几个小时过去了,还是没有找到,于是全部回到半坑村,实际上,杨惠雪也是一个很聪明的姑娘,她知道早晚会有人来找她,吃了一口饭菜就马上跑到瑞茂堂屋门口,内墙边有一个稻桶,稻桶是斜靠着墙的,所以有一个斜口子,小孩子刚好可以钻进去,于是杨惠雪就在里面躲着不出声,外面的人都看不出来,就这样躲着,到了晚上十点多,听不到有人走动,才出来到她妈妈家的小屋子里。大概是凌晨三四点钟的时光,天还没亮,有两辆黄包车到了门口,是二哥杨良瓒前夜联系好的,因为怕夜长梦多,所以早点出发。父亲杨良瓒一人带着行李,一辆黄包车,奶奶和小姑二人一辆黄包车,快速直奔到宁波,当夜坐宁波到上海的客轮,第二天早晨到了上海十六铺码头,又叫了黄包车到了上海崔岙村的亲戚家住了几天,之后转入长江轮船去了重庆市。

三、在重庆革命

当时父亲在重庆从事地下革命工作,我出生于 1946 年农历十一月初三,在四川合川中学,那个地方有三条江水汇合,所以我父亲给我取名叫汇生。那时候我们家已经有六口人,父亲、母亲、我和哥哥、奶奶、小姑。那时上级本来要安排父亲杨良瓒去延安抗大(抗日战争的大学)党校教书讲课,因为他毕业于中山大学,文字基础扎实,写作能力强。在重庆工作期间,经中央石西民、王炳南等领导的介绍,担任过《商务日报》和《新华日报》的记者。当记者期间,曾营救过郭沫若先生和费孝通同志,在上海早期革命时营救过上海地下党首长史良同志,他搞地下革命工作,不顾自己生命危险,从来没有报酬,一生为了革命事业,他无私的革命精神值得我们下一代学习。

抗战期间,国共第二次合作谈判,父亲杨良瓒参加会议全过程,谈判结束后,他第一时间发表了进步文章,但被国民党发现,于是,国民党下令追捕杨瑞农(杨良瓒),至于杨瑞农改名之事说来话长,可以参考《冯雪峰组织难友逃离集中营》文章。

四、逃出牢狱

父亲在世时,提起过 1942 年 3 月逃出上饶集中营的一些事情,当时父亲身上还有几十元银元,是他的哥哥杨松瑞在湖南衡阳市开亨得利钟表时寄给他的,后来父亲与另外两位难友计惜英、叶苓商量怎么样能安全通过。到了南昌火车站,他提出三个人要分头走,不能在一起以免暴露,所以他用烟盒纸做了三个纸团里面写着北、西、南,他们两人先拿,计惜英抽到北,叶苓抽到了西,剩下的一个南字纸团是父亲的,父亲把身上几十元银圆平均分给他们当路费,自己直接买了去广州市的火车票,当天出发。

第二天下午到广州火车站,一下车,便发现在墙上贴了好几天的通缉令——活捉杨良瓒、计惜英、叶苓三个逃犯,墙上另一边贴着中山大学入学报名通知广告,父亲一想把名字改了吧,奶名杨金瑞、祖辈是农民,不能忘记,所以改名为杨瑞农,父亲以杨瑞农的名字去了中山大学报名,当时他只有初中文化,却考上了中山大学,还取得第三名的成绩,他的文章写得好,中山大学的文学教授杜定友先生,看准了这个宁波青年,就把大女儿杜燕嫁给了他,杜燕便是我的母亲,她是广州美术学院毕业的高材生。

周末杜老叫父亲去他家玩,杜定友先生很有心,父亲第一次去他家,母亲就为他速写了一幅画,当时父亲看了非常满意,慢慢地二人经常在一起吃饭,一起讲谈事宜等,1944 年春,他们结婚了。

组织上叫他去重庆工作,这时,国民党政府把重庆作为陪都,党有很多情报消息工作需要杨瑞农去做,所以他的上级石西民同志把他安排到《商务日报》和《新华日报》以记者身份从事革命工作。

五、四处逃难

第二次国共谈判后,他发表了自己的一些看法、对形式的分析,后来国民党派特务追踪他,没有办法在重庆,于是转移至汉口(武汉)。1947 年下半年,特务也跟随到汉口。1948 年 8 月,女儿杨汉英在汉口出生,所以给她取名为杨汉英。杨汉英出生一个月,被逼离开武汉市逃到了广州外公家。重庆到武汉的路费还是邻水中学教师、地下党魏亚明先生提供的,他毕业于宁波效实中学,同是宁波的老乡。解放后,任中共上海市卢湾区委党史办主任一职,于 2011 年,去世于上海。之后武汉到广州的路费则是魏亚明武汉的革命朋友提供的。

因为我们家一共有七口人,三个小孩,四个大人,路费也是一笔大数字。父亲革命一生真的不容易,到了广州后父亲通过外公杜老先生介绍找了一份编辑工作,到《真善美》杂志社谋职,任副总编辑,在《真善美》半月特刊工作时,他写指鸡骂狗的文章,主要内容是不管"毛匪"、"共匪",广大民众能得到自由和民主就是"好匪"等文章,当时国民党伪政府知道这文章又是杨瑞农写的时候,立即派了好多特务分子缉拿父亲,后来因没有地方躲藏,全家退到广东乐昌县乡下,父亲又被外公杜老安排到香港大学里避难(杜老亲妹妹任香港大学校长)。

三个月之久,待风头过了又回到乐昌。等杨瑞农回到乐昌家时,奶奶一病不起,所以父亲的革命工作比一般的革命同志上战场还要难上几倍,只有我们自己知道这样的经历。我的奶奶是病死在广东乐昌县,至今她的骨灰也没有拿回宁波老家,与爷爷分隔两地近六十年了,为了革命工作连亲人都不能相聚在一起,真的令人痛心。

现在,在广东乐昌奶奶的坟墓也一定找不到了,改革开放,社会环境大变,国内形势一片大好,我们个人是小事情,国家富强、繁荣、和谐、民主、自由才是大事。

六、父亲的善举

我父亲在宁波中学、镇海中学时期的一些小事,我是听姑妈和上海的大伯说起的,当时,鄞江—宁波的夜航船到达宁波时间是凌晨四五点钟,那个时期很落后,鄞江桥—宁波的夜航船靠人工拉三千绳一脚一脚把船从鄞江镇拉到宁波豪河头码头,即现在的灵桥路大沙泥街口附近的鄞西内河运输码头,父亲就在这个码头等候。后来自己父亲杨徐茂上船来配货的时候,父亲看到,于是他大声叫着他父亲的名字杨徐茂先生,爷爷回过头,说:"没有规矩,怎么可以叫大人的名字呢?"父亲马上回答:"爸爸,这么多人,叫哪一个好,我不叫你名字,你会注意到么?"爷爷说不过他,便说:"好了,好了,什么事?"杨良瓒是想向爷爷拿钱,去助学几位困难的同学,每次他都说谎话要买外国书,爷爷也没有办法,只好给他五元、十元银圆钱,每次都是这样的方法问父亲要钱。他在在宁波中学读书时,早就有了革命思想,看进步书,但成绩一年不如一年。

为了革命事业和理想,刚考上读初一时语文97分、历史90分,初二时语文80分历史80分,到了初三语文75分,历史77分,从这里可以看出杨良瓒在初中读书时成绩慢慢下降,他的思想上有革命的思想,每天看一些马列主义的进步书籍等,所以要考试的课本就放在一边,没有心思去学习,他是有理想,有信念的一个青年人。

另一件事,听杨良瓒同班同学钟受铭说,那时候天热时,学校食堂常常有坏了的饭菜给学生吃,但是很多学生都不敢说,也不敢向老师和学校反映,杨良瓒拿着变质的饭菜到校长办公室去提意见理论,说"沈其达校长这些坏了的饭菜你能吃下去吗,学校让我们学生吃,你能吃吗,我们学生能不能吃,你说?"校长无话可说,批评了食堂人员,不许他们这样对待学生们,同学们都很信服他。

还有小事情,在1933年秋(初中毕业照上可以看到的事情),当时的毕业集体照片上坐在草地前面一排有一个同学,没有戴好蓝领巾的那个人就是杨良瓒,因为那个是国民党时期的校服,统一穿着童子军校服,短袖、短裤,从这里可以看出杨良瓒从小就对当时的国民政府不满,他不服从思想,他想推翻旧政权建立人民大众的新政权政府。他思想比一般青年人进步、成熟、胆大、正义、倔强。

七、大闹"四毛记阿毛饭店"

1958年春天,我们家开始分成两家,父亲一家共六个人,父亲杨良瓒、老二杨汇生、老三杨汉英、老四杨南生、老五杨北英、老六杨宁英,另一边是母亲杜燕、老大杨敏生、老七杨多英,为什么好好一个家一下子分成两个家呢?

1957年2月,我的外公杜定友(中国图书馆创始人之一)老先生,从北京到杭州,杭州到上虞,我家住在上虞县中学里面,外公来的主要目的是叫父亲杨良瓒代表中国文化访问团出国访问欧洲,杜定友任团长,杨良瓒任中文记录员,外公杜定友还请示了周恩来总理,同意把帽子、大衣、皮鞋、上海牌手表等等全套出国衣着及用品帮杨良瓒带到上虞。

那天晚上在饭馆吃饭，一边吃一边说出国的事，因为父亲杨良瓒在1956年就没有在绍兴鲁迅中学教书了，同校长王则行（女）发生了一些矛盾，父亲不想干了就回到上虞，靠着母亲一个人工作的收入养活这么多子女，母亲承受不了，所以叫外公杜定友给杨良瓒找了一份工作，养家糊口。想不到父亲不想接受外公介绍的工作，他的性格太过于倔强，自尊心很强，不想靠老丈人，觉得没面子，要靠自己去奋斗，就这样他没有答应外公找来的工作，当时外公气极了，第二天一早就回了北京，当时母亲也是气坏了，这么大一个家庭靠着一个女人，实在太困难，母亲提出分家。

1958年春，母亲杜燕带着最小的女儿多英，最大的敏生，因为多英当时才一岁多，所以老大杨敏生跟着母亲她们三个人去了广州外公家。之后，外公给她找了份工作，在广东省美术出版社，做美术修改工作，工资比上虞中学多出二十多元。母亲她们三人生活很稳定，但我们这里共六个人，生活相当艰苦，父亲只好带着我们回到老家鄞县，樟水区大皎村，我们坐火车到宁波站，后到豪河码头（现在的灵桥路）那里有一家四毛记，阿毛饭店，过去是很有名气的百年老店，价格便宜，穷苦老百姓多数在这家饭店吃饭。解放前爷爷做生意时（1910—1937）去宁波送货、配货一直在阿毛饭店吃住，所以这次我们六个人，也在那里吃。

当时洋葱面一角一碗，买了六张面单，买好了宁波到樟村的汽车，中午十一点的汽车，于是我们需要早点去车站等候，当我们在九点三十分买好了面票，等到十点，面还没有上来，父亲本来已等得不耐烦了，这时刚进来海军军官带着老婆、儿子三人也来吃面，但是他们买的三碗三鲜面价格约五角一碗，没有十分钟就马上拿出来了，这时，父亲杨良瓒终于忍不住，把旁边的一桌空碗盘子等一脚踢翻了，围观的人群越来越多,出大事了。

阿毛饭店的老板打了天封派出所的电话,叫人来抓人,饭店来了人把父亲从二楼推到一楼,这时父亲用脚踢到了洗碗桶,碗盒带水带碗筷盘一起滚到楼梯上,只听到噼里啪啦,人都无法走,全是水和破碎的碗盘,派出所的所长带着两个民警都到了现场,一看是杨先生,是他小学的老师,马所长说:"杨先生,您怎么了?"叫两个民警放手。

父亲说:"小马,你怎么管的,买贵的先来,便宜的后来,怎么回事啊?"马所长也回答不出话来,只好说一些好话:"先生中饭还没吃过,到我所里去吃吧。"父亲说:"不,我要到地委陈布衣那地方去吃。"后来五张汽车票都叫马所长去退掉,过了十几分钟来了一辆吉普车,把我们接到孝闻街地委招待所,陈布衣部长(组织部长)早就在招待所等着,一桌好菜准备好了,请我们吃,陈部长很客气地招待我们,陈布衣部长也是父亲杨良瓒的学生,都很尊敬父亲,之后在招待所住了一晚,待第二天中午,用吉普车将我们送到灵桥汽车站,买好车票。

父亲在招待所时写好了一张大字报,"为人民服务",等汽车到了阿毛饭店门口,将大字报贴在饭店门口的墙上,看的人越来越多。

八、回乡务农

我们回到了樟村以后,下车去了长里方姑妈家住了两天,期间父亲去故乡大皎乡大皎村,找村书记杨华根,要求安排住房的事,书记安排好了,是地主家的房子,安排了西边一间两层的楼房,我们够住了,吃饭问题,杨书记也给我们送来一大袋大米,暂时能解决半个月的伙食问题。父亲他为了工作的事情心里很烦躁,这边我们五个小孩之中我是最大的,也只有十三岁,最小的宁英只有三岁,父亲每天在外面,所以只能靠我当家照顾下面的弟妹们,每天三餐饭要烧,根本没有菜,只能跟亲邻要一些下饭的咸菜,连油都没有,过着非常艰苦的生活。

大米吃完了,我要出去借,柴火烧完了,我去山上挑。还要帮弟妹们洗衣服、做家务。到大皎乡小学念到五年级,我若不干活家里没办法生活下去,我只好放弃读六年级,到了生产队放两只黄牛,记五分工分,算半个劳动力,一年到头从来没有休息的日子,因为牛天天要吃草,一看就是两个年头,每年一百多元钱收入,第三年,生产队长杨阿水叫我下地做农活,给我八级劳动力的工分,就是八工分一天。

1960年,我就被生产队里的社员评到十级就是最高的劳动工分十分,不管哪一种农活,我都能干好,很快家里基本能度日,我们从来不买鱼、肉、蛋等,只吃家里的咸菜,我自己也在地里种一些蔬菜,就这样,一天天苦日子就这样过来了。

九、帮困济贫

后来父亲回来过一次,他说他要到宁波地委教育局找局长严式伦,要求在鄞县樟村中学安排两个教书的工作,想把妈妈在广州调回来宁波工作,一家人可以团聚,事情还没办好,他就写信到广州外公家叫母亲回来,说工作已经为她安排好了,当时母亲信以为真,等了放暑假回来宁波老家,父亲说要去宁波工作,我想和他一起去。第二天,我们就去了地委教育局找到了严局长,局长很客气,请我们喝茶,父亲要求把他安排樟村中学两个工作岗位,严局长想了一想,就开始写介绍信,写好后把信放进了一个信封里封好交给了父亲,说"你要好好干",父亲拿到介绍信,马上拆开看了下,看后,父亲大怒,把局长的桌子上的电话机等全部推翻到地上,一上去把他坐的那把藤椅从三楼扔下到一楼地上,说:"我不要你这个自首分子安排工作。你就是再给我安排我也不会去做。"

原来介绍信上写的是叫杨良瓒去新昌中学教书,另外写了试用教师,于是父亲就生气了,因为父亲是一个坚强不屈的人,在上饶集中营什么刑罚都做过,钢刺木牢、灌辣椒水、坐老虎凳、手指钉竹针等,他都宁死不屈。始终保持以为革命者的崇高气节。身为老革命,要求工作还是"试用工",谁能耐受?

这二字不应该写上去,杨良瓒有颗骄傲的心,所以他忍不住发火了,后来还是陈布衣部长来做工作才缓解矛盾,这是我亲眼看见的事情,那天中饭还是陈部长招待的,从此以后,杨良瓒一直没有去找过工作,也没有和上级说过家庭生活困难等事宜,他是从来不在上级领导面前拍马屁的,不说好话,这是他刚正不阿的性格。

母亲不知道宁波发生的一切,暑假到了,母亲、敏生、多英三个人从广州回来了,我们一家一共九个人的大家庭生活十分困难,后来哥哥杨敏生也只好下地到生产队里干农活,家里就靠我们两兄弟养一家人。

1961年,国家三年自然灾害,国家很穷,家里很难度日,父亲去了一次北京,动身时只买了一张送客票,就上了火车,等到了北京,出站检票时,父亲没有车票,检票员叫父亲到车站等候处理,父亲说:"你们给中央民政部打一个电话,问题就能解决了。"

后来民政部开来了一辆吉普车,下来一位同志,把火车票钱补上了,把父亲接到民政部招待所,一住就是几个礼拜,说服他回宁波,给他补贴了二百斤全国粮票,全部是五市斤票面四十张、人民币二百元,还给他买好了回宁波的火车票,父亲就回来了。到了宁波,一下车又到了四毛记阿毛饭店吃中饭。吃饭时,有老百姓在骂主席,父亲听了不是滋味,马上同那一个农民说:"你不能说毛主席,这是国家暂时困难,以后会好起来的。"

父亲就拿出五市斤全国粮票送给那个农民,还给了他五毛钱,农民感谢的不得了,后来不可收场,每个人都伸手问父亲要粮票和钱,一下子二百斤全国粮票和二百元钱全部分光了。这是阿毛饭店的王经理打派出所电话,说店里又有人闹事,人家都没饭吃,可杨良瓒倒好,发起粮票和钱来了。

等警察通知来了,知道杨先生是在做好事,可是家里老小一共八口人还等米下锅呢,你们说他这个人同一般人不一样吧,人家都说他是一个"神经病"。到了家里，母亲简直恨死他了，但是事情已经这样了，也没有办法了。

1964年，征兵开始了，我也参加了报名，到樟村卫生院检查，身体全面合格，领新兵的领导，也找我谈话问我愿不愿意参军，我说愿意，因为父亲是老革命了，我继承了他的革命传统，很想去参军，部长也批准了，可是，当地乡镇政府讨论之后，不同意我去，他们说"老革命加新革命，我们吃不消，以后对付不了老杨的"。

你们大家给评评理，这叫什么话，我就没有办法去参军，当一个光荣的军人了，就在生产队劳动养家糊口了，一天一天、一年一年地过去。

十、"文革"被陷害

1966年5月，"文革"爆发，当地乡干部说机会来了，这次可以把杨良瓒斗倒了。可是那时候他们没有父亲的把柄，在乡政府开展了大辩论大会，父亲有理，没能把他搞倒。等了几个月，乡里通过县里几个造反派，出面来开一次大辩论会，地点在宁波东门口就是原来东福园饭店的广场，大约有三十多个人，有的从县中借来的几位老师，有几位文化局、教育局里借来的文笔比较好的人，加大力量，他们想这次一定要把杨良瓒彻底搞倒，用大字报的形式，一张来，一张去。

当时，我母亲叫我跟着父亲去保护他，父亲叫我磨墨，因为穷没有钱买墨汁，他们用公家的钱买了很多墨汁，他们不肯给我，我只好自己磨，我们用的都是旧报纸，他们用的是白纸，主要是辩论马列主义、毛泽东思想，父亲过去革命这么多年，加上他在中山大学任过讲师，父亲写大字报都不用打草稿，拿起毛笔就能很快写出来，我帮他去贴在墙上，就是这样，一张张，约三个小时多，他们都回答不上贴不出来了，父亲胜利了，我们非常开心。

他们没有办法再辩论下去。后来派几个人员把父亲写上的正确的所有大字报全都撕下来，随后离开了，围观的群众都为我们打气，通过两场辩论会,他们都赢不了,他们决心另想办法要把杨良瓒搞倒。

1966年9月,乡里来了几个造反派,把我父亲抓走,还把家里的东西拿走,一共装八大箩筐,拿到乡里,以反革命、叛徒、特务、鄞奉两县反共司令等罪名抓走了,第二天开始游街,后来召开万人大会,在皎口水库、樟村、鄞江镇等地批斗父亲。根本没有一点罪名,就是这些造反派写黑材料诽谤,一定要把杨良瓒打成反革命。

他的一生与日本人、国民党反动派作生死斗争,一共坐了六次牢狱,宁死不屈,在"文化大革命"时期,开万人大会遭游斗三次。有一次,在游街到樟村街时,大皎乡的造反派们到大皎村时不想再游下去了,这时候杨良瓒大声说:"你们拿着国家的钱现在想下班,不行!你们的工作还没有完成了,要继续往下面游街吧!"

他在敌人面前都不投降,上饶集中营中上过各种刑罚都没有叫过一声痛,问心无愧,什么都不怕,是一个坚强无比的人。

后来不明不白地坐了两年牢(在鄞县公安局张斌桥监狱),造反派跑遍全国却查不到杨良瓒反革命、叛徒、特务等等黑材料罪名,在没有任何证据的情况下只好放人回家。鄞县公安局文件鄞公〔83〕5号,关于恢复杨良瓒名誉的决定,古林公社:红星大队李家村杨良瓒,男,一九一六年出生,曾于一九六八年九月以"反革命案"被拘留审查,一九七〇年八月释放,八一年二月一日病故。现经复查:杨良瓒当时不存在反革命问题、系属假案,为此"文革"期间强加给杨良瓒头上的一切不实之词予以推倒,并撤销本局一九六八年九月十七日对杨良瓒作出拘留审查的决定,恢复名誉,同意酌情补助人民币二百元。

鄞县公安局一九八三年一月八日

真金不怕火烧,真理就是永远站得住,我父亲是一个真理在心中的人,他的革命精神永远铭记在我们心中。

我记忆中的父亲

杨南生

我们家就在大皎街上(叫下街头)。对面街面上贴着很多画,画着油菜籽上面放上几个鸡蛋,旁边画着水稻,上面坐着一个小孩,还写着双千斤、双百斤等。那时候每天晚上有很多社员来我家串门做客,听父亲讲革命过程及当时形势,党和毛主席的伟大事业。

有的问他,为什么十五岁这么早参加革命,想的是什么,父亲说是为了穷苦老百姓过上好日子,解放全人类,天下太平。

听父亲说,他在宁波省立第四中学读书时(宁波市一中)认识一个叫王志达的人把他带上了革命道路,参加了地下革命。十七岁毕业后,到上海参加了地下革命工作。在沪东团委工作,在南京路分发革命传单时,被"国民党"拘捕,关押在水牢里半月后,由爷爷托宁波同乡会用银圆保释出来,后组织上叫他回乡发展革命队伍,因宣传抗日,教唱抗日歌曲及组织贝母合作社等被"国民政府"拘捕,又派几个特务到爷爷家抄家,早有拉黄包车的大皎人通知了爷爷奶奶,大家很快把父亲的革命书报等全部放到后门竹园林隐藏起来。特务们赶到什么也没有找到,没有办法回去了。

后来讲到上海做地下革命工作,有一次党组织交给他一个任务,去通知一个上海地下党主要领导人转移,国民党特务要抓他。后来,组织上叫他带自己家乡的十几个爱国青年,包括我的四叔杨明等去皖南参加新四军,找新四军政治部主任袁国平。并让父亲去国共合作的独立三十三旅任政治指导员。后被"国民党"以共产党分子拘捕关押到上饶集中营,被划到文化组,为七君子之一。

关押了两年半,里面各种刑具都是他第一个被使用,站木笼、老虎凳、指夹、火铁等等。1942年3月,在其他同志的帮助下,终于出逃了。杨良瓒、叶苓、计惜英三个人一起越狱,逃到了广州,考上了广东中山大学。当时我外公就是中山大学副校长，广东省立中山图书馆馆长，外公看重父亲把大女儿配婚给他，所以妈妈是广东人。

父亲在广东读大学时早就改名为杨瑞农，因他是集中营出逃人员，解放前也是要抓他的。

父亲读大学时，一直在搞地下革命工作，《真善美》杂志社任副总编，多次写过进步文章，当国民政府也要抓他时，由外公杜定友的帮忙，暂且到香港避难三四个月。

中山大学毕业后，组织上叫他去重庆参加革命工作，由石西民、荣高棠、王炳南等领导指导父亲杨瑞农，听妈妈说，父亲在重庆做革命工作时，曾营救过郭沫若、费孝通等老同志。当时父亲任《商务日报》记者，是石西民同志安排的，所以我大哥二哥都出生在重庆，当时国民党政府在重庆。

父亲是一个心直口快的人，也非常有正义感，虽然参加革命多年，却没有一个子女在国家单位和社办企业工作，都在农村靠自力更生，靠双手劳动过日子。到1966年"文革"开始，我父亲被戴上反革命的帽子，一家老小都倒了大霉。

造反派冲到我家抄家，把所有古书籍、古画、名画、名诗词等抄去八大箩筐，好多名画都是外公杜定友留给我妈妈的。外公杜定友在百度上可查到，中国图书馆创始人，也是中国近现代图书馆事业的先驱和卓越奠基人，20世纪中国最伟大的图书馆学家。相关论文共365篇，百度学术（杜定友文集）定价12800元，广东教育出版社出版，是个伟大的外公。在"文革"中，由于各种打击，1967年3月，因心脏病去世。

再来说我家的灾难，父亲从上海大伯家被抓到当地公安局，主要有以下罪名：鄞县反共救国军总司令、叛徒、特务、反革命，反对建造皎口水库的为首分子等。主要原因是1966年，因建造皎口水库，村民要移民，但是这个移民工作不好做，祖祖辈辈生活在这里的群众，一下子要移民，在思想通不过来，所以当时的造反派颠倒是非，把上饶集中营"七君子"之一的杨良瓒打成为反革命，让他坐两年牢狱，看哪一个村民不敢移民，就是这个下场。

在万人以上批斗大会上共批斗三次，戴着高帽子，挂着黑牌，游街十六个乡镇后，在张斌桥看守所关押了698天，待移民工作全部结束后，才把他放回家。

另外父亲受迫害后，连妈妈两个哥哥一个姐姐都被关押一个星期，姐姐杨汉英说了一句父亲杨良瓒是老革命，就在斗争大会上，把一个十八岁大姑娘的一头秀发，用剪刀剪掉，严重侮辱了她的人格，差一点要自杀了却一生。从此，她落下了严重的心脏病，到了三十九岁时，丢下两个尚未成年的孩子，离开了人世，真的是搞得家破人亡。村里群众都是心知肚明，敢怒不敢言，这是一个天大的冤案。在那个年代我们子女虽然都因父亲被错误批斗而受到牵连，但是父亲在我们心中，永远是一位顶天立地的英雄和老革命。

缅怀二舅杨良瓒

方振淼

杨良瓒是我二舅,从少年时代起他就成了我心中的偶像。我陆陆续续听过母亲、表姨母、姑妈、舅舅和堂兄等人向我讲关于二舅革命工作的一些故事。

上海表姨(她当时在上海开设"崔林记石作坊")她曾对我说过,你二舅早年在上海参加革命工作,有一次在法租界去分发革命传单时,手下人被巡捕发现,当时他见到一个巡捕用脚猛踢一位正在看传单的中国孕妇,他立即下楼勇敢地冲过去,与巡捕评理,蛮不讲理的巡捕还和他打了起来,这不仅保护了这名中国妇女,还使其他一道去发传单的同志脱险。结果他被抓去了,关进水牢,用高压水枪劈头盖脸冲浇,他却索性脱掉上衣,还很惬意地说,来吧,你冲吧,我不怕! 后来通过表姨母托人(宁波旅沪同乡会)才将他保释出来。他这倔强的个性在敌人面前暴露无遗,就显示出他的独特个性。

母亲也曾对我讲起过二舅在家乡搞贝母生产合作社运动的事,他从上海回到家乡,看到当时樟水地区贝母价格很低,贝农生活困难,他发动贝农要求政府干预,增加贝农收入。他在群众大会上与当时的鄞县县长陈宝麟对话争辩,据理力争。最后,终于取得了运动的胜利。

蜜岩村的姑妈也讲到过二舅在蜜岩小学教书时,积极宣传抗日救亡思想,教唱《大刀进行曲》,经常带着学生(学员),抬着汽油灯,在祠堂门口广场或十字街口人多的地方发表演说,宣传抗日道理,去听的群众很多,说他讲得实在,很得民心。当时遭众多乡镇反革命的非难,说他是共产党,到大皎老家去抄家,搜取他是共产党的有关证据。外婆说,当时得知要来搜查的消息后(是应如宝漆匠夫人跑到大皎去报信),赶紧把二舅所有的书籍,包括《共产党宣言》和进步刊物报纸都抛到屋后的园地里,算是躲过一劫。

在我七岁时,1938 年底快要过春节之前,二舅还带着四五个负伤抗日军人到我家,这些军人有的拄着拐杖,有的头上、手臂上缠着绷带,二舅说是路过,那天我家正好在为过年做米馒头,于是就给他们拿些去。回家招呼着二舅和抗日伤员,让他们吃饭住宿,我当时还年少,不知道他们到什么地方去,真为他们担心。

1957 年,我和亲哥在沈阳,听四舅杨明对我们说(四舅杨明当时是在辽东省政府工作),他是在二舅带领下走上革命道路,后来留在抗日部队独立 33 旅。那时二舅是旅政治指导员(相当于旅政委);四舅在 33 旅的第一团第一营任教导员。皖南事变均被俘,后经中共领导交涉,那些下级军官和士兵得以遣返。二舅被国民党战区司令部认定为高级政治犯不能放,四舅因为年纪轻,团级以下干部就被遣返。二舅被送往上饶集中营与叶挺将军等人同关入茅家岭监狱。

解放后,我在《上饶集中营》一书中读到过他在狱中与敌人顽强斗争的情况。

我也曾听过堂兄方阿伦讲过二舅在重庆等地从事地下工作的情况(堂兄是在亨得利钟表店工作),二舅常被国民党特务监视、盯梢。所以要不断转移,更换工作。在那个年代里,他给我们来信也常变换地方,先后到四川石柱县中学,邻水县中学当中学教师,后来到广州。

在广州《真善美》杂志社当副总编辑(化名杨瑞农)时,还给我寄来由他主编的好几期《真善美》刊物,内容有宣传共产党进步的文章。

60 年代(大概是 1961—1962 年),因为揭露宁波一个部门领导在新四军北撤时有叛变行为,结果二舅反遭秘密逮捕,送到慈溪庵东西山盐场劳动教养,虽然不服却无处申诉。"文革"期间又遭残酷迫害,什么破坏造皎口水库,什么反共救国军司令,定罪后进行游街,批斗,再次被逮捕入狱。

最后因为是被诬陷无辜受害,有关方面不得不予以释放,但却没给予彻底平反,所以他含怨去北京上访。

　　对于二舅所受的种种迫害和苦难,我们都明白,但束手无策,只是同情和怜悯。从他早年在上海参加革命,抗战坚持地下工作到"文革",经受了生死考验。他在每一个历史时期每一次斗争,甚至于到了绝境时,总还是毫无畏惧,对党对革命充满信心,斗志昂扬,表现出对革命的无比坚定,他爱国爱民,极富正义感,毫无自私的动机,一生为国家为民族而献身,他是一个真正的党外布尔什维克,是中国革命中的革命英雄。我们永远怀念他。

我的舅舅杨良瓒

徐仲光

我的二舅杨良瓒,在鄞西地区所谓是家喻户晓、老幼皆知。当地人见到他都亲呼他为杨先生,二舅的记忆力惊人,几十年来见的老人只要一见到就能道出姓甚名谁,何方人士。

他口才出众,出口成章,吸引力非凡,只要他一演讲,听演讲的人就会围得水泄不通。他才华横溢,知识渊博。他生性正直,刚正不阿,光明磊落,敢于抨击社会上的假、恶、丑。

他天生乐观,笑对人生,以致在"文革"时,上街挂黑牌游街时也闹出许多笑话,使当时的造反派哭笑不得。

二舅的一生富有传奇色彩,小时候听父辈们说二舅从小就倾向进步,青年时代就参加革命运动,后因在学校教唱抗日歌曲而被反动派追捕,他只能逃到外地继续从事革命运动。后来,因由地下党组织委派,暗中打入国民党部队搞策反而被捕,后被关押在江西上饶集中营,在冯雪峰等同志的策划掩护下,成功越狱后因与组织失去联系,而最终返回老家。其中这段漫长的历史究竟如何也未曾详知。

2011 年 7 月,因江西上饶集中营管委会的邀请,我作为亲属特地到该地参观,一到实地参观,我为之震惊,此时二舅的形象在我心中远比父辈们说的要高大得多,悲壮得多,真正是一个了不起的革命者,一个真正的老革命。

记得在管委会领导的陪同下,一进大厅正中一排高高悬挂的照片首先触目映眼,全国闻名的上饶集中营"七君子"照片,其中第四位就是杨良瓒,当时我站在二舅的照片前思绪万千,真是悲喜交加,情不自禁地流下了眼泪,毕竟是我的亲舅舅呀,这样一位这么早参加革命的老同志,在他的一生中却遇到太多的不公正待遇,都是"文革"带来的灾难。

在随后的参观中,看到二舅当年睡过的用砖头堆起的离地一尺高的竹床,审讯室用刑的老虎凳,灌辣椒水的长嘴茶壶,木笼,听馆长介绍二舅性格倔强,从不服软,所以在牢中吃的苦头也比别人多。

当时二舅是第一个站木笼子的人,据幸存者的狱友回忆,那时如果听到从审讯室传来的声音,最大的肯定是杨良瓒。真正称得上铁骨铮铮,大义凛然,视死如归。难怪有一位宁波文化名人赞誉二舅是鄞西的文天祥。

1981年2月,二舅为平反昭雪去北京找有关部门和人员取证申冤,不幸病逝北京,享年六十五岁。二舅的的前半生悲壮辉煌。

他自小参加革命,创办《真善美》进步杂志,亲临过重庆国共谈判,冒死营救史良、郭沫若等知名人士,深入虎穴,策反起义,担任当地贝农协会领导为贝农争取正当利益……而他后半生,由于十年内乱,却遭到太多的磨难和不公正,二舅是带着太多的遗憾走完了人生。

从参观上饶集中营到查阅革命历史,才使我们真正了解二舅革命的事业,二舅是真正的英雄啊,二舅是鄞西贝母运动的发起人之一。我们全家十分敬爱二舅。

我心中的外公、外婆

俞春亚

每当听见儿歌里唱着"妈妈的爸爸叫外公,妈妈的妈妈叫外婆……",心里总会不由得想起我的外公、外婆。虽然对两老的印象和记忆不是那么深刻和清晰,但是他们在我心中却是那么伟大、高尚、无私……

儿时和现在的我常常听妈妈讲二舅舅过去的事情:说我的外公杨良瓒,原名杨金瑞,是一位传奇式的人物。他很早参加革命,在旧社会整个大皎乡只有他考进省立中学,外公在我心中是非常了不起的,既是学者又是革命者。

外公出生在鄞州区章水镇大皎村,中山大学肄业,在革命生涯中,落入敌手,被国民党反动派关押在上饶集中营,被后人誉为"七君子"之一。

外公的一生是光辉的一生,1932年参加革命,一直以教书和记者的身份为党开展革命工作,1935年1月,党组织派他回乡开展革命工作,他以教书为掩护,被选举担任浙江省贝母运销合作社理事和堇江有限责任贝母运销合作社负责人,发动贝农开展贝母运动,解救贝农的苦难之急,为家乡的贝母生产做出了很大的贡献!

听二舅说,"在地下革命期间,外公曾多次成功营救党和国家重要领导人及进步人士,如郭沫若、史良等",经受了种种考验,外公一直从事着教育工作,在"文革"中被错误批斗,平静的生活又掀起狂澜,年幼的妈妈背着几个月大的小舅经常去高墙铁窗外,搬起砖块踮起脚给外公、外婆及姨妈、舅舅们送饭菜,探牢。

生活的窘迫和经济压力使成绩优秀的妈妈从此离开了她仰慕的学校,离开了她的同伴……听妈妈说外公特别喜欢抱我,最后一次抱我后,就走上了上京平反的不归路! 1981年2月1日外公含冤在京离世,是大舅含泪从北京八宝山捧着外公的骨灰盒回家。在党组织的关心下,他终于在1983年被平反。

现在还常常听老人和村里的人谈起外公,都竖起大拇指!说外公是个一传奇式人物,是个了不起的革命者,在上饶集中营经受了种种酷刑,他宁死不屈。

如今每当我看见在我一周岁时,外公送我的那把古老的儿童用餐座椅时,鼻子总是酸酸的,心里永远是甜甜的!这把保存完好的餐椅坐过了二代人(我、我的妹妹、我的女儿、我的外甥女),希望能代代坐下去!看到这把儿童餐椅就像看到外公一样!

外婆——杜燕,40年代毕业于广州美术学院,是著名岭南画派的传承者,中国图书馆创始人杜定友之女。曾在四川、浙江美院及上虞县中任教。抗战时期在重庆常同革命家、女画家何香凝切磋交流画艺,为积极宣传抗日而创作了大量宣传画。

她的很多作品曾屡屡获奖,受到县、市很多画家的好评。小时候,妈妈经常接外婆来家里小住,所以在我的印象里经常看到有人请外婆帮忙画像的,还有村里、镇里的领导干部请外婆帮忙出作品,有幸的是在庆祝第四十个教师节时,陪着外婆画完了各族人民庆教师节的一幅水粉画,让我看到了她老人家对作品的选材、构思、描绘和欣赏都有着不同寻常的见解,在外婆的言谈举止中,更让我看到了她的智慧和内涵,她既清秀又高雅、善良和蔼、人品高尚,付出总不求回报。

出生书香门第的她,本可以过着大家闺秀的生活,也可以凭着其父一句话就能往上调,却乐于清贫,不攀高亲、不搞特殊,义无反顾地跟着外公参加革命东逃西躲,最后来到鄞州,下乡从事教育事业。在"文革"中受到批斗和凌辱,在一次抄家中,红卫兵拿走值钱的东西不说,居然连外婆收藏的高尔基铜像也被抄走了,至今下落不明,这是外婆一直在寻找的宝贝。

长期的奔波劳累,加上战争中受到弹片的袭击,使外婆患上了头痛病,再有生活的艰难,外婆的身体一日不如一日,但是她始终没有放下过手中的笔,日复一日、年复一年地写着她尚未完成的五十余万字自传体传记《革命和艺术人生》。在我小学四年级快过年的时候,一场可怕而又可恶的大火夺走了我外婆的生命,烧毁了一切的一切,什么都灰飞烟灭了!他和外公的灾难、所受的凌辱和欺压、不忍和遗憾,为党和国家所作出的奉献,都随着这场大火烧成灰烬……就像龚成老师所说:"你的外公是在风雪中炼精神,外婆在烈火中得永生!"

天之道,利而不害,人之道,为而不争。外公、外婆为党的事业和家乡建设任劳任怨,辛苦奋斗一辈子,最终含冤离世。在近半个世纪的阴暗岁月里,社会埋没了他们的才能,这对党的优秀儿女,在"文革"中遭到了批斗与侮辱。

在后辈们苦等、期盼的三十年里,在他们的学生龚成老师和二舅忙碌奔波中,在江西上饶集中营的各位领导和区委党史办等各位领导的支持关心下,他们于 2011 年 12 月 18 日,终于在四明山鄞州区革命烈士陵园内落叶归根,灵魂得到安息!沉冤得以昭雪了……

事隔那么多年,冤假错案也该了结了,人们都说:人在事在,人走茶凉。但党组织终于还了一个离世老人的公道!党又重新找到了她的孩子。虽然不能再弥补什么,一切都晚了,还是要感谢共产党,感谢人民政府,给了他们一个灵魂的安慰!

我为有这样的外公、外婆而感到自豪与骄傲,为自己的才疏学浅而感到惭愧!为他们受到的不公正、不公平待遇叫屈,为如今他们得到了正名感到宽慰!人已故,事已去,人不应该活在仇恨里,愿逝者安息,生者过好每一天!活在当下,释怀天下!

在外公百年诞辰之际,谨以此文表达我对外公、外婆的哀思及祭奠。愿杨家的后人们永远传承俩老对党的忠诚和信念、修养包容及奋斗精神……

外公、外婆你们永远活在我心中!

坚贞不屈的革命先辈杨良瓒

大皎村党支部原书记:徐文吉

杨良瓒,本名杨金瑞,随着革命的需要他曾有十余个化名。高高的个子,清瘦的面容,浓眉下一双敏锐的眼睛,他时常一只手拿着茶杯,一只手拿着一份报纸,腋下夹着一本书,文质彬彬,一派学者风度。

杨时常在集中路口发表演讲,讲的是革命英雄故事,上饶集中营对敌斗争的可歌可泣的残酷场景,同时准确分析国内外时事,他出口成章,有声有色的演讲,总是使听众越聚越多,人们百听不厌。有时他一个月关在家中,看书学习,屋里堆满了书画、马列毛著作、刘少奇《论共产党员的修养》等书籍。然而人们对他的评价褒贬不一,有的讲他老革命,有的讲他老反革命,在他的身上始终覆盖着一张神秘的面纱,杨究竟是一个何许人物?

杨良瓒,1916 年 4 月出生在大皎村大皎街,其父开着几间杂货店,当时的大皎来讲,其家庭是比较殷实的小康之家。大皎是四明山通往宁波的货物集散地,城乡商客云集,一片繁荣景象,故乡的山水早就成了他倔强、心直讲义气、聪明过人的智慧,传承了杨家将"精忠报国"的遗训,从而使他在各个革命阶段中充满了那种传奇色彩。

杨良瓒在大皎小学毕业,以优异的成绩考取了省立四中,也就是今宁波一中,在校期间由于学校伙食差,同学们都敢怒而不敢言,他挺身而出带领大家向校方交涉,并取得胜利,从而得到了同学们的拥护和信任,在学校他开始接触进步思想和书籍。"九一八"事变后,日寇的铁蹄践踏我东北三省,血腥屠杀东北人民,东北人民过着亡国奴的流浪生活。中国共产党发表声明:"号召全国人民团结起来,抵抗日本侵略。"大江南北,白山黑水,长城内外,群情激愤,燃起了抗日的烽火,于是在 1932 年下半年,十六岁的他为了追求革命的真理,离开故乡,只身来到上海投入到抗日救亡之洪流中。

　　在进步人士的帮助介绍下,进入开明书店总编室,得到著名教育家夏丏尊先生帮助,作校对员兼任美成印刷公司排字员,边工作边学习进步书籍,积极参加抗日救亡运动和各种抗日集会,当时,沪东区地下党发现杨思想进步,抗日热情高、聪明能干,杨在 1933 年光荣地加入中国共产主义青年团,任宣传委员,编印厂报《沪东工友》和童工报《小宝宝》宣传抗日救亡,成为党的后备力量。从此,他走上了革命的道路。

　　在白色恐怖的上海,在民族危亡的时刻,他组织青年工人上街游行,抵制日货,动员捐物捐款,张贴标语,街头演说,唤起民众。同年 10 月,同两位地下党一起,爬上永安公司楼顶散发传单,抗日传单像雪花一样,往下飞舞,市民争先恐后抢阅传单,被英国巡捕发现,巡捕蜂拥而上,在这危急关头,杨为掩护地下党脱险,他声东击西,用机智巧妙的方法,拖延时间,使地下党安全脱险,而杨被巡捕打得头破血流,五花大绑投进老闸浦监狱,坐老虎凳,灌辣椒水,进行严刑拷问,叫杨交出同伙,他巧妙地对答:"我为活命,赚钞票,传单是人家出钱叫我发的,我只认钞票,不认得人。"

　　在狱中受尽了折磨,敌人查不出证据,后其父托上海的宁波同乡会保释出狱,英国巡捕责令杨驱逐上海,沪东区党组织为安全起见,指示杨回故乡继续开展抗日救亡工作,这是杨参加革命以来第一次被捕入狱。

　　回乡以后,他在大皎、蜜岩两地以教书为掩护继续开展抗日救亡工作和了解民情,据樟村老年会姓邵的老先生回忆,"杨利用晚上时间进村入户,宣传抗日救国道理并调查贝农生活情况",得知贝农生活艰苦,浙贝价格便宜,只有一袋贝母一袋谷,老百姓呼声很高,要求国民政府提高浙贝价格。

　　1935 年由杨发起在文昌阁召开万人大会,成立浙贝生产合作社协会,班子成员由杨良瓒、郑嘉浩(章村人)、周伟信(岭下人)、许杏花

(女,许家人)等人组成,同年上半年杨带领班子成员向省国民政府据理力争:"如不提高价格,贝农不种浙贝,让其绝种",当时上海申报也报道了此事,其声势和影响震动了江浙两省和上海滩,在强大的舆论压力下,省国民政府被迫提高到"一袋浙贝千斤谷"取得了斗争的胜利,使广大贝农认识到团结就是力量,樟村的贝母运动在鄞县的革命斗争史上书写了浓重的一笔。

1936年,他利用蜜岩小学和夜校作为宣传阵地,他群情激昂,大胆揭露国民党假抗日,真反共面目,被宁波保安司令部派来的特务逮捕,并在大皎家里抄,搜去罪证。在宁波监狱里,敌人歇斯底里动用刑具"老鹰飞""老虎凳"进行拷打,杨面不变色,坚贞不屈,斩钉截铁回答:"我宣传抗日,抗日必须唤起民众,我何罪之有?"

揭露国民党当局消极抗日的罪行,宁波保安司令部恼羞成怒。直到"西安事变"和平解决时才释放,这是杨第二次被捕入狱。

出狱后,杨从事鄞奉抗日救亡运动,以大皎山区为中心,组织学生青年教唱抗日歌曲"大刀向鬼子们头上砍去""毕业歌""同志们大家起来,奔向那抗战的前方"和自词自曲的"八一三,八一三,东洋人打进上海滩,杀我同胞千千万"等抗日救亡歌曲,发动村民捐款捐物,组织民众抵制日货,支援抗战,提高民众和抗日的决心和信心,并对驻扎在大皎山区的国民党宣传,团结起来一致抗日的道理,对国民党顽固派展开针锋相对的斗争等。说国民党躲在山区不抗日,一见日本鬼子就逃,是饭桶兵,专门欺压老百姓,这样惹怒了国民党当局,杨在大皎的这段时间曾三次被拘押,每次审问时,杨总是理直气壮地回答:"抗日救国是我的天职,我何罪之有",国民党把杨看作眼中钉,肉中刺,不准他继续在校教书,解除聘书,开除教籍。

杨良瓒,又一次被迫离开故乡,带着两个弟弟,杨银瑞,杨清瑞(后赴延安)和鄞奉战地工作队十余个成员,到绍兴参加我党的战地工作队,组织上安排杨担任省直属政治大队干事,演抗日宣传戏,抵制日货，发动民众抗日救亡运动。

而后杨带着省直属领导介绍信，由昌化县越过浙皖边界来到皖南泾县云岭新四军军部，受到项英、张云逸、政治部主任袁国平的接见，分到新四军一师工作，担任师部的宣传组长，杨对革命工作积极负责，口才出众，能说善辩，袁国平主任考虑到当时国共合作，让杨打入国民党杂牌军三十三旅担任政治委员，感化国民党军队，团结一致抗日，宣传我党抗日主张和方针政策，为我新四军所用，当时杨多次要求入党，为有利于工作的开展，军部暂不考虑杨入党，这是隐蔽战线对敌工作的需要。

杨按照军部指示，积极宣传教育动员，三十三旅官兵反对"让外必须安内"的不抵抗政策，在即将开赴抗日前线抗日的时候，由于右翼官兵的告密，1939年下半年被第三战区司令顾祝同部重重包围在溧阳金鸡岭，并以异党嫌疑犯身份押解到上饶茅家岭监狱，这是杨第三次被捕入狱。

正当抗日的烽火燃遍大江南北，"一寸山河，一寸血，十万青年十万兵"一致抗日的时候，国民党反动派背信弃义，1941年1月制造了震惊中外的"皖南事变"，血腥屠杀我党开赴抗日前线的新四军广大指战员。上饶集中营囚禁着被俘的新四军指战员和东南一带的共产党员，爱国志士九百多人，集中营成了全国法西斯监狱。

集中营是一个人间地狱，对被囚人员实行严酷的刑罚，五花八门、名目繁多、无奇不有。洗脸，上厕所，吃沙子拌饭一律五分钟。肉体上摧残刑罚十大类，金、木、水、火、土、风、站、吞、绞、毒。另加精神和肉体双重的有四种：三点一线，猴子攀桩，两腿半分弯，出特别操。每一种刑罚，都能致人于死命，即使不死，也让你皮脱三层，伤筋动骨，叫人生生不得，死死不得。

杨良瓒受尽了人间的酷刑，在惨无人道的酷刑面前，杨同难友们一样，面不改色心不跳，坚定信念，在高官厚禄引诱面前，在血腥活埋面前，表现了视死如归的大无畏革命精神。在狱中的党组织领导下，杨他们坚贞不屈,揭露国民党真反共假抗日的反革命真面目,组织暴动越狱。

特别是狱中的"七君子"文化人冯雪峰(长征干部)、吴大琨、王闻识、郭静唐、计惜英、叶苓、杨良瓒,他们的对敌斗争,赢得了难友们的信任和称赞,被尊称为上饶集中营的"七君子"。1942年3月,在狱中党组织和冯雪峰一个月精心准备和策划安排下,杨良瓒、计惜英、叶苓三人避开特务宪兵的跟踪,在冯雪峰的掩护下,利用傍晚时刻到小河洗澡机会,三人涉过小河,鼓足力气冲向大山,气息喘喘地爬上山顶,等过一段时间,山下传来汽车、摩托和枪声,此时天已全黑,敌人望山兴叹,三人身藏密林之中等第二天凌晨,迎着曙光奔向那抗日和民族解放的大道上!杨良瓒越狱以后正在党组织安排下,转战在粤北和四川重庆,利用手中的笔,以教书、记者的身份,战斗在隐蔽战线上,为新中国成立做出了不可磨灭的贡献。

当我走进上饶集中营纪念馆二楼大厅,墙上挂放着叶挺将军,"七君子"和革命先辈照片与阅历,走近"七君子"照片,迎面出现杨良瓒专版,浙江鄞县人,1916年出生,中山大学毕业,1933年10月加入共青团,上海沪东区团委《沪东工友》编辑。

在他的照相面前我无不由衷地产生心灵的震感,杨良瓒能同北伐名将叶挺将军同一展厅,确实是一个铁骨铮铮的英雄,是我们家乡人的自豪荣耀,我思绪万千,这样的革命前辈在革命战争年代,他为革命事业三次进监狱。三次被拘押的功臣,然而在"文革"中受到了不公正的对待。

杨良瓒和革命先辈的业绩永远载入了中国革命的史册,他们坚贞不屈的精神是中华民族的魂,他们是人民共和国的脊梁,是党和人民的宝贵财富。让我们发扬革命传统,崇拜革命先烈和人民功臣,牢记习总书记教导"不忘初心",为实现伟大的中国梦而努力奋斗。

谨以此文纪念革命前辈杨良瓒100周年诞辰。

杨良瓒——一个顽强不屈的真铁汉

上饶集中营名胜区管委会顾问　余积善

杨良瓒老同志 1932 年参加革命,从事抗日救亡运动。1935 年前后因散发革命传单和教唱革命歌曲,曾先后两次被国民党囚禁,每次半个月,1939 年到国民党独立 33 旅任政工大队宣传组长等职。在《跳出死亡窟》书中《地狱里的天使——记宿士平》一文中介绍了杨良瓒当年在上饶集中营里的斗争事迹。文中说,因杨良瓒曾到皖南实地参观了一次新四军,回来后,在同事中谈起参观见闻,讲述新四军里官兵平等、学习空气很浓等情况,结果被人告发,说杨良瓒思想"左倾",有"异党嫌疑",于 1939 年 9 月被国民党秘密扣押,后送上饶集中营茅家岭监狱囚禁,1941 年 3 月编入周田特训班。

季音老同志在文中还说,杨良瓒"是个有正义感的青年,脾气急躁,容不得不平事,他和宿士平两个一搭一档,老找'狗头'管理员的岔子和'狗头'闹别扭,弄得这个歪鼻子山西人又气又恼"。因为"送进囚室来的米饭老是不够吃,动作快的能抢到一碗多饭,动作慢的只能吃到一碗,甚至根本盛不到。难友们饿得哇哇叫"。这时杨良瓒便和宿士平等人一起去责问"狗头"管理员卫俊立,并查出"狗头"用"夹底斗"量米给难友们做饭,从中贪污囚粮。季音老同志说,为这事,囚室里掀起了一场大风波,当时"闹得最凶的是杨良瓒,他本是个急性子,天不怕地不怕,竟跳起来大嚷大叫,整个茅家岭都被震动了"。从此,狱中供应的米饭比过去明显增多了。

季音老同志在这篇文章里还说了一件事,就是这年冬天,囚室里冷得像冰窖,不少难友没有棉衣和棉被,冷得发抖,监狱里不少人病倒了。大家推选杨良瓒与宿士平作代表,去和特务管理员谈判。无结果后,就和大家一起商量一个办法,趁上厕所的机会,捡树枝树叶到囚室中间烧火,"狗头"管理员见后大发脾气骂人。这时杨良瓒更是扯大嗓门,冲着"狗头"直叫:"你看我们个个冻成什么样啦,棉衣没棉衣,被子没被子,还不让我们烤火,你们还有没有良心。"逼得"狗头"管理员没有办法,只得到"军需处"要了一些旧棉衣、旧棉被,虽然又脏又破,但总算使大家糊弄过了冬天。

1941年3月,杨良瓒转押到上饶集中营大本营周田监狱后,便与著名革命文艺理论家冯雪峰、爱国进步民主人士吴大琨等六人关押在一起。特务本想利用这些文化程度较高的进步人士写文章,出墙报,向被囚的革命士志进行反革命宣传,为国民党顽固派效劳。但是杨良瓒同其他六位革命进步人士并没有被特务所利用,他们顶住特务的威逼利诱,以笔作刀枪,巧妙地以墙报为阵地,宣传革命思想,与集中营的特务展开了针锋相对的斗争,使敌人的如意算盘化为泡影。他们七人与敌特的斗争赢得难友们的称赞和支持,被难友们誉为"七君子"。

杨良瓒在上饶集中营关押了两年半,就与国民党特务顽强斗争了两年半。集中营特务企图从杨良瓒那里获取新四军和地下党组织活动的信息,在软的一套办法无用的情况下,便使用硬的手段,对他进行多次严刑拷打,罚站铁刺笼、灌辣椒水、坐老虎凳等,但杨良瓒顽强不屈,不泄露党的秘密,始终保持着一位革命者的崇高气节,使国民党特务无计可施、无可奈何。难友们都称赞他是"一个顽强不屈的真铁汉"。

为了不造成无谓的牺牲,在冯雪峰等同志的掩护下,杨良瓒于1942年3月20日与狱中"七君子"中的叶苓、计惜英一起成功越狱。越狱后一直从事党的教育事业。特别是在"文革"中遭到不公正的批判和迫害后,仍然信念不改,义无反顾地为党的伟大革命事业贡献自己的毕生精力。

杨老的一生是革命的一生,战斗的一生,光辉的一生。他的革命精神永远激励着我们。我们将永远继承和发扬杨老等革命先辈的革命精神,为实现中华民族伟大复兴的中国梦而努力奋斗。

　　注：宿士平又名宿文浩，江苏无锡人，1932 年 2 月加入共产党，被捕前为浙赣铁路工委书记，1940 年 6 月被国民党逮捕后关押茅家岭监狱，化名张国威。1942 年 5 月 25 日领导和参加茅家岭暴动，出狱后回归革命队伍。1984 年离休，离休前为云南省委党校副校长。

二〇一四年十二月十六日

主要参考书籍

1.《上饶集中营》,范长江作序,郭一青(郭静唐,七君子之一)等同志在狱中回忆录,1945年1月,上海新华书店编辑出版,1949年11月,上海人民出版社出版第一版增补本,上海市书刊出版业营业许可证出字第001号。书中作专版记述杨良瓒与敌人展开革命英雄斗争的史实,1955年4月第二十一次印刷,1979年上海人民出版社再次出版增补版,重印33次,印数达40余万册,全国新华书店发行,是50年代最畅销书之一。

2.《跳出死亡窟》,季音著,河南人民出版社,1991。

3.《黑狱红旗——上饶集中营斗争回忆录》,叶飞将军题写书名、上饶市委党史办编,中共党史出版社,1993。

4.《夏丏尊文集》三卷本,夏丏尊著,浙江文艺出版社,1986。

5.《忆上饶集中营的斗争》,上饶地委党史办、上饶市委党史办合署编纂,蔡水泉主编,江西省委党史研究室,1988。

6.《简明中国历史读本》,中国社会科学院近代史研究所《近代史资料》编辑部编写,中国社会科学出版社,2012。

7.《红色之旅——上饶集中营》,张龙耀主编、帅经芝撰文,中国旅游出版社,2011,第二版。

8.《中国神话与民间传说大全集》,刘媛等编著,中国华侨出版社,2011。

9.《新四军军史珍典》,杜虹主编,党建读物出版社,2005。

10.《雪峰文集》,冯雪峰著,人民文学出版社,1980。

11.《皖南事变史论》,刘喜发、李亮著,吉林人民出版社,2007。

12.《上饶市文史资料》第 3 辑,上饶市政协文史研究会编,1984。

13.《七七事变》,《七七事变》编审组编,中国文史出版社,1986。

14.《郭沫若传》,龚济民著,十月文艺出版社,1988。

15.《上饶集中营人物名录》,张龙耀主编、蔡水泉撰文,中国旅游出版社,2011,第二版。

16.《上饶集中营名胜区景区讲解词》,张龙耀主编,中国旅游出版社,2011。

17.《史良》,周天度、孙彩霞著,群言出版社,2011。

18.《红岩魂:白公馆、渣滓洞革命烈士事迹》,历华主编,兵器工业出版社,1996。

19.《纪念皖南事变 50 周年专辑》,阮世炯、杨立平主编,同济大学出版社,1990。

20.《申报》,影印本,上海书店,2008。

21.《上饶集中营革命斗争故事》,张龙耀主编,中国旅游出版社,2011,第二版。

22.《中华人民共和国大事纪本末》,周华虎等主编,四川辞书出版社,1993。

23.《本草纲目》,[明]李时珍著,四川大学出版社,2015。

24.《中国图书馆事业开拓者杜定友》,黄增章、杨恒平著,广东人民出版社出版,2009。

25.《宁波市水利志》,中华书局,2006。

26.《杨氏五大房家谱》,2012。

27.《抗日战争史话》,项立岭著,上海人民出版社,1986。

28.《四明魂——鄞西抗日斗争故事》,宁波市鄞州区新四军历史研究会编,漓江出版社,2005。

29.《鄞州百年大事记略》,浙江人民出版社,2013。

30.《象山县志》,浙江人民出版社,1988。

31.《四明谈助》,[清]徐兆禹著,宁波出版社,2000。

32.《鄞县志》,中华书局,1996,9。

33.《鄞县建设志》,宁波出版社,2014,12。

34《宁波市志》,中华书局。

书后补缀

2010 年上旬,在杨良瓒含冤去世 29 周年之际,作为老革命家属,应上饶集中营纪念馆之邀请,杨良瓒的二个儿子汇生携妻、南生及外甥徐忠光与笔者一道奔赴上饶参观。

进入集中营旧址,让我们第一次切身感受到杨良瓒被关押过的国民党法西斯地狱。六十年前建的几十间牢房依旧,这是一处以老祠堂为主屋利用的旧民宅群落,土墙泥地,板床砖凳,似乎依稀还能看到革命者留下的暗红色的斑斑血迹。

走过祠堂有一间牢房"金鸡独立"的十分醒目,门上挂着一块木牌:"七君子囚室旧址"。迈进里屋,放着七张板床,墙上挂着"七君子"画像及简介,真实地再现杨良瓒等七君子在上饶乃至中国革命历史功绩,是血淋淋事实的历史。

我们站在七君子囚室,默默地读着七君子革命事迹,令人肃然起敬。杨良瓒子孙们,身处他们亲人蒙难的囚室里,又看到残酷的各种刑具,面对着亲人的遗像,心中顿觉一阵心酸,一阵叹息,双眼噙着泪花,哽咽着无法自容。

我们在上饶市委党史办老主任、老书记、纪念馆主任、馆长等领导热情陪同下,进入新建的纪念馆参观。这里陈列展览着许多革命烈士可歌可泣的英雄事迹。

在偌大的展厅里,最为引人注目的还是七君子革命事迹展区。

我看见杨良瓒巨大的彩色遗像挂在展厅里,显得十分高大,仿佛是一尊用花岗岩石凿刻的伟岸雕像,借着展厅内明亮的射光灯照射,发出十分神圣而闪亮的光芒,照耀在参观者敬慕的脸上。

90 年代初,河南人民出版社作为爱国主义革命历史读物,隆重出版了一本红色革命书籍《逃出死亡谷》。书的作者季音,曾任人民日报社农工部主任。他把自己解放以前参加革命被捕后关押在"死亡谷"的上饶集中营里的经历,用切身体会的历史真实地写出来,书中还首次披露他与杨良瓒一道开展狱中地下斗争的革命史实。

上饶集中营纪念馆里还收藏着由作者丁健写的《地狱里的天使——记宿士平》,里面也记录着杨良瓒与宿士平一道在地狱里与敌人展开斗争的革命史实。

宿士平,1932 年参加中国共产党,抗日战争时期担任过温州市委书记等职。书中由宿士平回忆,讲述了杨良瓒被捕后,第一次被关押在茅家岭监狱(后转押至上饶集中营),与宿士平同挤在一个床铺。杨良瓒被拉去进行拷打审问,被敌人叫为左倾十二点零五分,从此,这个绰号在监狱里流传。宿士平与杨良瓒一唱一和在监狱里向敌人多次展开卓越的斗争。

现在,宁波大学园区图书馆里,还珍藏着一本泛了黄的革命书籍《上饶集中营》,作者是范长江与饶漱石。书中专门为杨良瓒写了两个页面,是敌人审问杨良瓒时的一段真实的记录。这段鲜为人知的史迹,是杨良瓒在监狱里与凶恶的敌人展开针锋相对斗争的一个缩影,这已作为杨良瓒一生革命的宝贵史迹,被载入中国革命历史史册。

我们在曾经是一座活地狱的上饶集中营里徜徉,作为老革命家属看到这里,就想起父辈受到的痛苦折磨,已经掩盖不住他们内心的酸楚之情。我们从名胜展馆到旧监狱遗址,一遍又一遍地仔细参观,在馆长热情的陪同下,从未错过一间曾经的牢狱或旧址,我们走到哪里触目即是血淋淋的刑具和狰狞的法西斯残暴的宣传画面,大家的心情一直沉重着、敬慕着、感叹着。大家都有这样的念想,似乎要把老革命曾经关押或者受过牢狱之苦的每一个地方,都要装进脑子里带回去,给所有关心或熟知的人们传达英雄所向披靡的历史。

参观是暂时的,然而,所有在这里受过刑的老革命,他们的英雄精神是永恒的。

后　记

　　当我写好最后一篇后记时，笔耕的时间已进入满荷飘香的季节。农历六月，池塘里的荷花出淤泥而不染，红绿相间分外鲜艳。时光似乎也在这一瞬间，做了一次短暂的停留，停留在芬芳四溢的荷月里，停留在这本似荷花般清廉而芳香的《贝母魂》一书里，在这些文字里徜徉，使每一个灵动的铅字鲜活生香。

　　是啊！在这个一尘不染香到骨的清廉季节里，就会使我们想起铮铮铁骨的革命先辈，想起身在曹营心在汉从事地下党的老革命，浴血奋战的江南新四军战士，抗日救亡运动革命志士，以及如火如荼的贝母运动主要发起人之一——杨良瓒。是他英勇而悲壮的革命传奇，像磁铁一样深深地吸引我，激励我用笔记录、再现他当年激扬岁月的精彩故事。

　　对于我们每位读者来说，光荣的历史都是值得珍惜和纪念的。当我把这份浓浓的情意和珍念，全部倾注在这部书稿中，几度春秋的创作疲惫都已化作一缕青烟，在芬芳的六月里，更加温馨弥漫。

　　我的老师岭南派画家杜燕和她的先生杨良瓒凄美而悲壮的一生，无论是浴血奋战的革命年代，或是文革遭遇错误批斗时的痛苦岁月，时常在我的脑海里浮动和萦绕。两位老师上京申诉最困难时期，我为老师不仅提供了生活上的资助，更重要的是用积极乐观的心态鼓励和声援她们，在精神上给予更多的支持。两位老人含怨离世后，他们的子女们更是陷入到深深的悲痛之中，杨家一家人凄凉而悲痛的贫困生活状况，更让人同情和怜悯。作为学生，多么想把哽咽在心中的正义和真理呐喊出来，多么想把两位英雄的事迹传播出来，让英雄绽放光芒，让传奇变为事实，让事实得到澄清，让悲伤不再重现，让更多的人受到爱国主义革命教育，得到人们的理解和支持，这就是我撰写这本书的初衷。

历时数年，一次次从走访四明山区，采访大皎南北山区贝农、抗战时期参加革命的老战士，记录他们所历、所闻、所见的真实故事。还到杨家有关学生亲属家中了解当年历史，并查阅了大量有关资料；更重要的是采访到还健在的有当年杨先生学生口述历史，还有老师曾经写过几十万字《革命与艺术的人生》的传记（后因火灾而毁），当然还有亲友的回忆。

特别是中山大学图书馆馆长程焕文教授，从老远岭南羊城寄我一函，颇为爽快地同意我引用他为《杜定友文集》一书写的序言，以及与传主有关的大皎和贝母人文历史资料，才零零总总编辑成《贝母魂》一书。

尽管这些回忆以及档案资料是零星的、片段的，但都是一曲曲荡气回肠的爱国之歌，一篇篇记忆犹新的口述历史，回望了中华民族苦难的岁月，生动地再现了那段血与火的历史，展现了老战士们浓厚的爱国情怀、坚定的理想信念和顽强的革命精神。"老战士是我们身边的一宝，通过他们的故事，让我们认识到战争的残酷，更懂得珍惜今天的和平日子来之不易。"这是中央首长对我们年轻一代人所说的一句悠远绵长的智慧箴言。

全书以杨先生为主线，从一个侧面反映了中国近现代史的革命历史。中华民族之所以历经劫难而生生不息，饱尝艰辛仍保持旺盛生命力和强大凝聚力，最根本的原因是有一批又一批志士仁人，始终怀着实现中华民族伟大复兴的梦想,为祖国和人民的利益奉献一切。

本书的传主和许多革命英雄的事迹彰显出无私奉献的精神,这种精神,在革命先辈的身上得到了集中体现。

当前,我们国家正处于加快崛起振兴的关键时期,需要凝聚全国上下的智慧与力量而为之不懈奋斗。学习弘扬革命先烈的崇高精神,以创造无愧于时代、无愧于人民的优异业绩告慰革命先烈的在天之灵。

今年恰逢杨良瓒先生诞生100周年,推出这样一部具有历史厚重感的书籍,是有一定的爱国主义教育纪念意义的。

该书的出版,对进一步宣传和弘扬先辈革命精神,深入开展爱国主义、集体主义和革命传统教育,加快推动社会主义核心价值体系建设必将发挥积极的作用。读一读这本书,勿忘昨天的苦难与辉煌,无愧于今天的责任与使命,不负明天的梦想与追求。

全书共计20万余字,凡二十三篇章。除了突出记叙杨先生的革命奋斗故事之外,还撰写了与杨先生有关的人事以及与贝母有关的人文历史,最后还附上许多亲友的纪念文章。在采访编写过程中,要感谢大皖南北山区有关乡民、上饶集中营纪念馆领导的热情支持,还要感谢原人民日报社农村部主任、老革命家季音老先生为本书题名写序。

这里我要特别感谢中共鄞州区委党史办和鄞州区新四军历史研究会的大力支持和热情指导,在全书编写中提出了许多宝贵的意见和行之有效的写作建议。尤其是在有关史料方面,作了慎重的论证,充分肯定了杨良瓒先生在上饶集中营里,同敌人开展了不屈不挠的斗争,给我撰写本书激发了正能量。

当然,这里还要感谢鄞州区民政局、鄞州区章水镇人民政府、鄞州区章水镇大皖村村委会、鄞州区古林镇人民政府、鄞州区古林镇鹅颈村村委会等单位的大力支持。杨先生的儿子汇生的热情帮助,自始至终从采访到寻找遗址,从南北山区到江西上饶,专程采访或提供资料。诚然,我们作了许多努力,然而时间、精力与资料的局限,本书难免会有欠缺或差错,企盼读者不吝指正。

有一种生命的律动就是文学,她是鲜活的灵动的活体。在品读这本报告文学之书时,在那些饱含深情地娓娓叙说着一个个浴血奋战的激烈场面、一个个明争暗斗的地下党活动,当然还有与贝母有关的人文历史,以及一个个盼解放、盼幸福生活的憧憬之中,在那些跳动的故事中,如果能让读者得到熏陶、敬意或者一点感动,那就是编出本书的最大收获,也是对编著者的最大欣慰。

这本书的出版,也使得这个农历六月格外芬芳妖娆,随着荷花的绽放,浸染着文字生香,香飘久远而倍感荣耀。

作者

本书承蒙中共鄞州区委党史办公室和
鄞州区新四军历史研究会的大力支持
予以出版